論創海外ミステリ
304

やかましい遺産争族

ジョージェット・ヘイヤー
木村浩美［訳］

論創社

They Found Him Dead
1937
by Georgette Heyer

目次

主要登場人物

サイラス・ケイン……………………実業家。〈ケイン&マンセル社〉経営者
エミリー・ケイン……………………サイラスの母
クレメント・ケイン…………………〈ケイン&マンセル社〉共同経営者。エミリーの又甥
ジェイムズ（ジム）・ケイン ………財務省勤務。エミリーの又甥
ローズマリー・ケイン………………クレメントの妻
パトリシア・アリソン………………エミリーの秘書兼話し相手
ティモシー・ハート…………………ジムの異父弟
ノーマ・ハート………………………エミリーの甥の未亡人。ジムとティモシーの母
エイドリアン・ハート………………ノーマの現在の夫。ティモシーの父
ジョゼフ（ジョー）・マンセル ……〈ケイン&マンセル社〉共同経営者
ポール・マンセル……………………〈ケイン&マンセル社〉共同経営者。ジョーの息子
トレヴァー・ダーモット……………ローズマリーの浮気相手
オスカー・ロバーツ…………………〈ケイン&マンセル社〉のオーストラリアの取引先の代理人
ハナサイド……………………………ロンドン警視庁の警視
ヘミングウェイ………………………同部長刑事。ハナサイドの部下

やかましい遺産争族

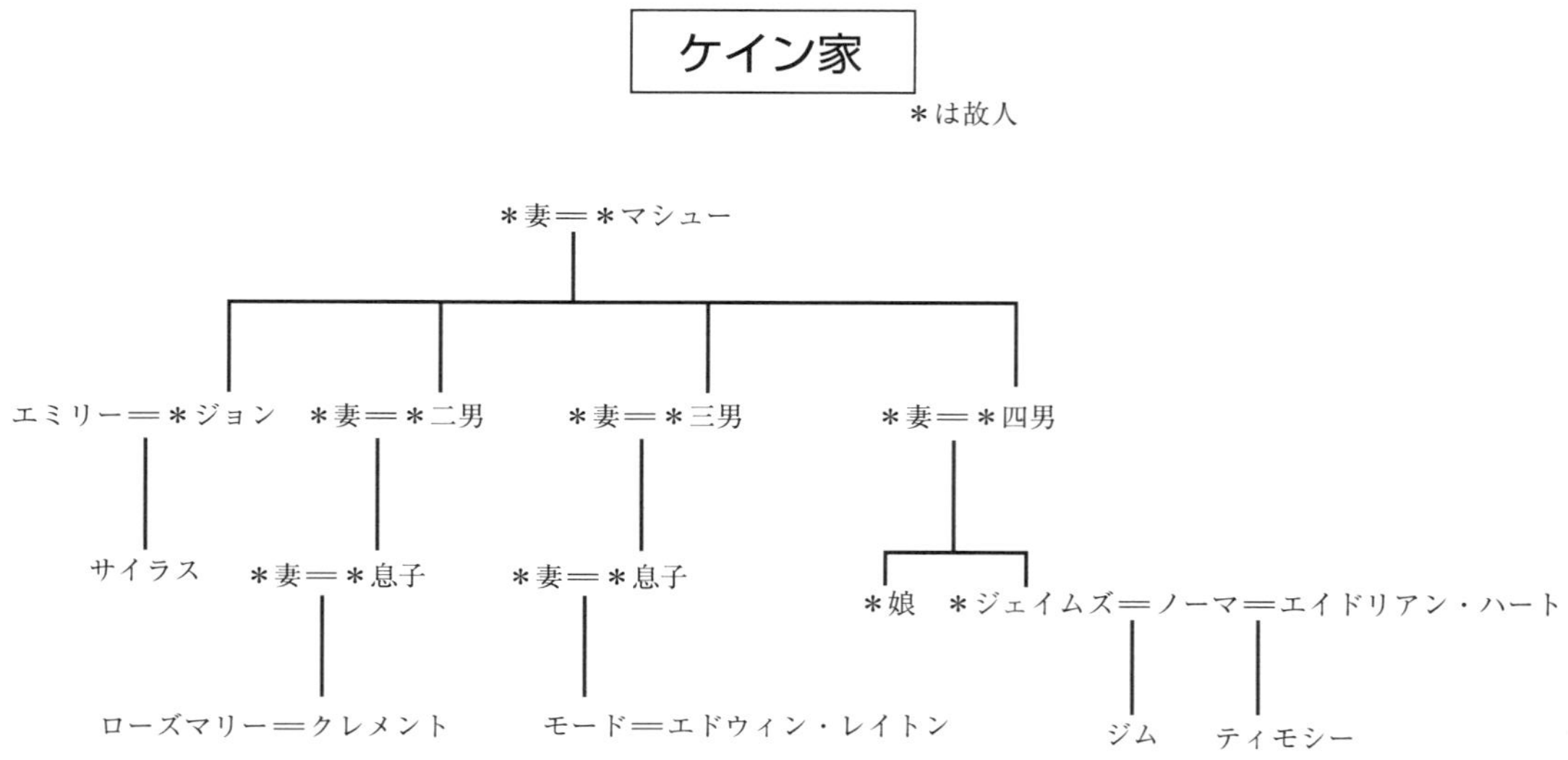
ケイン家
＊は故人
＊妻＝＊マシュー
エミリー＝＊ジョン
＊妻＝＊二男
＊妻＝＊三男
＊妻＝＊四男
サイラス
＊妻＝＊息子
＊妻＝＊息子
＊娘
＊ジェイムズ＝ノーマ＝エイドリアン・ハート
ローズマリー＝クレメント
モード＝エドウィン・レイトン
ジム
ティモシー

第一章

パトリシアが見たところ、サイラス・ケインの六十歳の誕生日パーティは予想を裏切ってなごやかに進行していた。賢明な彼女に言わせると、こうした家族の集いは——長年サイラスと会社を共同経営しているため、親戚扱いを受けるマンセル父子《おやこ》にとって——おっかなびっくり顔を出す社交行事だ。このパーティも始めは雲行きが怪しかった。まず、サイラスがジョゼフ・マンセルによそよそしい態度を取った。ふたりの意見が合わないのはあくまでも事業に関する点だ。夫であり父であるジョゼフには〈ケイン&マンセル社〉の外にも生活があるのに対し、独身のサイラスは仕事一筋の人間なのだ。サイラスは、どんなに機嫌のいいときでもパーティを盛り上げるタイプではない。手入れの行き届いた顎髭と幅広の襟飾りが似合いそうな古めかしい服に身を包む、つねに一応の礼儀を守る男で、シュールレアリスムをめぐる討論であれ、今しもアガサ・マンセルから授けられているファーン諸島に住む鳥類についての説明であれ、辛抱強く耳を傾ける。どちらの話題にも辟易していたが、興味津々たる顔つきで前のめりになり、優しくほほえんだり冷ややかにほほえんだりして、ここぞというときに「なるほど!」とか「ほほう」とかいった合いの手を入れた。

パトリシアの視線は、サイラスの厳めしい口と冷淡な目を備えた青白い細面からマンセル夫人の顔つきに移った。パーティの主人《ホスト》からまともに相手にされていないとわかったら、アガサ・マンセルの絶大な自信がぐらつくかしら。まあ、ぐらつかないわね。マンセル夫人が大学生だった頃は、そんな希有の栄誉に輝く女性は才女と称えられ、自分は恵まれない諸姉より優れているなどと思い込んだものだ。それから三十年、夫人はそのぬくぬくした優越感と驚くほど洗練された話し方を保ち続けた。はしたなくわめいたりしなくても、夫人の声はその他大勢の威厳に乏しい声にかき消されはしない。

「カツオドリが一羽も見当たらなくて、がっかりしましたわ」マンセル夫人は言った。「そうそう、去年出かけたアイオーナ島では何羽も見ましたのよ」

「ふむ、そうかね？」とサイラス。

「カツオドリの群れを扱った映画、見たことありますよ」ティモシー・ハート少年がいきなり話に割り込んだ。そして、酷評するように続けた。「そこそこの出来でしたねえ」

　会話に貢献したこの言葉を、サイラスもマンセル夫人も歯牙にもかけなかった。そこでティモシーは、もうじき十五歳になるのに、悪びれたふうもなく鶏のすね肉を八つ裂きにする作業に戻った。

　ティモシーは厳密に言えばケイン一族ではないが、母親のノーマは初婚の相手がサイラスの従弟ジェイムズなので、一族から縁者にあたるとみなされている。そのジェイムズはあの世界大戦で戦死した。一族はノーマの再婚相手サー・エイドリアン・ハートになんの恨みもなかったものの、何不自由ない身の上の彼女がなぜふと思い立って再婚したのか、とんと見当がつかなかった。

　ノーマもサー・エイドリアンもこのパーティに来ていない。ノーマは三十代の頃に未開の地への探検熱に取り憑かれ、今はベルギー領コンゴ（一九〇八～六〇、現コンゴ民主共和国）でピグミー族やゴリラに囲まれているという。かたやサー・エイドリアンは、パーティに招かれたが、残念ながら先約がありまして、ごにょごにょ……と体《てい》よく招待を断った。しかし、代理に息子のティモシーをよこして、継《まま》息子のジム・ケインに監督を任せた。折しもジムは、テーブルの真ん中に生けられた花越しにパトリシアと目を合わせようとしていた。

ティモシーはしばらく屋敷に滞在する予定だ。ジムはサー・エイドリアンからの気の利いた挨拶状を携え、クリーム色のスポーツカーで異父弟を〈断崖荘〉に送り届けた。ティモシーは前回訪問した際、気が向いたらまた来て、好きなだけ泊まっていきなさい、とサイラスに声をかけられていた。その言葉が天啓のごとくサー・エイドリアンの胸によみがえった。八週間の夏休み中に息子を楽しませるという難題に直面して、ティモシーが〈断崖荘〉を再訪問したい日が決定したと思ったのだ。パトリシア・アリソンはジム・ケインから悠々と視線をそらしつつ、ぼんやりと考えた。私が付き添いをしている八十を越えた老婦人とサイラス・ケインのふたり住まいのお屋敷で、あのハート君はどうやって過ごす気かしら。その謎は当の本人が明かしてくれた。「ねえミス・アリソン、今月ポートローに面白い映画が来るかなあ?」ティモシーが尋ねた。「恋愛ものとかをけなすわけじゃないけどさ、とびきりの映画が見たいんだ。ＦＢＩ捜査官やギャングなんかが出てくるやつ」

パトリシアは映画のことはよくわからないと白状したが、町で楽しめる娯楽のリストを取り寄せると言った。

「それ、すっごく助かる。でも、僕、ポートローまで自転車でひとっ走りできるよ」ティモシーは言った。「自転車は鉄道便で送ったから、駅に着いてる頃だろうな。といっても、鉄道便で送った物は、何年も経ってやっとこさ届くんだよね」少年はノンアルコールのジンジャービールをぐいっと飲み、陰険な目つきでテーブルの向こうを見た。「正直言って、鉄道便で送るなんてあほくさいけど、塗装がはげることばっか気にする人もいるみたい」

この恨みつらみをぶつけられたジム・ケインはにこにこして、口に栓をしたらどうだと異父弟に言った。

パトリシアは長いテーブルを見渡して、雇い主が座っている場所に目を留めた。老ケイン夫人は八十過ぎ、今では車椅子を使っている。息子の誕生日パーティに華を添えるべく、先ほど階上の私室から使用人の手を借りて下りてきた。夫人の反対を押し切ってひらかれたパーティではないのに〈断崖荘〉では、いかなる行事も自分抜きにはひらけないと夫人は思ったことだろう）客を楽しませてなるものかという姿勢だった。「わたくしの右隣にジョゼフ・マンセルを座らせ、左隣にクレメントを座らせなさい」と命じたのだ。

エミリー・ケイン夫人の秘書兼話し相手というなんでも屋を生業《なりわい》とするパトリシアは、指名されたふたりより気持ちのいい食事のお相手がいそうだと、思い切って雇い主に進言してみた。「ジョー・マンセルには上座に着く資格がありますよ」ケイン夫人は不機嫌になった。「それに、クレメントはジムより年上ですからね」

そんなわけで、エミリー・ケインはテーブルの端の席でしゃんと背筋を伸ばしていた。片側にがっしりした体格のジョゼフ・マンセルが座り、締まりのない顔で野太い笑い声を響かせ、反対側には夫人の又甥クレメントが座っていた。見た目こそ対照的なふたりだが、夫人にとってはどっちもどっちの目障りな存在だった。

クレメント・ケインは、やせ型で干からびた三十代後半の男性で、額の生え際がぐんぐん後退して禿げかかっている。彼はあまり大伯母を気にかけているようには見えず、パンをボロボロにしながら、ときどき妻のほうにちらりと目をやっている。ローズマリーはテーブルの向かい側で、ジョゼフ・マンセルとその義理の息子クライヴ・ペンブルのあいだに座っていた。パトリシアはクライヴ・ペンブルの巨体でローズマリーと隔てられ、かのすねたような美貌を拝めなかったが、ローズマリーがケイン一族いわく〝ご機嫌斜めで〟パーティにやってきたのはわかっていた。彼女は猫の目みたいに機嫌が変わる。調子のいい日は潑剌として、しらけたパーティも愉快にできる人なのに。その調子のいい日ははるか彼方に遠ざかり、振り返ってみると、この半年間は今夜のようなローズマリーの姿を見るほうが当たり前だった。目はどんよりして、ふっくらした唇はたるみ、美しい体の隅々に退屈と不満が鬱積していた。

クレメントは〈ケイン&マンセル社〉の共同経営者であり、かなりの資産家であるうえ、サイラスの私有財産の相続人なので、莫大な遺産が転がり込みそうな身の上でもあった。ローズマリーはこうした理由でクレメントと結婚したに決まっている、とパトリシアは考えた。ほかに理由が思い当たらない。ローズマリーは夫にいらいらしている様子で、うかつにもいらだちを顔に出し、やはりうかつにも、トレヴァー・ダーモット氏なる人物との交際に御執心であることを隠そうとしなかった。ケイン夫人はクレメントを哀れに思い、二日前に超高齢者の特権を振りかざして彼にこう言っていた。奥さんを大事にしないと、今に〝あのダーモットふぜい〟と駆け落ちしますよ。うわべも物腰もパッとしないクレメントにひきかえ、ハンサムで貴公子然としたトレヴァー・ダーモット。ローズマリーほど情熱的な女性なら無鉄砲な真似をしても大目に見てもらえそうだと、パトリシアは思わずにいられなかった。

クレメントとローズマリーの夫婦仲はいよいよぎくしゃくしていく。ディナーに向かう前、客間でローズマリーはみんなから離れて座り、無愛想で心ここにあらずといった様子だったし、クレメントはのんきに振る舞おうとしながらも、ずっと妻を見つめていた。問題劇（イプセンの『人形の家』のように観客に問題提起をする演劇）から抜け出した登場人物みたいだ。同じドラマなら舞台の上で完結するドラマのほうがいい。とにかく、ごくごく普通の家族のうちふたりがこうもぴりぴりしていると、何もかもが気まずくて現実味がない。人情の機微にうといクライヴ・ペンブルまで、張り詰めた空気を感じているようだ。クライヴはローズマリーを会話に誘おうと、何度か親しげに声をかけたが、彼女は反射的にほほえみながらも、短い返事をして相手をがっかりさせた。麗しのクレメント・ケイン夫人は悲劇のヒロインを演じているくせに、気高くも役を捨てる気だろうか。「意地悪女！」パトリシアはつぶやいた。

テーブルの向こう側ではベティ・ペンブルがジム・ケインとしゃべりながら、自分の言い分を裏付けてほしいと、ときどき夫のクライヴに訴えていた。ベティには母親のような威厳はみじんもない。天真爛漫に少女時代を過ごし、まずまず人生を楽しんできた。もっとも、天真爛漫な性格は社交界にデビューした頃は愛らしかったが、三十五歳になった今ではやや閉口させられる。快活にしゃべり、人当たりがよくて、親切なのだが、経験談をとりとめもなく続ける癖があり、二時間以上同席するのはおっくうだと思わせた。幸い、クライヴ・ペンブルは頭のいい女をまったく信用しなかった。ときには妻の話に退屈したとしても、彼の博識にやみくもな信頼を寄せられて、退屈はおつりが来るほど埋め合わせがついた。頼もしい人ね、というのがベティの口癖だが、クライヴは自分が頼もしい人なんかではなく、世間並みの男だとわかっていたので、それを自覚していることが嫌でたまらず、妻の盲信を心の慰めにしていた。そこでベティが、雷が鳴りそうな気配があったら一睡もできないとジム・ケインに話してから、例によって例のごとく「できるかしら、クライヴ？」と夫に問いかけると、クライヴは穏やかにほほえみ、えらく上機嫌で「いや、できっこないさ！」と答えるのだ。パトリシアはつくづく考えた。ほかの男なら、あのおバカさんの頭をぶん殴ったでしょうに。

ベティ・ペンブルと母親アガサのあいだにもうひとりが座り、ベティの子供たちのエピソードに礼儀正しく耳を傾けていた。その人物、ジェイムズ・ケイン氏が話に集中しているので、パトリシアは彼の端整な横顔を盗み見てしまった。

ケインの家系は四代にわたる大家族だ。サイラスは長男側の直近の子孫であり、ジムは四男側の直近の子孫である。サイラスとジムほど似ても似つかないふたりはいないだろう。

一族の財産を築いた人物は四人の息子を残した。長男はエミリー・フリッカーと結婚して、サイラスをもうけた。次男はクレメントの祖父である。三男はオーストラリアに移住して、ケイン家の輪から外れていった。その唯一生存している子孫は孫娘で、イギリスのケイン一族にとってはおぼろげに知っている存在に過ぎない。四男は一男一女を残したが、娘は独身のまま死亡して、息子は大戦中に激戦地ガリポリで戦死した。この息子ジェイムズと妻ノーマのあいだにジムが生まれた。ケイン一族の末っ子である。

この末っ子は一族のほかの面々とほとんど似ていないし、〈ケイン&マンセル社〉の社員でもない。金髪の大柄な若者で、気さくにほほえみ、パトリシアのほうを向くたびに率直な灰色の目をきらめかせる。ジムは財務省で立派に働いているが、親戚のサイラスやクレメントからは、まじめだとも、責任感があるとも思われていなかった。家業であるネット製造業に興味はないと公言し、サイラスたちがさっぱり関心を持てないスポーツに余暇の大半を費やしている。ケンブリッジ大学時代にラグビーの代表選手になったのは、サイラスとクレメントにも（妙にケイン一族らしくないが）あっぱれだと褒められた。しかし、卒業後も土曜日の午後にラグビーを続けると、サイラスたちは首を振り、ジムはこのまま腰を落ち着けないのではあるまいかと気を揉んだ。それは不憫でならない。なんだかんだ言って、ジムが好きなのだ。ジムは頭がいいんだから、人生をまじめに考えさせればいいんです、とクレメントは言った。いっぽうサイラスは、ジムが高速モーターボートを操縦する姿を呆然と眺め、あの坊主は母親に似てしまったかとぞっとした。サイラスはモーターボートが気に入らず、派手なスポーツカーのほうも気に入らなかった。それでいてジムのボートを屋敷の崖下のボートハウスに置かせてやり、この手のスポーツの魅力をとんと理解しないくせに、ジムの快挙をジョー・マンセルのような人たちに紹介してはゆがんだ喜びを覚えていた。ジョーの従兄弟や甥っ子たちはスピード記録を打ち立てることもなければ、ラグビーの試合で活躍することもなかったからだ。

パトリシアの右側ではティモシーがライスプディングを頬張り、左側ではクライヴ・ペンブルが妻の披露するごちゃごちゃしたエピソードに聞き入っているので、彼女はケイン一族の末っ子に心ゆくまで見とれた。雇い主の身内に恋をするのは、秘書兼話し相手の役目のうちに入らない。数カ月前にそう思い至ったパトリシアは、ジェイムズ・ケイン氏の魅力的な物腰にも動じない自信を持ち、あなたにはぜんぜん関心がないときっぱり言い渡すことにした。ところが、ジムは肘鉄を食らってもけろりとしていたし、〈断崖荘〉に着いたときはパトリシアからよそよそしく挨拶されたのに、厚かましくもディナーのさいちゅうに三度も目を合わせようとした。そのたびにうまく目をそらしてやったと、彼女は満足していた。

そのときパトリシアが物思わしげな視線を向けていた人物がくるりと振り向いた。彼女は顔を真っ赤にして〝無関心〟ぶりをあらわにすると、その後はもっぱら彼の異父弟に注意を向けた。

かなり時間が経ったように感じられてから、ようやく老ケイン夫人が席を立った。ジム・ケインは食堂のドアをあけ、女性陣が通れるように押さえておいた。心根の優しいパトリシアは決心を翻した。ジムはなんだか浮かない顔をしている。どう見ても困惑しているようだ。私にわざとらしく無視されて傷ついたのかしら。パトリシアはふと心配になり、ジムに一瞥もくれずに食堂を出るのはやめて、彼の顔を見上げてかすかにほほえんだ。ジムの表情がぱっと晴れた。今度は温かい笑みを返され、彼女は自分の行いを悔やみそうになった。

　客間に入ったパトリシアの最初の仕事は、ケイン夫人がお気に入りの椅子に心地よくおさまるよう気を配ることだった。足を足台に載せ、黒檀の杖はすぐ取れる場所に置く。こうしてかいがいしく立ち働いていると、ベティ・ペンブルからちょっとした邪魔が入った。ベティは「あらっ、私に任せて！」と足台をぐいっと上げて、女主人の背中にクッションをあてがおうとした。ケイン夫人は堅い椅子で育った世代なので、柔らかい支えがなくては背筋をピンと伸ばせない女たちを軽蔑していた。クッションをあてがわれてもありがた迷惑なのだ。また、ベティのこんな物言いは夫人の不興を買いがちだった。「ケインさんって、とにかくすごいですねえ！」

　ケイン夫人の色あせた青い目がベティを無表情に見つめた。「どこが？」

　ベティは八十過ぎの老婦人と話しているのをすっかり忘れていた。「だって、今日が六十歳のお誕生日だなんて、もう嘘みたいでしょ」

　ケイン夫人は満足げにベティを見ると、相手をしゅんとさせる一言だけを返した。「まったくね！」それからパトリシアのほうを向いて、窓を閉めてくるよう言いつけた。「嫌な霧が上がってきますよ」夫人は告げた。「虫の知らせでわかります」

「ただの海霧だと思いますわ」マンセル夫人が言った。

「なんとでも思いなさいな、アガサ」ケイン夫人が言った。「わたくしは嫌な霧だと言いますからね」

「じゃあ、霧の仲間じゃないかしら」ベティは言った。

ケイン夫人は新たな嫌悪感のこもった目でベティを見た。ベティはどけられた足台にどすんと座った。「私がサイラスおじさまの誕生日パーティに出かけると話したら、ピーターが言ったことをお話ししなくっちゃ！　うちの子たちはケインさんをおじさまと呼ぶでしょ。ひたむきに崇拝してます。それはそうと、ケインさんは子供の相手がお上手ですよね？　ほら、扱うのがうまいってこと。子供たちは不思議と引きつけられるんですね。しょっちゅうそばに寄っていっちゃう。ほら、うちのジェニファーみたいに引っ込み思案の子でもそうなんです。どうにも我慢できないみたいで」

息子を大蛇か何かになぞらえて話されても、ケイン夫人としては大喜びできないようだ。夫人はベティの勢いをそぐように言った。「それでピーターはなんと言いました？」

「もう最悪！」ローズマリーがつぶやいた。深々と座った椅子からやおら立ち上がり、部屋を横切ってパトリシアに近づくと、温室に行きましょうよと声をかけた。

パトリシアは打ち明け話を聞かされると気づいてうんざりした。クレメント・ケイン夫人は数カ月前に突然パトリシアが大のお気に入りになったらしく、何度も情緒不安定に陥った経験を驚くほどざっくばらんに話して聞かせた。

「救いようのないパーティね！」声がケイン夫人の耳に届かない場所に出るなり、ローズマリーは叫んだ。「あなたがここでの生活に来る日も来る日も耐え忍んでるなんて、考えたくもないわ」

パトリシアは言われたことをじっくり考えてみた。「想像するほどひどい生活じゃないわ」彼女は言った。「ひどいどころか楽しいわよ。あちこち連れて行ってもらえて」

ローズマリーは怪しいものだという顔をした。「だけど、退屈でたまらないじゃない！」彼女は訴えた。「私なら気が変になる」

「そうでしょうね。でも私は、見てのとおりのんびり屋だから」パトリシアは弁解がましく言った。

「いいわねえ。ね、煙草吸う？」

パトリシアは一本受け取った。

「目の前のチャンスをつかめる人はすごいわ。あなたみたいに」ローズマリーは唇をすぼめる。「私もそうだったらよかったのに。だけど、現実に目をつぶってもなんにもならない。私はあなたとは違う」

「その、私は好き好んで話し相手になったわけじゃないの」パトリシアは言った。「ただ、速記だけは得意で、ほかに取り柄がないもので」

「そんなことないでしょうよ」ローズマリーは上の空で言い、ヘリオトロープの小枝を憂鬱そうに見つめた。「我慢の限界に達しそうだって話はしたわよね。それがね、もう達しちゃったみたい」

これには返事のしようがない。パトリシアは思いやりに満ちた顔を見せようとした。

「皮肉なもので、私がそばにいるとクレメントは幸せになれないの」ローズマリーは言った。「私なんかいないほうがいいのよ。私はそもそも結婚するべき人間じゃなかった。高級娼婦のなり損ないってとこ。ほら、自分のことは怖いくらいわかってる――ロシア人の血がなせるわざね」

「ロシアの血を引いているとは初耳だわ」パトリシアはちょっと興味を引かれた。

「あらやだ、そうなのよ！　祖父はロシア人なの。ねえ、パトリシアって呼んでもいい？」

「ええ、どうぞ」パトリシアは如才なく答えた。

「じゃ、私をローズマリーと呼んで。あのおぞましい〝ケイン夫人〟って呼び方を私がどんなに嫌ってるか、知らないんでしょ。これよりひどい呼び方はひとつだけ。それは〝クレメント夫人〟よ」ローズマリーは煙草の吸いさしを放り投げ、うっすらほほえんで続けた。「人でなしの言い種に聞こえるわよね。だって、立派な人でなしだもの。それくらいわかってる。自分の欠点に気づかない女だとは思わないで。私は自分勝手で、気まぐれで、金遣いが荒くて、どうしようもなく欲求不満。一番始末に負えないのは、こういう欠点は生まれつきの性分じゃないかと思ってること。たとえトレヴァーと駆け落ちしたとしても、駆け落ちでもしなくちゃ幸せになれないけど、その幸せは長続きしないわね」

「まあ、それならご主人と別れないほうが身のためよ」パトリシアは賢明にも言った。

ローズマリーはため息をついた。「わかってないのね。私はこの田舎町で味気ない生活をするために生まれてきたんじゃない。夫の身内に囲まれて、お金にも事欠いて、メイドはしょっちゅう辞めるって言うし、親戚はぎゃあぎゃあと見苦しいし。トレヴァーと駆け落ちすれば、あの騒ぎとは縁を切れる。ふたりで外国に住むことになりそう。とにかく彼なら、私に肉屋のつけを払わせるなんていう、とんでもない間違いはしないはず。私は支払いをし**ない**わけじゃなくて、でき**ない**だけ。そういう性分なの。お金を持ってないといられない人間。もしもクレメントがお金持ち――大金持ちってことよ――だったら、こんな気分になったりしなかったのに。どうとでも言えばいいわ。でもね、お金があれば生活が楽になるの」

「それはそうだけど、あなたは何不自由なく暮らしているように見えるのよ」パトリシアはずけずけと言った。

ローズマリーは肩をすくめた。「それは、どんな暮らしを不自由のない暮らしとするかによるわ。クレメントの収入にすこぶる満足する女も大勢いるでしょうよ。問題は、私の金遣いが荒過ぎることで——正直に認めるわ。荒くなければよかったのに、荒いっていう事実は否めない。またしてもロシアの血のなせるわざよ。これはどう考えても呪いだわ」

「ええ、とんだ厄介ものみたい」パトリシアは相槌を打った。「それでも、あなたにはイギリス人の血も流れているわ。それだけを考えればいいじゃないの」

ローズマリーはパトリシアに憂鬱な顔つきを向け、あっさりと言った。「そうそう、あなたって血も涙もない女だっけ」

パトリシアは諦めた。それは言いがかりだと言ったところで、口を利いただけ損になる。「ええ、あいにくと」

「だからあなたが大好きなのかな」ローズマリーは思い巡らす。「私たち、天と地ほども違う。あなたはとことん役に立つ人で、私は情けないほど役立たず。私と違って、あなたはいろんなことにびくしないし、衝動的でもない。情熱の虜《とりこ》になるタイプでもないでしょ？」

「ええ、ええ、とんでもない！」

「幸せな人」ローズマリーは鬱々として言った。「だいたいね、そもそもクレメントが私を満ち足りた思いにさせないからいけないのよ。私の言いたいことが、あなたにちょっとでもわかるかしら。うまく言えないことなのよ」

懇切丁寧な説明を聞かずに済むよう、パトリシアはよくわかったと答えた。

「怪しいものだわ」ローズマリーは考え込むように言った。「ぞっとするほど複雑な話よ。あなた、複雑な人が嫌いでしょ？　ほら、私にはいつだって相手の考えを見抜ける力があるのよ。そんなものなければよかった。だって、この力があったばっかりに、生きていくのが何倍もつらくなるんだもの」

「そう？　そんな力があったら、うんと楽に生きていけると思っていたけれど」

「楽なわけないでしょ。だって、心の中はズタズタになるのがわからない？　人一倍苦しむだけで、いいことなんかひとつもない。ほら、自分が息もたえだえなのに、それがクレメントを不愉快にさせると、どうしても気がついちゃって、ますます状態が悪くなる。神経をすり減らすばかりよ」

パトリシアは話し始めた頃からどんどん退屈になっていた。「この際、転地静養が必要ではないかしら。あなたはいろいろな問題から目をそらしているわ。そもそも、ご主人を好きだったから結婚したはずで――」

「もうやめて」ローズマリーが口を挟んだ。「別に好きだったとは思わないわ」そこで言葉を切って新しい煙草に火を点けると、思案に暮れた顔で言った。「ほら、私っていい人じゃないけど、自分に嘘だけはつかない。クレメントとうまくやっていけると思ったの。貧乏人と結婚してもしょうがないもの。でも、いくらがんばってもだめだった。サイラスが死んだらクレメントに遺産が入ると思ったのに、まさかあの人が何年も何年も生きるとは知らなかった。この先もズルズル長生きしそう。エミリー大伯母様を見てよ！　私は口に出したかどうかはわからないけど、クレメントがじきに遺産を相続すると無意識に期待してたのね。だって、みんなサイラスは心臓が弱いって言うし――ちょっと信じられないけど」

「お金があるとないとでは大違いなの？」パトリシアは探るように尋ねた。

「そうねえ」ローズマリーは言った。「やっぱり違うでしょ。私はお金に不自由したら生きていけなくなる。やりくりが下手だから。家庭的なことはなんでも嫌い。苦手なの。ついつい借金しちゃう。だって、これがなくちゃ生きられない物——たとえば、このブレスレット——を見つけたら、後先考えずに買ったあとで、衝動買いした自分を責めるの。我ながらバカなことしたって、身にしみてわかるからよ」

「それなら」パトリシアはどこか辛辣に言ってみた。「そのブレスレットを返品しようとは思わないの？」

「思わないわ。だって、私はきれいな物を身につけてないと生きられない。やっぱりロシアの血なのよ。自分じゃどうしようもないの《セプリュ・フォール・クモワ》。ちなみに、それはクレメントも承知してる。恨み言なんて言わないけど、家計の帳尻が合わなくなるのを心配してるわ。もっと小さい家に引っ越して、メイドはふたりに減らさなくちゃと言い出す始末よ。それでも平気だっていうふりをしても始まらないわ。そんな生活に甘んじるわけにいかない。今だって息が詰まりそうなのに」

「それで、いつ〈レッドロッジ〉から引っ越すの？」パトリシアは無難な話題を取り上げるというはかない望みにすがってみた。

「四半期支払日、じゃないかしら。あの家を買った人たちは早く引っ越してきたいらしいけど、よくわからない。私たち、相談しないから」

他人事《ひとごと》のようにけろりと答えられ、パトリシアは目をぱちくりさせた。それから常識的な指摘をした。「でも、新しい家を探さなきゃだめじゃない？　探さないと困ったことになるわよ」

ローズマリーは肩をすくめた。「探してなんになるの？」

パトリシアはこの問題は手に負えないと感じて、そろそろ客間に戻らなくてはいけないと弁解がましく言った。

「ときどき思うけど」ローズマリーはパトリシアについていこうとしていた。「あなたみたいにのんびりしてると、生きていくのが楽でしょうね。でも私ってこう、繊細だから」

この発言は答えるに値しないと思い、パトリシアは笑みを浮かべるにとどめ、脇に寄って、ローズマリーを先に客間に入れてやった。

ふたりが客間に戻ったちょうどそのとき、食堂から男性陣が入ってきた。ドアがひらくと、ケイン夫人はベティ・ペンブルの子供たちの食事に対してこれっぽっちも興味を示さなくなり、戸口のほうを見た。皺が深く刻まれた顔は、きつく閉じた唇と見開かれた淡い色の目を備え、落ち着いているときでも近寄りがたい雰囲気を醸し出す。だが、ひとたび視線がジム・ケインに向かうと、顔全体がやわらいで、口元にはめったに浮かばないほほえみが浮かぶのだ。夫人は何も言わなかったが、ジムが近づいてくると上機嫌になり、さりげない手つきで傍らの椅子を示した。

ジムはまずテーブルのそばで足を止めて煙草を消し、それから大伯母に勧められた椅子に近づき、腰を下ろした。

「さあ、言い分があるなら言ってごらんなさい」ケイン夫人が問いただす。

ジムはにっこりした。「おやおや、僕はまずいことをしでかしたみたいですね。はて、何かしましたっけ?」

夫人は顔をゆがめて笑った。「したに決まっていますよ。ところで、次はいつ泊まりに来るんです?」

「来週に。いいですか？」

夫人は頷いた。「財務省ではろくにお休みをもらえないわけですね。それであなたの母親は、今度はどこをふらふらとほっつき歩いているの？」

「ベルギー領コンゴです」ジムが答えた。「正確な地名を訊いても無駄ですよ。最近届いた手紙に書いてある住所は誰にも読めないので。ムワロ・グワロに見えますが、およそありそうにない地名だという気がしてなりません」

「愚にもつかないことばかり！」ケイン夫人は言い捨てたが、嫌悪感はなかった。「しかも、いい年をして。下の子――名前はなんといいました？――をうちに預けて」

「ここに預けようと、なんとなく思いついたんです」ジムは言った。「僕じゃなくて、エイドリアンが。ティモシーがいてもかまいませんか？　エイドリアンの話では、サイラスがわざわざティモシーを招いてくれたそうですが」

「そんなことでしょう。わたくしはかまいませんよ」ケイン夫人は答えた。「この家に若い人たちがいるのは好ましいですからね。ミス・アリソンに面倒を見てもらいましょう」夫人の目が鋭く光った。「そうそう、ミス・アリソンとじっくり話し合いなさい」夫人は話し相手のほうを向いて、傲慢な態度で頷いた。すると、パトリシアが飛んできた。「又甥が弟のことで話があるそうですよ」夫人はきっぱりと告げた。

ジム・ケインは立ち上がってパトリシアを迎えたが、ちょっと意外そうな目をした彼女に首を振った。「いや、別に話はないよ」ジムは大伯母の言葉を打ち消した。「つまり、ティモシーの話はね」

「とにかく、若い美人と話せるというのに、おばあさんの相手はまっぴらごめんでしょう」ケイン夫人は言った。「ミス・アリソン、又甥に温室のオレンジの木を見せておやり」

ケイン夫人は顎をしゃくって若いふたりを追い出した。ジム・ケインは言った。「じきじきに案内してほしかったですね。今日は大伯母様と二言三言しか話していません」

「いいからお行きなさい」ケイン夫人はその一件にけりをつけた。

そんなわけで、パトリシアはその晩二度目の内緒話をするべく温室に入った。ジェイムズ・ケイン氏がいつも話の要点にずばりと触れるのは困ったもので、彼は今回もいきなり言い出した。「君を怒らせるようなことをしたかな？」

「私を怒らせる？」パトリシアはわざとらしく明るい声を出した。「まさかそんな！　あなたに怒ったりするわけないでしょ」

「それはどうかな」ジムは言った。「ディナーのとき、君にあまり好かれてないような気がしたもんでね」

「ばかばかしい！」パトリシアは勢い込んで言った。

「ばかばかしいかな？」

「そりゃそうよ。だって――ねえ、あの白いマグノリアの花は見たことある？」

「ああ、あるよ。それより、さっきはどうして僕につれなくしてたんだい？」

「つれなくした覚えはないけど」パトリシアは自信なさそうに言った。

「いや、あるはずだ」

今度の内緒話は前回の内緒話よりたちが悪い。パトリシアは内心で悲鳴をあげた。そして、ためらいがちに語り出した。「ほら、私は――ややこしい立場に置かれてるから。大奥様の話し相手なんですもの」

ジムは一瞬けげんな顔をした。それから目尻に皺を寄せた。「そういうことか。大伯母様の話し相手に求婚することまかりならん、てわけだ。いやはや古めかしいねえ」

「古めかしいことないわ。とにかく、ふざけないでちょうだい！」

「こっちは大まじめだ。結婚してくれるかい？」

「断じてお断り！」パトリシアはことさらに力を込めて言い切った。

ジェイムズ・ケイン氏は申し込みをぴしゃりと断られても、特に落胆した様子を見せなかった。

「結婚したくないから？　それとも、エミリー大伯母様の話し相手だから？」

「両方とも」パトリシアは慌てて答えた。

ひとしきり沈黙が流れた。やがて、ジムが落ち着いた声で言った。「なるほど。そうか、すまなかったね。じゃあ、マグノリアを見に行こう」

パトリシアは人殺しになったような気分で、マグノリアが咲いている場所に案内した。

「造花みたいな花だね」ジムが感想を口にした。

「ええ、蠟でできてるみたい」パトリシアも同意した。「オレンジの木はこっちよ」

「オレンジの木にはすっかり興味がなくなったよ。ところで、僕が来るまで異父弟《おとうと》の面倒を見ていられそうかな？」

「あなたも来るの？」パトリシアは何気なく尋ねた。

「来週ね。来ないでほしいならやめるけど」

「来ないでほしいわけないでしょう。もう、ばか言わないで！」

「おいおい、まだ大いに脈がありそうだぞ！」ジムは言った。「君に嫌われてないのは確かだ！」

パトリシアは黙っていた。

「僕は諦めないからな」

「結婚するとしたら」パトリシアは宣言した。「相手《イット》は大金持ちに限るわ」

「イット？」

「どういう意味かわかってるくせに」

「わかってるとも！　ロンドンには大金持ちがうようよいる。大金持ちが捕まらなかったら、快適に暮らせる身分の若い男で手を打てよ」

「冗談じゃないわ」パトリシアはぴしっと言い返す。「私はうんとお金がないとだめ。喉から手が出るほど欲しいの」

ジムは心得顔でほほえんだ。「さっきはローズマリーと話してたんだね」

パトリシアは笑った。「ええ。でも、それは言わなかったはずよ」

「話し相手の仕事は禁止事項だらけで窮屈そうだな」ジムは言った。「早く辞めるに越したことはないぞ。エミリー大伯母が僕らの結婚を承諾したら、考え直してくれるかい？」

パトリシアは首を振った。

「ということは、僕が嫌いなだけ？」

「違います！」パトリシアは抑えが効かなくなった。「つまり――つまりその――客間に戻らせていただきます！」

ジェイムズ・ケイン氏は一歩踏み出して、パトリシアの逃げ道をふさいだ。「そのうち戻ればいいさ。君の本音を聞かせてくれ」

パトリシアは苦々しく言った。「あなたってどうしようもないゲス野郎ね。ちょっと優しくすればつけあがるんだから！」

「おっしゃるとおり」ジムは頷いた。「だが、はっきりさせよう。君が大伯母の話し相手じゃなかったとしても、僕の申し込みを断った？」

パトリシアは断ったと明言せず、わざと答えをぼかした。「大奥様だけの問題じゃないわ。お母様のことだって考えないと。息子が一文無しの秘書兼話し相手と関わり合いを持つのは反対でしょう」

「なんだ、それだけ？」ジムはほっとした。「母のことは心配しなくていい。度量が広い人だからね。ところで、婚約指輪は色石がいいかい？　やっぱりダイヤモンド？」

「宝石はどれもこれも嫌い！」

「うーん」ジムはうなった。「君は倹約家の奥さんになるのかあ」

パトリシアがぴしっと言い返す暇もなく、ティモシーが押しかけてきた。少年は歓迎されると思い込んで、ぶらぶらと温室に入ってくると、声を弾ませた。「ヤッホー！　何してんの？」

「ああ、マグノリアを見てるだけよ！」パトリシアが答えた。「この花、どうかしら？」

「いいじゃん！」ティモシーは藪から棒に言った。

「ここで例のアメリカ映画の話を始めたら、つまみ出すからな」ジムは異父弟に釘を刺した。

「よく言うよ！」ティモシーはにこやかに言った。「ねえミス・アリソン、僕の考えてることとわかる？」

「いいえ、何を考えてるの？」

「実はさ、ぱっとひらめいたんだ。今夜この屋敷で誰かが殺されても、僕は全然驚かないはずだって」

パトリシアはぎょっとしたが、ジムは異父弟が突飛なことを思いつくのは慣れているので、すかさず言った。「僕も驚かないね。おまけに、誰が死体になるかもわかってる」

「ふんだ！」ティモシーは言った。「笑わせないでよ」

「それより、どうして誰かが殺されるの？」パトリシアが訊いた。

「ええっと、それはわかんないや！」ティモシーはお茶を濁した。「ただ、このお屋敷の間取りは殺人事件を起こすにはうってつけなんだ」

「このばか！」ジムは異父弟を叱りつけた。

「そりゃ、現実にはなんにもないだろうけど。でもさあ、事件が起こったら面白いだろうな」ティモシーはしみじみと言った。

第二章

パトリシアは客間に戻ると、ハート少年が殺人を連想した理由がよくわかるようになった。一波乱ありそうな雰囲気が部屋じゅうに漂っているのだ。主な原因は、クレメントとローズマリーの夫婦だった。何しろクレメントは暇さえあれば妻を物欲しげに見つめているし、ローズマリーはいよいよ険しい顔をして会話に加わり、自分たちは離婚の瀬戸際だと思わせる発言を繰り返しているからだ。アガサ・マンセルはふたりを高慢ちきな目で睨み、ケイン夫人は何度か冷ややかな視線を浴びせた。だが、ベティ・ペンブルはローズマリーを〝面白い人〟だと思い、隣の椅子に移って話し始めた。それはとりとめのない滑稽なやりとりだった。というのもローズマリーは、郊外で夫と仲よく暮らすばかりか、健康な子供をふたりも与える女性を軽蔑しているので、ベティのことも鼻の先であしらった。いっぽうベティは、ローズマリーに鬱憤を訴えられると、すかさず似たような経験談を披露して、相手の話をバッサリと切り捨てた。

「ポートローにいると息苦しくて」ローズマリーは言った。ここは空気がおいしいというベティの褒め言葉に対して、話が続かないような返事をしたのだ。「呼吸ができないような気がするの」

「その気持ち、よーくわかるわ」ベティが頷く。「街でフラットに住んでた頃は、私も同じだったから。それがちっちゃいフラットでね、入ったら最後、動けやしないの。閉じ込められた気分よ、ってよくクライヴにこぼしたものよ」

「住んでる家が広いからといって、自尊心が膨らむとは思えないけど」ローズマリーは相手を見下すように言った。

「ええ、そこも大賛成」ベティは言った。「雰囲気って、私にはすごく恐ろしいものでもあるの。ほら私って、美しいものにすごく敏感だから。おかしなものでねえ、うちの子はふたりとも私と同じ。ピーターなんて、まだ三歳半なのに。ほら私って、壁に掛かった絵が曲がってたら、まっすぐに直さないと眠れないの。絵にうなされる気がしちゃって」

「悪いけど」ローズマリーはほほえみに優越感をにじませた。「私だったら、額縁が曲がってても、気づきもしないでしょうね」

「ええ、私もすごくぼんやりしてるの。夢でも見てるみたいで、なんでもかんでも忘れちゃう。よく思うんだけど、これがうちのジェニファーにも遺伝したと――あの子が空想にふけるところにはビックリするわ！　あら、みんなが言ってるのよ。私だけじゃなくて。子供たちは、おじいちゃまとおばあちゃまの海辺の家にお泊まりするのが大好きなの。うちの両親は浜辺で質素に暮らしてるわ。私にはその心境がよくわかってきたし、クライヴも同じ気持ちでね、実の両親よりはるかに思いやってる……。こんな冗談を身内で飛ばし合うの！」

マンセル家でよく使われるユーモアの一例を聞いて、ローズマリーはちょっと呆れた顔をすると、感情を押し殺した声で言った。「あなたが嬉々としてここに来たのは妙な話ね。私はどうしても出て行きたいのに！　あれもこれも同じだなんて――！　そんなの神経に障らない？　でも、私と違って、あなたは神経をすり減らしたりしないのよね」

ベティ・ペンブルがその嫌みな言葉を聞き流すはずもなく、実は、私は神経が服を着ているようなものよ、としんみりと答えた。「自分のことは絶対に話さないの。だって、悩みを打ち明ける人って最低だと思うわ。といっても、私はすごく強い人間じゃないけど。たとえば、ひどい神経性の頭痛持ちだし。ほら私って、しょっちゅう悲鳴をあげそうになるの。それって、神経過敏なせいじゃないかしら。うちの子たちはどっちも私にそっくり。すごく神経質で、すぐに機嫌が悪くなるの。私みたいに感情を内に秘めて、抑えつけるのよ」

たまたまこの発言を耳に挟んだマンセル夫人は、容赦なく娘をやりこめた。「ばかおっしゃい！　あなたがあの子たちを甘やかすこと、それだけが問題なんです」

叱られたベティは真っ赤になり、すぐさま母親と議論を戦わせ、お母様は何もわかってない、私は子供たちの扱いが誰よりも上手だとみんなから褒められる、と自慢した。マンセル夫人がこの不特定多数の証言に納得できない様子なので、さっそくベティは加勢してほしいと夫に訴えた。クライヴとジム・ケインは、サリー対グロスターシャーのクリケットの試合の結果を予想していたが、熱論に水を差される格好になった。クライヴはとばっちりを受けて義母に咎《とが》められ、ベティの育児能力の実例となるさまざまな出来事が頭によみがえってきた頃には、ジョー・マンセルとケイン夫人とクレメントまでがこの話題を論じ合っていた。ジョーが口火を切り、子供が遊ぶ姿を眺めるのはいいものだと言うと、クレメントは意味ありげな目つきで妻を見て、子供に恵まれない身の上を嘆き、ケイン夫人は自分が若い頃には子供は神経など持ち合わせていなかったと明言した。

これはいたって気立てのよい母親を怒らせようとした発言だった。マンセル夫人が真っ先に賛成すると、ベティ・ペンブルは自分の主張を強固にするべく、あれこれ知恵を絞り出した。あくまで〝人は〟と一般的に話しつつ、それとなく自分の意見を出して、ふたりのヴィクトリア朝の頑固者に、どちらも子供の心をわかっていないことを思い知らせるという難業に取り組んだのだ。

この議論が白熱するかたわらで、ローズマリーはむっつりと押し黙り、ジム・ケインはここぞとばかりにパトリシアと話し込み、ジョー・マンセルはサイラスの席に近づいて、ちょっと話そうと声をかけた。

サイラス・ケインは「ああ、いいとも、ジョー！」と、独特のゆったりした、礼儀正しい口調で答え、椅子から立ち上がった。「書斎に行けば、誰にも邪魔されまい」

ジョー・マンセルは主人のあとから書斎に入った。窓の向こうに、屋敷の側面にある植え込みが見える飾り気のない部屋だ。ベティと子供たちが滞在しているので〈杉の木荘〉はたいそう賑やかだ、とジョーは言った。

「ほほう！」サイラスは言った。「で、長逗留になりそうかね？」

「なに、ひと月くらいだろう。ベティは子供たちの生活をがらりと変えたいらしい。ゴルダーズ・グリーンが健康に悪いとは聞かないが――あまりね。それでも海辺とは雲泥の差がある。ここだけの話、うちで娘たちの面倒を見られるのは幸いだったよ。なにせ、今はロンドン証券取引所の状況が芳しくないしねえ。家内と私は、クライヴがいささかやりくりに困っているのではないかと――いささかだよ」

「まあ、困っているだろうな！」サイラスは大戦後の世界をむなしそうに考えた。「不安定なご時世だ」

「ああ」ジョーは頷いた。「どっちを向いても安定性なし。だがな、その話をしたいわけじゃない」

彼は葉巻をトントンと叩いて、たまっていた灰を暖炉の火格子に落とし、咳払いをした。「どうかな、ロバーツの提案をじっくり検討してくれただろうか」

サイラスの冷たい灰色の目に有無を言わさぬ表情が浮かんだ。彼はその目で共同経営者を見据えて答えた。「いいや。私の見立てでは、今はリスクのある開発事業に乗り出す好機ではない」

「私としては、見通しは明るいと思うがね。手広くやるのさ、サイラス！　時代に乗り遅れてはならないし、オーストラリアでもうちのネットを販売すれば疑いなく――言わせてもらえば、露ほどの疑いもなく――初期投資が数年で十分に報われる」

「そうかね？」サイラスは両手の指先を合わせた。「そうかもしれんな、ジョー。しかし、私はロバーツの計画が気に入ったとは言いかねる」

「クレメントは賛成しているぞ」

「そんなことだろうよ」サイラスは皮肉っぽい言い方をした。「だが、君の言う初期投資に対して責任を負うのはクレメントではない。ジョー、君に賛成できなくて心苦しいが、私にはこの計画の見通しがつかん」

ジョー・マンセルは恨めしそうにサイラスを見た。独り者はいくらでも勝手なことが言える。自分に頼って生きている家族がいないから、金袋にどっかと腰を据え、リスクのある開発事業に乗り出す好機ではないなどとほざけるのだ。サイラスはけちだ。そこが彼の悪いところだ。昔からけちだったし、父親のジョンと祖父のマシューもけちだった。ただしマシュー・ケインは莫大な財産を遺したことを考えると、高い儲けが出ると判断した場合は躊躇なく金を使っていたらしい。マシューはどんどん儲けて、〈ケイン&マンセル社〉を創設した。こうしてジョー・マンセルは、ケイン家の富の証左としてマシューを考え、これまでになく憤然として、自分の所有する株に比べてサイラスの持ち分が多いことを思い出した。いよいよ事業拡大のチャンスが訪れたのに、他社が好機をつかむのを指をくわえて見ているしかないのか。いくらサイラスが保守的で新しいアイデアに耳を貸さず、大金持ちゆえに新しい市場を開拓する必要はないと考えるからといって。サイラスはあの胸糞が悪い愛想笑いを浮かべ、こちらの意見を聞くことは聞く。さらに、計画には一定の利点もありそうだと認め、なるほど興味深いと言う。だが、いざ話が具体化して、計画の着手に必要な資本金を求められる段になると、一転、頑として反対するのだ。

いっぽうサイラスは、翳りを帯びた目でジョーを見ながら思っていた。この男は昔からこうだった。判断力に欠け、性急に事を進める。アメリカ英語でしゃべる口先巧みな奴に言いくるめられるとは、いかにもジョーらしい。他人の金は景気よく使うのが、ジョーという人間だ。クレメントはジョーよりましかと思っていたが、やはり判断力に欠けている。あの派手好きの妻に贅沢させるため、もっと稼ぐことしか頭にない。とにかく、うちは海外展開のような手法で業績を伸ばしてこなかった。サイラスはそう言ったが、いつもの丁重な口調を崩さなかった。

「時代に乗り遅れてはだめだ」ジョーは繰り返す。「君はかなりの収益をあげるぞ」

「そうかもしれん」サイラスは頷いた。「だが、私はもう若くない。その収益を使える日まで生きられるかどうか」

今度は心臓が悪いという話題に切り替えたか。ジョーはうんざりした。サイラスは永遠に生きるとしか思えないが。

「まあ、君をごまかすつもりはないよ、サイラス。私はこの計画に大賛成——大賛成なんだ！　実を言うと、近頃、生活が少し苦しくてね。株の配当が減ったし、クライヴに苦境を乗り切らせなくてはならないし。あとは、ポールの問題もあるしね」

「いやはや！　それはとんだことで」サイラスは自分になんの関わりがあるのかと解せなかった。ジョーのまずい投資や、義理の息子の厳しい懐具合、実の息子が別れた妻に払わねばならない生活費。すべて自業自得ではないか。

「計画に賛成してもらえたらいいんだが」

「うむ、賛成したいところだ。君は大いに乗り気だからな」

それはサイラスの頭をぶん殴りたくなる発言だった。ジョー・マンセルはやっとの思いで怒りをこらえ、椅子から立ち上がった。「とにかく、最終的にロバーツの提案を却下するにせよ、まずはよくよく考えてくれ」彼は言った。「今夜ロバーツはロンドンから戻り、君の決断を求める予定だ。ポールは賛成している。我が息子ながら抜け目ないと言わざるを得ないね。そうそう、ポールは今夜来られなくて残念だと言っていた」

「まったくもって、こちらこそ残念だ」サイラスはしらじらしい嘘をついた。ポール・マンセルが嫌いなのだ。彼は抜け目ないというより辛辣なたちで、妻に逃げられてしまった。髪にオイルを塗り、ウエストを絞った上着を着て、いつもパトリシア・アリソンを追い回しているチャラチャラした男。率先してオーストラリア側の取引先に指図する気でいるのだろう。呆れたことを考えるものだ！

ふたりは客間に戻った。ケイン夫人は疲れているようだ。顔に深い皺が刻まれ、周囲で続いているどの会話にも加わろうとしていない。アガサ・マンセルはケイン夫人の口数が少ないと気づき、ローズマリーのほうを向いて、例の優しく威厳にあふれる口調で、日頃いそしんでいる有意義な活動について講釈をぶっていた。夫がサイラスより先に入ってくると、アガサは物問いたげに彼を見た。すると、ジョーはかすかに首を振りながら顔を上げ、もう夜も更けてきたからおいとましよう、と言った。

マンセル夫妻とともにクライヴとベティのペンブル夫妻が出て行き、数分後にはクレメント・ケイン夫妻が帰宅した。クレメントはしばらく残り、サイラスがオーストラリア進出計画にどんな決定を下すのかを尋ねた。サイラスから計画が気に入らないと言われ、クレメントは意気消沈したように言った。「そうかもしれません。それでも、我が社に莫大な収益があがるところだったのに。残念ですよ、マンセル家の人間は必要な資本を準備できませんから」

「それが自分の金だったら、ドブに捨てようとする者はおるまい」サイラスは冷たく言った。

クレメントは赤くなった。「これがドブだとは思えません。しかし、あなたには拒否権があります。提案を拒否したければね。さあ、ローズマリー。支度はできた？」

サイラスはクレメント夫婦を玄関まで送った。ケイン夫人もまた立ち上がり、ふと思い出したようにジムに言った。「外は嫌な霧が出ていますよ。今夜は泊まっていきなさい」

ジムは首を振った。「お気遣いどうも、大伯母様。でも、やっぱり戻らないと。ご心配いただくほどの濃霧じゃありません。車を飛ばして振り切ってやります」

「いいかげんになさい！」ケイン夫人は不機嫌に言った。それから続けた。「あの子はそろそろ寝る時間ですよ」

ティモシーはむっとしたが、ケイン夫人の仰せとあっては逆らえなかった。実際、目をあけているのも一苦労というありさまなのだ。

「しまった、そのとおり！」ジムはようやく異父弟がいることを思い出した。「階上《うえ》に行きなさい、ティモシー」

ティモシーは、ジムはよけいな口出しをしないでと、低い声で威厳を込めて言った。本当は異父兄が大好きで、スポーツが得意なところに憧れている。ことあるごとにジムの言葉を借り、彼がラグビー場や陸上競技場で活躍した話を言いふらしては、自分まで晴れがましい気分になるのだが、尊敬の念を悟られてはみっともない、とでも思ったのだろう。そこでジムが別れの挨拶をして、「また来週来るからな」と言っても、この吉報に大喜びするどころか、じゃ、それまで我慢してみるよ、と答えただけだった。

ジムが客間で大伯母に挨拶していたところへサイラスが戻ってきた。最後の客を送り出し、満足げな顔をして、今夜のパーティは大成功だったと言った。

「ふん！」ケイン夫人は落ちくぼんだ目で息子を見た。「ジョーときたら、あなたに浅はかな計画に出資させようとして。きっぱり断ったでしょうね。まったく愚にもつかないことを！」

「その件では、ジョーと意見が一致しません」サイラスが答える。「おや、ジムも帰るのか？」

「今夜は泊まらせたほうがいいでしょう。霧が出ていますからね」

「ああ、確かに」サイラスは頷いた。「しかし、もやがかかっている程度ですよ、お母さん。危険はありません。私もいつもの散歩に出ます」

「相変わらず散歩を続けているんですか？」ジムはほほえんだ。

「歩かないと、一睡もできずに夜を明かすはめになる」サイラスは言った。「降ろうが照ろうが、ぶらぶら歩いてから床《とこ》につくのさ」

「くだらない！」ケイン夫人がうんざりしたような声を出した。「不眠症ではないなら、二十四時間眠れます！　親のわたくしが不眠症ではないのに、あなたが不眠症のはずがないでしょう」

「まったく、わけがわかりませんよ」サイラスはぼやいた。

「今にひどい風邪を引きますからね。注意されたことを忘れるんじゃありませんよ！　ミス・アリソン、ベルを鳴らしておくれ！　さすがに疲れました」

ジム・ケインはその場に残り、ケイン夫人に手を貸して車椅子に乗せると、それを執事と従者が狭い階段を持ち上げていく傍らで、なんとかパトリシアと二言三言交わした。それから海霧の危険に敢然と立ち向かうべく、勇んで出て行った。パトリシアは、ケイン夫人の黒檀の杖と膝掛けとハンドバッグを抱え、車椅子のあとからしずしずと階段を上った。

エミリー・ケインには話し相手と専用のメイドがいて、屋敷の西棟にある続き部屋を使っている。パトリシアが夫人に続いて寝室に入ったとたん、メイドのオグルが夫人を肘掛け椅子に座らせた。パトリシアは荷物を下ろし、ケイン夫人の世話は嫉妬深いオグルに任せようとしていた。ところが、夫人の声が響いた。「ちょっとお待ち！　あの尻軽女は温室であなたにどんな話をしたんです？」

「これといって」パトリシアは答えた。「前に聞いたことばかりでした」

「あの女はダーモットと駆け落ちしますよ」ケイン夫人は予言した。「いい厄介払いができて、せいせいします！　何も一族に不祥事が起こってほしいわけじゃありません。不祥事はマンセル一族に任せていますから。あの夫婦とご子息にね！　いいこと、あのどら息子には肘鉄を食らわしておやり」

「そうします」

ケイン夫人は、オグルから渡されていた〈ホーリック〉の麦芽飲料を飲み始めた。「息子も寝しなに温かいものを飲んだら、こんな夜ふけに崖をほっつき歩くより体にいいでしょうに」夫人は言った。

「新鮮な空気ねえ！　近頃は、新鮮な空気が必要だなんて出鱈目な説ばかり。我慢なりません。息子がひどい風邪を引かないとも限りませんからね」

「サイラス様はすっかり元気になられて、もうどんなお天気でも大丈夫でしょう」パトリシアは慰めるように言った。

「それはわかりません。息子は父親に負けず劣らず強情ですから。ケイン一族はみんな強情ですけどね。ジムも身内の者と同じくらい強情っ張り。いいこと――ほら、これを下げなさい」

オグルが空《から》になったグラスを引き取って、寝室を出た。ケイン夫人はパトリシアに言った。「今夜は面白くもおかしくもありませんでしたよ。わたくしに隠し事をするのはおやめ！　あの尻軽女はよからぬことをもくろんでいるのか、わたくしにはその気配をつかめないのか。いったいどうしたんです？」

「それが、私が見たところ、もっとお金が欲しいようです。彼女が引いているロシアの血が騒いで」

ケイン夫人は一瞬ぽかんとして、げらげらと笑い出した。「なるほどねえ。子供が二、三人いたら、どれほどためになるかしれないのに。わたくしがそう言っていたと伝えてちょうだい」

パトリシアは笑った。「ご自分でおっしゃって下さいな、大奥様」

オグルが寝室に戻ってきて、仰々しくドレッシングガウンを広げる儀式を始めた。パトリシアは雇い主におやすみなさいと挨拶して、自室に引き取った。

ジェイムズ・ケイン氏のプロポーズはずっと前からパトリシアの頭を占領していたが、夢の中までは煩わせなかった。彼女はいつものとおりぐっすりと眠り、翌朝七時四十五分にメイドがお茶を運んでくるまで目を覚まさなかった。

「ミス・アリソン、よろしければプリチャードがお話ししたいそうです」ドリスという若いメイドは、これは妙な頼みだと思っているようだ。

パトリシアは目をしばたたき、眠そうな声で尋ねた。「プリチャードが話したい？　なんの用？」

「わかりません。プリチャードは何も言わなかったので。ただ、様子がおかしいんです」

パトリシアは起き上がった。「具合が悪いの？」

「いいえ、違います！　具合が悪いとは聞いてませんが、まずいことがあったんでしょう。マラードもあたしも、プリチャードの様子がおかしいって思いました」

すこぶるまずいことがあったようだ。完璧と言ってよい執事のプリチャードが、パトリシアが起床する前に面会を求めるとは尋常ではない。彼女はベッドから出て、さっとスリッパを履いた。「わかったわ。すぐに会います。階上《うえ》に来てほしいと頼んでちょうだい」

「もう階上にいます」ドリスが言った。「踊り場で待ってます」

パトリシアはドレッシングガウンをはおり、廊下に出て行った。プリチャードは階段のてっぺんに立っていた。執事の様子がおかしいとは思えないが、確かにひどく心配そうな顔をしている。執事はパトリシアの姿を見るなり、こんなとんでもない時間に起こして申し訳ないと謝り、声を落とした。

「事態が――不穏とは言わないまでも――深刻だと判断しなかったら、ご足労いただくことはありませんでした。旦那様が、その、寝室にいらっしゃらず、ベッドでお休みになった形跡がないのです」

パトリシアはまじまじとプリチャードを見つめた。いろいろな説明が追いつ追われつしながら頭を駆け巡っては、腑に落ちないと追い払われた。彼女は思わず尋ねた。「本当に？」

「どうぞご自分の目で確かめて下さい」プリチャードは言い、先に立ってサイラスの寝室に向かった。

きちんと折り返された寝具と、潰れていない枕、ベッドに置かれたパジャマ。妙にぞっとする眺めだ。サイラスは自分のベッドで寝なかったに違いない。パトリシアは気を取り直して、てきぱきと言った。「敷地を探しに行かせた？　ゆうべも旦那様はいつもの散歩に出かけたの。どこかで心臓発作を起こしたのかもしれないわ」

「はい、わたくしもすぐにそう考えました、ミス・アリソン。まだ旦那様のお姿は見当たりませんが、エドワーズとプルマンに崖の歩道を歩かせています。旦那様はその道をお通りになるはずですので。この件は、大奥様の代理として、あなたにお知らせするのが最善だと考えた次第です」

「もっともだわ。詳しいことがわかるまで、大奥様を不安にさせることは言わないでね。ところで、ゆうべ旦那様をお見送りした？」

「それがあいにくと。ジェイムズ様がお帰りになった際、旦那様はいつものお散歩に出るとおっしゃいました。わたくしは海霧が濃くなってきたと申し上げましたが、旦那様は意に介されなかったのでございます。旦那様の流儀はご存じですね。寝ずにお帰りを待つ必要はないとのお指図ですから、わたくしは床《とこ》に入り、旦那様をきちんとお見送りしておりません」

パトリシアは頷き、階段を下りていった。踊り場に着いたとき、ティモシー・ハートの寝室のドアがあいた。ティモシーは髪がくしゃくしゃに乱れた頭を突き出し、なんの騒ぎか教えてほしいと言った。

静かに話していたのに、なんの騒ぎとはあんまりな言われようだが、パトリシアはそれを聞き流して、なんでもないとだけ答えた。ティモシーは彼女と執事を咎めるように見比べて、やけに鼻にかかった声で言った。「よお、ねえちゃん、こいつは覚えとけ！　俺をだませやしないぜ！」

「おい、にいちゃん」パトリシアも負けじとばかり言い返す。「悪いこと言わねえから帰んな！」

ティモシーはにやりとして、誘われたと解釈したらしく、踊り場に出てきた。「あなたはひょうきんに見えるなって思ったんだ」少年は言った。「それより何があったのさ？」

プリチャードがこほんと咳払いをしたが、パトリシアはハート少年に秘密を打ち明けるべきだと思った。「まだはっきりしないけど、旦那様のことなの。ゆうべの散歩の途中で体調が悪くなったのか、事故にでも遭ったのか。ここには戻っていないみたい」

ティモシーは目を丸くした。どうひいき目に見ても、こうした凶報を心から喜んでいるとしか思えない顔だ。「ほらね！」少年は息をのんだ。「だから言ったじゃないか！　僕はその手のカンが働くんだ！」

「ばか言わないで！」パトリシアが腹立たしげに言った。「どうやったらカンとやらが働いて、旦那様が心臓発作を起こすとわかったのよ？　だいいち、発作の話はしなかったじゃない」

「ちゃんとした！」ティモシーは言った。「そりゃあ心臓発作の話はしなかった。だけど、今夜この屋敷で誰かが殺されても、僕は全然驚かない、って言ったのははっきり覚えてる。ほんと言うと、まさかサイラス伯父さんの身に起こるとは思わなかったけど、何か不吉な予感があったんだな」

執事は仰天して怒っているようだが、パトリシアは平然としていた。「これが冗談のつもりなら、不謹慎な冗談ね。殺人なんてあるわけないでしょう。でも、私たちは伯父様の身を案じているの。そんな口出しは趣味が悪いわ」

「ごめん」ティモシーは謝った。「正確に言うと、あの人は伯父じゃない。そもそも、親戚でもなんでもないんだよね」

「いいから着替えていらっしゃい」パトリシアは言った。「それから旦那様を探すのを手伝って」

この助言に従ったほうがよさそうだとティモシーは思った。「了解！」と言うなり、再び自室に姿を消した。

「私も着替えるわ」パトリシアは執事に言った。「大奥様に何も言わないよう、オグルに口止めしてくれたでしょう？　ぺらぺらしゃべるような人じゃないけれど」

「女性の使用人はまだ何も知りません。まずあなたにお知らせするべきだと考えました」

「じゃあ、事情がわかるまでみんなには黙っていて。すぐに戻るわね」

パトリシアは急いで着替えたが、ティモシーとの競争に負けてしまった。ハート少年は非常時にいつまでも顔を洗っているのは浅はかだと考え、十分も早く階下に下りていた。

ティモシーはパトリシアが来るまで待たず、さっさと外に出て捜索に加わった。ようやくパトリシアが玄関ホールに着いたとき、ティモシーは真っ青な顔で戻ってきて、うわずった声で言った。「そこで従者たちに会った。それがさ、ひどいことになってたよ、ミス・アリソン。伯父さんは死んでる」

パトリシアはしばらく何も言わなかった。サイラス・ケインは死んでいるかもしれないと、すでに覚悟はできていた。知らせを聞いて、不安が現実になっただけだ。

「今、屋敷に運んでくるところ」ティモシーは続けた。「ほんとに、こんなことになるとは思わなかったよ、ミス・アリソン」

「ええ。そうよね」パトリシアは振り向き、プリチャードが使用人棟から玄関ホールに入ってくると、なるべく声を落とした。「ティモシー坊ちゃんから話を聞いたわ、プリチャード。どうしてそんなことに？　心当たりはある？」

　執事はすっかり動揺している様子だった。「旦那様は崖の下で発見されました。崖っぷちに沿って小道が通っている場所です。霧のせいで道に迷われたに違いありません。申し訳ございませんが、わたくし少々動転しております。これほど動転した覚えはございません。わたくしどもがベッドで横になっている頃、お気の毒な旦那様は物騒な岩に叩きつけられていたとは！　手の打ちようがあったとは申しません。旦那様がお出かけになりさえしなければ！　わたくしはそれだけを、何度も何度もつぶやいているのです。こんなことをお知らせしたら、大奥様の寿命が縮んでしまいます」

　パトリシアは紋切り型のせりふで答えた。ケイン夫人はショックや悲しみで死ぬような弱い人ではないだろうが、サイラスが死んだことを雇い主に知らせるのは気が重い務めである。ひとしきり思案して、パトリシアは夫人が朝食を終えてから報告しようと決め、オグルを探しに行った。

　体面にこだわるオグルは、妬ましくてやまないミス・アリソンが何を言おうと反対するのだが、ケイン夫人に寄せる思慕の念に免じて、今回ばかりは相手の判断を受け入れた。しかし、受け入れるにあたり、ここぞとばかりにパトリシアに言って聞かせた。あたしは誰よりも大奥様をよーく知ってます。大奥様は今度のショックにもくじけませんとも。長い人生で、それこそいろんなショックに耐えてきなすったんですからね。

　オグルの言うとおりだった。パトリシアがケイン夫人のベッドのそばに立ち、「大奥様、悲しいお知らせがあります」と声をかけると、夫人は鋭い目を向けて大声で言った。

「持って回った言い方はおよし！　何事です？」

　パトリシアはケイン夫人に事情を話した。夫人は悲鳴をあげず、涙ひとつこぼさなかった。ただ、顔はますますこわばり、目はパトリシアには見えないものに焦点を合わせるようになった。薄い両手は、痛風で指が曲がっていて、キルトの上でじっと動かない。夫人はしばらく黙っていたが、ようやくパトリシアの顔に視線を向け、声を尖らせた。「何をぼんやりしているんです？　まだ続きがあるんですか？」

「いいえ、大奥様。もう下がったほうがよろしいでしょうか？」

ケイン夫人は苦笑いした。「この手をさすって、存分にお泣きなさいとでも言いたいのでしょうねえ」

「それは違います」パトリシアは率直に答えた。「大奥様のご要望に応えるのが私の仕事です。ただし、ご要望は詳しくお教え下さい。このような事態に出くわすのは初めてですから、どうしてよいやら途方に暮れています」

「いい子だ！」ケイン夫人は感心した。「わたくしのことを血も涙もない老婆だと思ったでしょうね。あなたもこの年齢《とし》になったら、死ぬのは大したことじゃないとわかります。今はそう思えなくてもね。さあ階下《した》に下りて働きなさい」夫人は言葉を切った。そして、初めて感情らしきもので顔をゆがませた。「クレメント」彼女はぽつりと言った。「そうです。クレメントを」

パトリシアは頷いた。「承知しました。ただちにお電話をかけます」

ケイン夫人は妙な顔つきでパトリシアを見た。「ここへ呼び寄せなさい」彼女は言った。「クレメントとあの細君を」

「双方にお会いになる必要はありませんよ、大奥様」

ケイン夫人は突然の怒りに襲われて身を震わせた。「ばかだね、わたくしは死ぬまでここでクレメントと暮らすんですよ！」

「それは考えてもみませんでした」パトリシアは正直に言った。「でも、大奥様がクレメントさんとひとつ屋根の下に暮らすことに耐えがたくなったら、いつでもご自分の家をお持ちになれますよね？」

ケイン夫人の目つきが険しくなった。「わたくしが六十年以上も住んでいた家から追い出されるというんですね？　ふん、冗談じゃありません！　ここを出るのは棺に入ったときです。よく覚えておきなさい！」

パトリシアは、自分が知っているクレメント・ケインには大伯母を追い出すような真似はできそうもないと思った。だが、夫人の前では口を慎み、クレメントに悲劇を知らせに行った。

階下でティモシーが待っていた。少年はサイラスの死にショックを受けて押し黙り、朝食のあいだはずっと沈んでいたが、もういつもの姿に戻ったようだ。ただし、声を落として話すのが当然だと思っているらしい。パトリシアが電話でクレメント・ケインと話す傍らで、ティモシーは眉間に皺を寄せて立っていて、彼女が受話器を置いたとたん、少年はさも不審そうな声で言った。「ねえ、ミス・アリソン、検死審問はひらかれる？」

「ひらかれるでしょうね」

「そうか！」ティモシーはいかにも意味ありげに声をあげる。「それじゃ、僕の考えてることわかる？」

「ええ」

「じゃあ、なんだよ？」ティモシーはむっとして尋ねた。

「カンとやらが働いて、旦那様は殺されたという気がした」パトリシアは淡々と答えた。

ティモシーはうろたえ、しどろもどろに言った。「まあ、そうだけど。それに、僕のカンは絶対に当たってる。当たってるって思わない？　正直に言って、ミス・アリソン、どう？」

「思わない」パトリシアは答えた。「ちなみに、私なら二度と殺人の話なんかしないわ。ばかみたいだもの」

この痛烈な返答にティモシーはかんかんに腹を立てて立ち去り、ジェイムズ一世時代風の椅子に向かって真理を説いた。ある（不特定の）人たちは、すぐ目の前で起こることにも気がつかない。真実が明らかになったら、ばか丸出しってところだな。

第三章

　クレメント・ケインはゆっくりと受話器を戻して、しばらくじっと座っていた。ミス・アリソンには型通りに驚きと悲しみの言葉を伝えたが、短い通話が終わると、彼の顔には驚きも悲しみも見られなかった。まったくの無表情だ。電話機を見ていたが、それから大きく息を吐いた。立ち上がり、ポケットからシガレットケースを取り出し、煙草を抜いて火を点けると、火の消えたマッチをきちんと灰皿に捨てに行った。しばし煙草を吸ってから、吸いさしを揉み消し、シャツの袖をぐっと引っ張り、二階の妻の部屋に向かった。

　ローズマリーはいつもベッドで朝食をとる。本人に言わせると、めっぽう朝に弱い体質で、それが治りそうもないので、自室にこもったほうが合理的なのだ。クレメントが部屋に入ると、ローズマリーの朝食の残りは脇に押しやられ、カーネーションが入った大箱が彼女の膝に載っていた。クレメントはその花束をよく見ようとしなかった。送り主は察しがつく。だが、トレヴァー・ダーモット氏をその気にさせるなと頼んだら、妻をイライラさせるばかりか、夫の沽券に関わる。

　ローズマリーはカーネーションを抱きかかえた。二本の淡いピンクの花が彼女の頬をかすめた。

「きれい、ほんとにきれい！　私みたいな女にはお花が欠かせないの。それがわからない人がいるなんて不思議でしょうがないわ」

「それほど花が欠かせないなら、君が庭を放ったらかしにしているのは驚きだと言うしかないよ」クレメントはぶすっとした口調で言った。

ローズマリーは肩をすくめた。「しょっちゅう言ってるでしょ。私にその手のことを期待しても無駄だって。そういう家庭的な女じゃないの。親にしつけられなかったのよ」

クレメントはローズマリーの不機嫌な表情に気づいて、慌てて言った。「わかってる。どうしようもないよね。そんな話をしに来たわけじゃないんだ。さっき、ミス・アリソンから電話があった。まったく、思いがけない、ええと——衝撃的な話で、すっと頭に入らなかったよ。実は、サイラスが死んだ」

ローズマリーは大声をあげて花束を取り落とした。「ええっ！」

「そう——そうなんだ！　恐ろしい事故だよ。どうやら即死だったらしい。ゆうべサイラスは、霧の中いつもの散歩に出た。向こうは霧が深かったよね？　のろのろ運転で帰れと言われたのを覚えているだろう？　とにかく、さっき言ったとおり、サイラスは霧の中で崖っぷちに沿って曲がりくねる小道を外れて、転がり落ちたんだ。考えるだけでおぞましいだろう？」

ローズマリーはきらきらした大きな目でクレメントを見据えた。「死んだ？　サイラスが本当に死んだの？　クレメント、まさかそんな！」

「ああ、ありえない話だ。そんなことが起こったと思うと、気が滅入るよ」

「ええ、ほんと」ローズマリーは頷いた。「でもね、自分にとことん正直になるのが私の主義なの。いいこと、クレメント、こうなると私たちの人生ががらっと変わるのよ。窮すれば通ず、っていうじゃないの。去年ママが始めたあれみたい。〈正しい考え〉とかなんとかいってね、欲しいものを一心に願って、それが手に入ると信じ込むと、あとはなんにもしなくても、ちゃあんと手に入るわけ」

クレメントは妻に同意できなかった。その妙な信条の提唱者が何者にせよ、ローズマリーの説明を聞いて喜ぶだろうか。そもそも、身内の死を一心に願うことが〈正しい考え〉とは思えない。思い切って――ただしやんわりと――そう言ったうえで、釘を刺しておいた。君の真意はよくわかるが、言葉には気をつけたほうがいい。無神経な人間だと思われたくないからね。

ローズマリーは夫の言葉をあっさり片付けた。「愛しいクレメント、私には欠点が山ほどあるけど、正直であるのは確かだわ。サイラスが死んで悲しいなんてふりはできない。だって、悲しくないんだもの。私って無神経なのかも。我ながら、どこか薄情なところがありそう。サイラスの死を悲しむ理由なんかないけどね。私はあの人が好きになれなかったし、あの人は私をわかってくれなかった。ねえ、これであなたが〈ケイン&マンセル〉の社長になるんでしょ？」

「ええと――まあその――つまり、僕が最大の株を保有することになるね。まだ考えもしなかったけど」

「〈断崖荘〉も？」ローズマリーがたたみかける。「あれもあなたのものでしょ？」

「ああ」クレメントはしぶしぶ認めた。「そうだと思う」

ローズマリーは枕にもたれて、目の上で手を組み、頭をちょっとそらした。「せせこましい、みすぼらしい家とはお別れ！」彼女は言った。「しみったれた家事にさようなら！　ねえ知ってる、クレメント？　私はね、野暮ったい家事で本来の自分がむしばまれてたと本気で信じてるの」

クレメントの視線は、妻がつんと上げた顎の美しい線にとどまった。「だからこそ僕は金持ちになりたかった。君を幸せにする物を買えるようにね、ローズマリー」

ローズマリーはつぶやくように言った。「あなたってば、私にやたら甘いんだから」

クレメントはカーネーションの花束を潰しながらローズマリーにかがみこみ、彼女の喉と、顎と、ひらいた唇にキスをした。「とってもきれいだ！」彼はかすれた声で言った。「君は欲しいものをなんでも手に入れなくちゃ。それを僕が、やっと与えられるようになったんだ！」

「ダーリン！」ローズマリーはため息をつき、クレメントの腕からするりと抜け出した。

クレメントは出社した。ここ一カ月とは打って変わって天にも昇る心地になり、ローズマリーに贈る真珠、ローズマリーに贈る毛皮、ローズマリーに贈る高級大型車といった次元で遺産相続のことを考えた。

サイラスが死亡した知らせはすでに伝わっていた。事務員が並んでいるオフィスで、クレメントは哀悼の表情を浮かべた顔また顔に出迎えられた。声を潜めて話す係長が、従業員一同を代表してお悔やみを申し上げたいと言った。クレメントがジョゼフ・マンセルのオフィスに直行すると、そこには彼の息子ポールと、山羊鬚をたくわえた長身の男がいた。オスカー・ロバーツだ。

三人とも熱心に話し込んでいたが、クレメントが部屋に入ったとたんに声がやんだ。ジョー・マンセルがぬっと立ち上がり、進み出た。「よく出社する気になってくれたね、クレメント。大変なことになったな。気の毒なサイラス！　ついきのう、みんなで〈断崖荘〉に集まり、六十歳の誕生日を祝ったのに！　君の気持ちはよくわかる。今もロバーツに、サイラスは君の父親も同然だったと話していたところだ。いやまったく気の毒に！　持病の心臓のせいだろうね、やはり？」

「それはなんとも」クレメントは答えた。「電話で一報を聞いただけで、あれこれ尋ねませんでした。実を言うと、ショックが大きくて、サイラスが死んだという事実を受け入れられないんです」

「いやまったく無理もない！　私も耳を疑ったよ。動転した！　サイラスを知っていた年月を数えてはいけないな。ゆりかごの中からのつきあいさ。我が社にとって大きな損失になる」

ポール・マンセルは手入れの行き届いた手を悦に入って眺めていたが、顔を上げて、同感だと小声で言った。輪の中にいる四人目の人物は、落ちくぼんだ目を愉快そうに光らせてマンセル父子《おやこ》の様子を窺うと、やや鼻にかかった、間延びしたしゃべり方で言った。「まあ、いくら話していても問題は解決しません。心からお悔やみ申し上げます、ケインさん。ご老体とは意見が一致しませんでしたが、大いに尊敬しておりました。本日この場でビジネスの話をするのは場違いでしょうが、時間もないことですし、私は弊社の利益を考慮せねばなりません」

ジョーは太い息を漏らした。「そうとも、我々一同、君の立場はよくわかる。サイラスは仕事を放り出せとは言いそうにないからね。なあ、クレメント？　ああ、サイラスが陣頭指揮をとらないのは不思議だと感じそうだな！」

「不思議であり、さびしいと」ポールは窓枠のてっぺんを見上げた。

「そう、そのとおり。さて、これからは君が頼りだ、クレメント。サイラスの後継者になってくれ。君なら立派にやれる。私とサイラスはね、ふたりきりになると、君は彼によく似ていると幾度となく話したものだ。君は彼のように合理的に物事を考えるが、彼のような――どう言ったらいいかな？――保守的なところがない！　気の毒なサイラス！　さすがの彼も年には勝てない。仕事は体にこたえるだろうと、たまに思ったりしたよ。気力がなくなった――そんな気配がした程度だがね」

クレメントの疲れ切った表情が濃くなった。彼はせかせかした調子で言った。「まだ先のことを考える余裕がないんです。むろん、自分の立場を考えねばなりませんが、今のところ考えていません」

「無理もない」ジョーがいたわるように言った。「みんな君の気持ちをわかっているとも。しかし、さっきポールにも言ったが、まず君にロバーツの提案を認めてもらわないと。ほら、我々三人ともオーストラリア計画に賛成しているじゃないか？」ジョーはそこで間をおいたが、クレメントは眉をひそめて床を見下ろしたまま何も言わなかった。ジョーはちらっと息子を見て、口先だけの思いやりを並べた。「まあまあ、さんざん話し合ったことだし、また今すぐ相談する必要はないさ。ロバーツはサイラスの最終的な回答を得ようと、昨夜ロンドンから来たんだ。もちろん、遺言の検認が済むまで計画実施は棚上げにするしかないが、我が社の今後の方針については難なく合意できるだろうし、ここにいる友人にこの場で返事ができるだろう。どうだね、クレメント？」

ひとしきり沈黙が続いた。クレメントはあれこれ考えていた。〈断崖荘〉の維持と模様替えにいくらぐらいかかるだろう。相続税は？　これからは高額納税者になるのか。ローズマリーの真珠はいくらだろう。やれやれ、サイラスの言うとおりだった。このオーストラリア進出計画は危なっかしい。十分な見返りを得られる保証もなく、多額の資本を投じることになる。マンセル父子がのんきに計画の話をするのはたやすいことだ。いっさいリスクを冒さないのだから。クレメントは顔を上げた。

「僕は目下、明確な返答ができる立場にないと思います。問題をよく検討しなくてはなりません。事情が一変しましたからね。立場がはっきりするまでは、みだりに言質を与えたくありません。ロバーツさんは、僕が即答しかねることを理解して下さるはずですよ」

オスカー・ロバーツは、ジョー・マンセルの口を封じる格好で答えた。「ええ、そうですとも、ケインさん！　これほど早急な決断を要求するのは無理な話でしょう」

「そうです！　今度の不幸はあまりに思いがけなくて、何がなんだかわからないんです。出社したのは、ひとえにサイラスが他界したことをあなたに知らせるためですよ、ジョー。まだ聞いていないといけませんから。では、さっそく〈断崖荘〉に行って大伯母に会い、そして——その、必要な手はずを整えてきます」クレメントは腕時計に目をやった。「ええ、もう遅いくらいです。途中で妻を拾っていかないと。申し訳ありませんが、失礼します」

クレメントは足早に立ち去った。オスカー・ロバーツはじっと座ったまま、長い脚を組み、唇に泰然自若たる笑みを浮かべていた。ポール・マンセルの声には険悪な響きがあった。「こうなるのがオチってわけだね」

ジョーはクレメントが出て行ったドアをぽかんと見つめていたが、息子がしゃべると振り向いて、強い口調で言った。「ばかばかしい、まったくばかばかしい！　クレメントだって、最初は五里霧中で当然じゃないか。ロバーツさんはそのへんの事情を汲み取ってくれたぞ」

「もちろん」ロバーツは愛想よく答える。「ケインさんをむやみにせかしたくありません。あなたは私の立場をご存じだ、マンセルさん。私は我が社のために最高の相手を望み、あなたがたは最高の取引をする。一緒に問題を解決させてもらえるなら、喜んで協力します。それが無理ならば——そう、次善の相手と交渉することになるでしょう」

「いかにも、いかにも！」ジョゼフは言った。「我々はその方針を全面的に評価します。おそらく——そう、間違いなく、遠からず明確な返事ができそうです」

こうした楽観的な空気の中で話し合いは終わった。オスカー・ロバーツがオフィスを出るが早いか、ポールは語気荒く言った。「あの野郎！　あいつに遺産が入ったらどうなるか、わかってるんでしょうね」

「早合点してはだめだ」ジョーは言った。「彼には一人前になる暇がなかった。それだけだよ」

「ふーん、それだけですかね？」ポールは言った。「まだ一人前になってない！　いやあ、僕に言わせりゃ、みるみる一人前になってきましたよ！　やっとサイラスじじいを厄介払いしたと思ったら、なんとクレメント坊ちゃまが――」

「ポール、よさないか！　ポール！」ジョーが口を挟んだ。血色のよい顔がやや色を失っている。

「おまえはめちゃくちゃなことをしゃべっていた――まさしくめちゃくちゃだ！」

「そうだよ。なんせめちゃくちゃな気分でね！」ポールは父親に言い返した。「僕はばかみたいに思ってた。サイラスが死んだら仕事がやりやすくなるって。ところが今度は――」

ジョーはふたりを隔てる机に手をついた。「口を慎め！」彼はポールが睨み返すのを見て、声をやわらげた。「なるほど七面倒だ。しかし、私は決してクレメントを諦めていない。あれは心変わりするよ。考えてもごらん、ずっとオーストラリア進出計画に賛成していたじゃないか！　ただ、この――このサイラスの死という悲劇には――。ポール、迂闊な口を利いてはならない。お前の言葉を聞いた者があらぬ疑いを――」

「僕がサイラスの死に絡んでいるという疑いを？」ポールは父親の目を見た。

ジョーは片手を振った。「むろん、突拍子もない考えだが、我々がサイラスの死を望んでいたと世間に思わせる原因をいささかも与えてはいけないのだ。それからさっきの、サイラスが死んだらどうこう、という言い種だが。軽率だぞ。軽率にもほどがある！」

ポールは煙草に火を点け、マッチを暖炉の火格子に投げ捨てた。「つい、こう言っただけですよ。サイラスは心臓が弱いとさんざん聞かされていたので、僕はどうしても彼が死んだ場合を想定してしまったと」

「それは無理もない！」ジョーは納得した。「しかし、筋違いだと思っても、慎重に振る舞わねばだめだ。じきに検死審問がひらかれるからな。ほんの少しでも疑われては困る。いやまあ、正気の人間なら、まさかと――」

「おやおや」ポールは澄まして言った。「警察が殺人の可能性があると考えたら、僕の昨夜の行動よりクレメントの行動を知りたがるでしょうよ」彼は言葉を切り、煙草の煙を深々と吸い込んだ。「どうして殺人だと思うんだい、父さん？」

ジョーはぎくりとした。「私が？　冗談じゃない、私は思ってやしない！　決してそんな！　誰もそんなことを考えるわけがない！　サイラスを知っていた者ならな！」

ジョーは間違っていた。ティモシー・ハート少年は、警察の捜査をつぶさに見守り、事故現場を調べ、プリチャードとオグルを問い詰めるというぞくぞくするひとときを過ごして、サイラスはバラされたことがはっきりしたとパトリシアに宣言した。その粗野で冷酷な言い方に、パトリシアはすぐさま異議を唱え、つまらないこと言わないでとたしなめた。

ティモシーは思わせぶりな目でパトリシアを見た。「つまんないと言いたけりゃ、言えばいいけどさ、やっぱり殺人だと思ってるくせに」

「思ってない！」パトリシアは言い切った。「私はね、どうしようもなく恐ろしいと思ってる。あなたが安手のスリラーに仕立てるから、なおいけないわ」彼女はティモシーから離れて、二階のケイン夫人の部屋に行った。ジェイムズ・ケイン氏が来ていて、異父弟を黙らせてくれないだろうか、とかすかな望みを抱いていた。

パトリシアはめったなことでは動揺しない若い女性だが、この運命の日の出来事はいささか神経に障った。警察車両と救急車の到着、警察官の事情聴取、使用人たちのひそひそ話、邸内に広がる疑心暗鬼の雰囲気。これでは落ち着いていられない。ケイン夫人のそばにいても安心できないのだ。

ケイン夫人は専用の居間で、背もたれがまっすぐな肘掛け椅子にじっと座り、うつろな冷たい目で前を見ていた。しなびた唇は秘密を守るように閉じられている。大奥様には非情な一面がありそうだ。パトリシアは想像をたくましくして、我ながら神経質になっていると思った。

ケイン夫人はゆっくりとパトリシアの顔に目を向けた。「おや?」夫人は言った。「では、もう運び出しましたね?」

「はい」

「けっこうなスキャンダルだこと!」ケイン夫人が言い放った。「検死審問! 検死! 主人が草葉の陰で嘆きますよ」

「不愉快な話です」パトリシアは頷いた。「でも、ほんの形式上のことですから」

ケイン夫人はいぶかしげにパトリシアを見た。「そうかしら?」

パトリシアはティモシーの不吉な発言を聞いた直後だけに、夫人の陰気な口ぶりに気まずくなった。夫人と視線を合わせ、しばらくして尋ねた。「どういうことでしょう、大奥様? 何を考えてらっしゃるんですか?」

「わたくしが?」ケイン夫人が尖った声を出す。「何も考えてやしませんよ。わたくしにわかっているのは、息子が死んだことだけ。考えたところで息子は生き返りません。お入り、なんの用?」

オグルが部屋の戸口に立ち、クレメント・ケイン夫妻の到着を知らせた。ケイン夫人はふふっと笑った。「ここへ通しなさい」次にパトリシアのほうを向き、そっけなく指図した。「下がらなくてけっこう。ここにいなさい」

数分後、オグルがクレメント・ケイン夫妻を案内して部屋に入ってきた。ローズマリーは青のリネンのワンピースという格好だが、クレメントはわざわざ腕に喪章を巻いてきた。ケイン夫人はさっそく喪章に目を留めた。「何を嘆くことがあるのか知りたいものですね！」

こうして、面談は幸先のよいスタートを切れなかった。クレメントは、喪章を巻くのはいつものことで、敬意のしるしだと答えた。お悔やみを言おうとしたが、五つ六つ言葉を並べる前に遮られてしまった。「そんなことどうでもいいでしょう！」ケイン夫人が言った。「あなたには同情されたくありません。もっと言えば、誰からも同情されたくないんです」

「私も見習わなくちゃ」ローズマリーが冷ややかに言った。

「あなたが？」ケイン夫人は言った。「ここ一年、誰彼なしに心中を吐露していたじゃありませんか。あなたの魂胆はお見通しですよ！」

ローズマリーはケイン夫人の言葉に腹を立てず、それなりの関心を示しただけだった。「見習ったほうがいいかしら？　私って、自己分析のしすぎだと思います？　私のタイプだと、自己分析はつねに危険なんですって。そりゃそうよねえ」

パトリシアは、ローズマリーがケイン夫人を出し抜いたという気がした。夫人はローズマリーをまじまじと見つめ、いっそう唇を引き結ぶばかりだ。

クレメントは大伯母の前ではどうにも落ち着かず、先々の計画を話し始めた。大伯母様もこの家でひとりきりになるのはお嫌でしょう、と彼は切り出した。ローズマリーがさっそく〈断崖荘〉に引っ越す決心をしたらしい。パトリシアはケイン夫人の怒りが爆発しないかとはらはらしたが、夫人はクレメントの話を促すように黙って聞いていた。見たところ、老女の仮面の陰で頭をフル回転させているようだ。この恰幅のいい、しゃきっとした老婦人にはどこか恐ろしいところがある。身じろぎもせず、うつろな青い目はやけに陰鬱に見える。

「もちろん」クレメントの話は続いていた。「僕たちは大伯母様の便宜を取り計らいます。それは言うまでもありません。ただ、屋敷はこまめに管理する必要がありますので、僕が思うに――つまりその、どうでしょう――僕たちは遺言の検認を待たなくてもよろしいでしょうか。その、検認には時間がかかる場合もありますから――一日も早く引っ越してきたほうがよいかと」

大伯母から迷惑そうに見られ、クレメントの声はか細くなり、とうとう消えてしまった。ローズマリーが話を引き取った。「早いとこ引っ越さないなんてバカみたい。そう思いません？　今の家を買った人がすぐにでも占領したがってる事情もあるし」

「確か」ケイン夫人は言った。「おたくでは使用人のひとりが暇を取りましたね」

「ふたりとも」ローズマリーはあけすけに答えた。「料理人はきのう辞めると言い出しました。うちのレンジに我慢がならないんですって。おまけにけさ、あの憎たらしい客間メイドまで出て行くって言う始末。料理人が辞めるから動揺したなんて。私、もうやってられない」

「気が向いたら引っ越していらっしゃい」ケイン夫人は言った。

窓際に座って刺繍をしていたパトリシアは一瞬驚いて顔を上げ、またうつむいた。

「ダーリン、なんて優しいんでしょ！」ローズマリーが声をあげた。「命拾いしちゃった！」

「ご親切に――まったくご親切に！」クレメントは床を見下ろした。「言うまでもありませんが、僕たちはこの家をあなたのものと見なします、エミリー大伯母様」

「ええ、大賛成！」ローズマリーが頷く。「家の手入れなんてまっぴらごめんだし、ここではどんなことにも口を出さないつもり。まあ、ささいなことは別として。たとえば、私の部屋の模様替えはしてもらわないと困ります。私って、笑っちゃうほど色に敏感な人で、たとえば青い居間を使うしかなくなったら、イライラしちゃって気が変になるでしょうね。それより、食事のメニューを決めたり、使用人に指図したりする仕事はてんでだめなの。パトリシアにすがって、これまでどおりに働いてもらうことにします」

パトリシアはほほえんだが、何も言わなかった。ケイン夫人は軽蔑した顔つきでローズマリーの言葉を聞いていたが、クレメントに目を向けて、出し抜けに言った。「来週はジムに泊まりに来なさいと呼んであります。嫌でも辛抱するしかありませんよ」

「大伯母様！」クレメントは口を挟んだ。「どなたでも招いて下さい。僕がジムをここに呼びたがらないとは、まさかそんな、又従弟に会うのはいつだって嬉しいです！」

「伝えておきます」ケイン夫人は皮肉るように言った。夫人は膝に載せた手を動かした。「それからもうひとつ。あなたが事業で何をしようと、わたくしの出る幕ではありません。けれど、あの口先ばかり達者なアメリカ人と手を組もうという気なら、サイラスが反感を抱いていたことを言っておきますよ。あなたもあのマンセル父子も切れ者のつもりでしょうが、うちの息子が備えていた才覚を誰も持っていません！」

クレメントは赤くなり、少しむっとして答えた。「実を言うと、大伯母様、教えていただくまでもありません。昨夜、その件についてサイラスと話しまして、考えてみますと、彼の意見に完全に同意しました。それに、ロバーツはアメリカ人ではありません。向こうに何年か住んでいましたが、イングランドの出身ですよ」

「それはこの際どうでもよいことです」ケイン夫人が言った。「あの男は先週ここで食事をしましたが、どうにも好きになれませんでした。そのうえ、アメリカ人のような話し方をして。それだけで十分ですよ」

クレメントは思わず傲慢な笑みを浮かべ、軽く肩をすくめてから話題を変えた。不愉快な検死審問に向けて心の準備をして下さいと大伯母に言うと、うぶな娘じゃあるまいしという答えが返ってきた。

クレメント・ケイン夫妻が〈断崖荘〉を出る頃には、クレメントはパトリシアの同情を買っていた。パトリシアの目には、彼が辛抱強くケイン夫人に接しているように見えたのだ。それどころか、つれなくされても憤慨しなかった。クレメントが帰ってから、パトリシアは思い切ってケイン夫人に彼のどこが嫌いなのかと訊いてみた。

「あれはばかですよ」ケイン夫人は厳しい口調で言った。「意気地なしのばかです！　あの男とあれの細君は！」夫人の指がシルクのガウンをもてあそんだ。「あんな夫婦が息子の財産を継ぐなんて。わたくしが死ぬまであんな夫婦と同居するなんて！」夫人の頬にうっすらと血の気が差した。皺の寄ったまぶたのあいだで、目は真正面を見据えた。「ジムがよかった」ひとりごとのような言い方だ。「あの子じゃなけりゃだめだったのに！　クレメントとはね！　あれはやっと半人前の男です！」

パトリシアは黙っていた。夫人の声音にこもった憎しみはわけがわからず、とても信じられない。

「おまけにあれの父親は」ケイン夫人の毒気が濃くなった。「やっぱりばかでしたよ！　昔からあの父子が大嫌いでした——一族まとめて！　頼もしいのはジムだけです」夫人はショールをきつく巻き直した。「ほかの誰にも会いません。万一マンセル家の人間が来たら、追い払いなさい」

アガサ・マンセルもベティもその日のうちに弔問に訪れた。アガサはしつこく粘ったものの、パトリシアに会うと、ケイン夫人は来客に会えそうもないという伝言をつべこべ言わずに受け入れた。ベティ・ペンブルのほうは、事情はよくわかったと言い、種々雑多な花をぞんざいに束ねた花束を差し出した。それは子供たちからのいじらしい贈り物で、サイラスおじさまが死んだという悲しい知らせを聞いて、自分たちで（ベティの話では）思いついたという。

「あの子たちにはね、サイラスおじさまは長旅に出たと教えたの」ベティが言った。「まだおちびさんでしょ。死神の話を聞かせたり、人食い鬼なんかの醜いおもちゃや本を与えたりしないのよ。だって、あのちっちゃな頭を楽しくて美しいものだけでいっぱいにしなくちゃだめよね。でしょ？」

「骨折り損ですよ」アガサはきっぱりと言った。「子供なんて、およそ血も涙もない生き物ですもの」

パトリシアは慌てて花束を受け取って、ありとあらゆる醜いものは子供の目に触れないようにするべきだと同意した。そう考えているのではなく、ベティに子供たちは感受性が豊かだと証明する口論を始めさせないためだ。ベティはこれまでパトリシアを手強い、〝つれない感じの人〟だと思っていたので、彼女に認められて気をよくし、気負い込んで言った。父方のおばさまたちがね、クリスマスにグロテスクな人形をピーターに送ってよこしたから、すぐに取り上げて、かわいい毛糸の子羊のぬいぐるみをあげたのよ。

「ええ」アガサがもったいぶって言った。「このわたくしがあの子の母親なら、あんなに癇癪を起こして泣きわめいたら、さんざんお尻を引っぱたいてやりました。あのクリスマスは忘れようにも忘れられませんわ。そのグロテスクな人形が、亡くなったサイラス・ケインとどんな関係があるのかわかりませんけど」

アガサはパトリシアのほうを向き、事故の一部始終を教えてほしいと言った。パトリシアなら好奇心を満たしてくれると思ったのか、ほとんど何も知らないと言われても、しばらく質問を重ねた。アガサは堂々としていて、相手に有無を言わせない洗練された口調で話す。はからずもパトリシアは、ろくに事情を知らなくて申し訳ないと謝っていた。女王様が退出して初めて気がついたが、アガサ・マンセルは噂話が嫌いで、事故死は人騒がせだからはしたないと考えるくせに、妙に躍起になって事実関係を把握しようとしていた。

さらにふたりの客が〈断崖荘〉を訪れ、名刺とお悔やみの言葉を残していった。ひとりはポール・マンセルで、彼は庭でなんとかパトリシアを呼び止めて、季節外れの挨拶をした。もうひとりはオスカー・ロバーツで、老婦人のおもてなしを受けたので礼儀を尽くしたかったと、のんきなことを言った。

ティモシーは少年らしい容赦ない目でポール・マンセルをじろじろ見て、すごくいい奴じゃんと醒めた声でパトリシアに言った。ところが、私車道でオスカー・ロバーツに出くわすと、すぐさま彼を称賛した。ケイン夫人と違って、ティモシーにはアメリカ人に対する偏見がない。少年にとってアメリカとは黄金郷《エルドラド》であり、荒野には微罪は見逃す保安官と豪胆なカウボーイが住み、町には酒の密造人とギャングと人さらいと連邦捜査官が住んでいる。アメリカ生活に別の一面がありうることには無邪気にも気づかぬままだ。そこでオスカー・ロバーツが、大好きな映画スターと同じアクセントで話しかけたとき、今にも体のどこかから拳銃を引き抜く人の面前に立っているのだとティモシーは思い、ほんとにすごいと相手を褒めちぎった。人を〝坊や〟呼ばわりした最低最悪のマナー違反を勘弁してやれたほどだ。

ふたりはすぐおしゃべりに熱中した。オスカー・ロバーツは手放しで称賛されてくすぐったい思いがしたのか、如才なくアメリカ国民ではないと言わず、ティモシーが思い描くアメリカ生活を訂正することもなかった。ロバーツが控え目にサイラス・ケインの死に触れると、ティモシーは堰を切ったようにまくしたて、サイラスはバラされたという持論を繰り返した。ロバーツ氏は一瞬あっけにとられたものの、ばかにしたりせず、意外にもティモシーのさまざまな仮説に真剣に耳を傾けた。おまけに、事件の現場を検証しようと、崖に案内されるはめになったのだ。ロバーツはティモシーの訴えを聞いて、確かに悪意の人物がサイラスを崖から突き落とした可能性があると認めた。

「じゃあ、ほんとにそういうことだったと思いませんか？」ティモシーは何がなんでも彼を味方につけようとした。

オスカー・ロバーツは尖った顎髭を撫で、やんわりと言った。容疑者になりそうな者は、ゆうべサイラスさんが崖っぷちを歩いていた絶好のチャンスを生かしたに違いないね。

「違いますよ。みんな、サイラス伯父さんが毎晩そこを散歩するって知ってます！」ティモシーはしたり顔で相手の反論を片付けた。

「そうかい？」ロバーツは言った。「サイラスさんの習慣みたいなものかな」

「はい。眠れないから歩くんです」

「なるほど」ロバーツは首を振り振り答えた。「それなら君のほうが正しそうだな、坊や」

ティモシーはキラキラ光る目でロバーツを見上げると、感謝の言葉をほとばしらせ、お茶を飲みに戻って下さいと誘った。

オスカー・ロバーツは誘いを断ったが、ふたりが庭を横切って私車道へ向かう途中で、ティモシーを探していたパトリシアに行き合った。するとティモシーはすかさず、彼女からも誘ってほしいとせがんだ。だが、オスカー・ロバーツが先手を打って、逆にポートローで滞在しているホテルにティモシーを連れて行くことを提案した。

パトリシアは感謝せずにはいられなかった。このつらい日にハート少年のお守りから解放してくれるなら、誰であれ大歓迎だ。ティモシーは新しい友人に同行したくてうずうずしているので、まず手を洗って髪を梳かしてきなさいと言うだけで、外出を許可してやった。

ティモシーは身支度を整えに行き、パトリシアはロバーツと並んで私車道へのんびり歩いていった。

「お心遣いをいただいて恐縮です。本当にご迷惑になりませんか?」

ロバーツはゆっくりと笑みを浮かべた。「いや、かまわないよ、ミス・アリソン。私はあの年頃の子供が好きでね。ちょうど暇を持て余してるから、つきあってもらうのは大歓迎だ」彼の笑みが広がった。「私が映画に出てくるガンマンだといい、と思ってるみたいだね」

パトリシアは笑ったが、一抹の懸念を覚えた。「ティモシーは流血沙汰には目がない子なんです。あの子、ケイン氏の死にまつわる〝仮説〟を話したりしなかったでしょうね? 黙らせようと手を尽くしましたけど、うまくいきませんでした」

「大丈夫だよ」ロバーツは言った。「子供はそういうことを考えるものさ」

パトリシアは弁解しなければならない気がした。「もちろん、その仮説にはなんの根拠もありません。あれは事故でした。ティモシーの話が誤った印象を与えては困るんです」

ロバーツは目をきらめかせてパトリシアを見下ろした。「ティモシーの話に影響を受けたりしないよ、ミス・アリソン」彼はおもむろに言った。

第四章

ティモシーがつくづくうんざりしたことに、サイラス・ケインの検死審問にはスリルのスの字もなかった。サイラスが心臓発作を起こしたと思われる事実が検死解剖で証明され、偶発事故による死という判決が下された。主治医が極めて専門的な証言をして、ティモシーをいらいらさせた。何しろ、発作は予期していなかったが、サイラスが発作を起こしても驚くにはあたらないとまで言い出したのだ。誕生日パーティで興奮して、そこに過労も加われば、発作を起こしても不思議はないと。

ジョゼフ・マンセルもその息子も、サイラスは働き過ぎだったという医師の証言を裏付けた。ジョゼフは私見として、ここ数カ月でサイラスの気力と体力が衰えてきたとも補足した。

クレメントは一段と期待を裏切る証人だった。質問されても、サイラスの健康が衰えてきたとは答えようとしなかった。もう若くありませんでした。何をしても体にこたえたはずです。本人と健康の話はしませんでした。死亡した当夜、本人に疲れたり興奮したりしている兆候は特に見られませんでした。

ティモシーはどんなに止められても検死審問を傍聴したが、判決にはむかむかすると言った。審問が終わると、オスカー・ロバーツはティモシーと、ケイン夫人の言いつけで来たパトリシアを連れて、〈断崖荘〉に戻る前にレモネードとアイスクリームを楽しんだ。ロバーツはティモシーをすっかり面白がっているようだ。少年に自説を語らせ、今だけは言いたいことを言うよう勧めた。ティモシーはこの助言に従い、ポートロー警察の捜査方法に対する不満をぶちまけた。

「サイラス伯父さんが死んだときにみんなが何をしてたかを突き止めなきゃだめなんだ」

「突き止めたわ」パトリシアが言った。「警察がちゃんと事情聴取をしていたことぐらい、百も承知でしょうに」

ティモシーはふんと鼻を鳴らした。「あんなのちゃんとした事情聴取じゃないよ。どこにいたか訊くだけで、そこにいなかったっていう証明をしようともしないんだ。そう、ジムなんか訊かれもしなかった。パーティには来てたのに」

「この人でなし！」パトリシアは小さな声でたしなめた。「そもそもジムが――いえ、おにいさんが――旦那様を殺してなんの得があるの？」

「そりゃそうだけど――」

「実際問題として、坊や、動機のない殺人はありえないよ」ロバーツが言った。

「動機ならあります！」ティモシーは即座に答えた。「たとえばクレメント！　サイラス伯父さんが死ねば大金が手に入るんだから」

パトリシアはレモネードのストローを口から外して、ティモシーをいさめた。「又従兄のクレメントさんに旦那様を殺す動機があったと触れ回ったりしちゃだめよ！」

「あの人は又従兄じゃない。僕はハート家の人間だ」ティモシーは威張って言った。「ロバーツさんは、クレメントには立派な動機があるって思いますよね」

「思うよ」ロバーツは頷いた。「だが、こうも考えるな。私がクレメント・ケイン氏なら、心臓弁膜症を患う老人を崖から突き落とす危険を冒さない。もう少し待って自然に任せてはどうかとね」

ティモシーは首を振った。「待ってられませんよ。超特急で金を手に入れたかったら」

「そんなはずないわ」パトリシアが言った。「クレメントとローズマリーはかなりの財産を持ってるのよ」

ティモシーはしばらく黙っていたが、大盛りのストロベリーアイスクリームを平らげると、新たな考えがひらめいた。「じゃあさ、マンセル父子《おやこ》はどう?」少年は強い調子で訊いた。

パトリシアは喫茶店の中をおずおずと見回した。「頼むから黙ってちょうだい!」

「わかった。でも、あのふたりには動機があるよ。僕はオーストラリアのテレビ番組のことはなんでも知ってる。きっとロバーツさんは――」

「いやいや、坊や、私を巻き込まないでくれ!」ロバーツが口を挟んだ。「次は私にも動機があると言い出すんだろう。おいおい! ミス・アリソンが相手じゃあ、この手の話はでっかくならないぞ。ここいらで切り上げようぜ」

パトリシアはロバーツを見た。「あなたも相当に厄介な人ですね」

「とんでもない」ロバーツは断言した。「しかしね、人が崖っぷちから落ちたら、ミス・アリソン、何事があったのかといぶかるのが人情だ。ティモシーを責められない。あれこれ考えるのは無理もないよ」

「じゃ、あなたは別に――」

「私は一家をよく知らないので、何も考えられないな」ロバーツは声を抑えて言った。

ケイン夫人は検死審問の内容を聞くと、苦笑して、思っていたとおりだと言った。クレメントはパトリシアとティモシーを車で送り届けたのだが、夫人の口ぶりがどこか気になり、どういう意味かといささか声を尖らせた。

「どういう意味かわからなければ、痛くもかゆくもありませんね」

クレメントは赤くなった。「まあ、それはそうです、大伯母様。僕は最初からこう考えればよかったんです。サイラスが死んだのは、霧で道に迷い、そこに運悪く心臓発作が重なったせいだと」

ケイン夫人は例のうつろな目でクレメントを見据えた。「そうではないと誰が言いました？」

ティモシーは味方の存在を嗅ぎ付けた。「僕は言います」

ケイン夫人はティモシーを見た。「あなたは言うのですね。それはなぜ？」

「ええと、理由はいくつかあって。ひとつはサイラスさんが大金持ちだったこと、ひとつは殺人事件が起こるっていう僕のカンが働いたことです」

殺人という言葉は忌まわしく響いた。クレメントは鼻眼鏡の奥でパチンと瞬きして、怒気をはらんだ声で言った。「よくもそんなことが言えるな。君はバカみたいに想像をたくましくしすぎなんだ！いいかげん分別のつく年だと思ったが」

「口出しはおよし」ケイン夫人がぴしゃりと言った。「この子にも、あなた同様に自分の意見を言う権利があります。すると、息子は殺されたわけですね、ティモシー？」

「ええっと、僕もちゃんと知ってるわけじゃないけど」ティモシーは用心しいしい答えた。「すっごく怪しい感じがします。それに、ロバーツさんもそう思ってるみたいです」

「ロバーツか！」クレメントは声をあげた。「ロバーツになんの関係がある？　君がこの件を赤の他人に話していいはずがない！　まじめな話、もういいかげんジムを呼んで、面倒を見てもらわなきゃ困る」

しかし、そのジェイムズ・ケイン氏は、クレメントとローズマリーが〈断崖荘〉に移り住んだ三日後にやってきたが、異父弟の面倒を見る気はあまりなさそうだった。ジムはひたすらパトリシアを追いかけた。彼女はそれまでにクレメントとローズマリーの夫婦、ポール・マンセル、トレヴァー・ダーモット氏に辟易していたため、心から嬉しそうにジムを迎えた。そこで、ジェイムズ・ケイン氏は早合点した。図々しくもパトリシアを抱き上げて、一度ではなく何度もキスしたのだ。パトリシアはたくましい大男に逆らっても無駄だと考えたらしい。ジェイムズ・ケイン氏の荒々しい抱擁に身をゆだね、口が利けるようになったとたん、ちょっと甘い顔をするとどこまでもつけあがる人は大嫌いだと、そっけなくあしらった。

ジムが笑って済ませたので、パトリシアは両手を彼の胸に当てて、ぐぐっと押しのけながら厳しい口調で言った。あなたに会えて嬉しいのは、退屈しきっていたからだと。

「かわいそうに」ジムは愛情を込めて言った。

「お願いだから放して！」パトリシアは焦った。「誰かに見られたら、どう思われるか」

「僕たちは結婚すると思われる。で、それは正解だ」ジムはのんびり答える。

「それより、あなたが大伯母様の話し相手と火遊びしてると思われるのがオチよ」

「この性悪猫め！」ジムはパトリシアと腕を組んだ。「さてと、その問題は片付いたし、この家がどうなってるのか教えてくれ」

「別にどうもなってないわ。どんな様子か、お葬式の場でよくわかったでしょ？」

「おおむね信心深い感じがした、それだけだ。誰のことが癪に障ったんだ？　ローズマリーか？」

「いいえ、おたくのむかつく弟さん。あの子をぴしっと叱ってちょうだい。放っておいたら、あちこちで手がかりを捜して、旦那様は殺されたと触れ回るわよ」

ジムは面白いという顔をした。「本当に？　どうしてそんなことを思いついたんだろう？」

「映画の影響に決まってるわ。私があの手この手であの子を黙らせようとしてるのに、大奥様がそそのかすし、ロバーツさんまで――あの人はそそのかしたかどうかはよくわからないけど、ティモシーが正しいと思ってるみたいで。どうにも落ち着かなかったの」

「ちょっと待った！」ジムが割り込んだ。「ロバーツとは何者だ？　僕が知ってる男かな？」

「いいえ、知らないでしょう。〈ケイン＆マンセル〉との取引を望んでるオーストラリア企業の代理人。とても感じのいい人で、ティモシーにすごく親切にしてくれる。ふたりは旦那様が亡くなってから親しくなったのよ。ティモシーはしょっちゅうロバーツさんをここに招くの。彼が来るたびに、クレメントは逃げてるわ」

「なんでまた？」

「さあ。ティモシーは、ちゃんと仮説を立ててる。クレメントはロバーツさんに何かを感づかれてて、会いたくないんだとか。ほんとのところ、オーストラリア進出計画の返答をせかされたくないのよ」

「ティモシーの奴、全力で事件ムードを盛り上げてるらしいな」ジムはぼやいた。そしてパトリシアを連れて芝生を突っ切り、楡の大木の下のベンチに向かい、そこに腰掛けるよう勧めた。自分も隣に座ると、彼女の横顔をほれぼれと眺めた。「さあ、どうしたのか教えてくれ」

パトリシアはすぐには答えなかった。ジムは彼女の手を取った。「いいこと教えてあげようか。幸せな結婚の基盤は信頼しあうことだよ」

それを聞いて、パトリシアはほほえんだ。「そうでしょうね。なんだか大げさに考えすぎたみたい。ただ――なんとなく、みんなの様子がいつもと違う感じがして。この屋敷におかしな空気が漂ってるし――まあ、あなたも自分の目で確かめればわかることよ」

パトリシアはそこまでしか言おうとしなかったが、婚約者になら話したかもしれないことはたくさんあった。

ケイン夫人の態度のこともある。夫人はクレメントを目の敵にしていながら、彼がすぐさま〈断崖荘〉に引っ越す申し入れをしても反対しなかった。あっさり受け入れたのだ。さらに、同居するようになって以来、彼にきつい物言いをしなくなった。それはちっとも悪いことではない。ただ、ケイン夫人がクレメントを見ている姿を見て、ふと気がついた。あの厳しい老婦人は彼の存在が疎ましく、この先もずっと疎ましく感じるのだと。けれども、夫人はパトリシアの前で初めて本音をさらけ出してから、二度と嫌悪の情を口にせず、ローズマリーをこれっぽっちも非難しなかった。ただし、板のように無表情な顔で、夫婦の双方にじっと目を注いだ。

クレメントは居心地が悪そうに見えるが、新たな責任が肩に掛かっているのだから無理もないだろう。彼はしじゅういらいらしている。体を揺すり、眉を寄せ、ささいなことに不平を漏らし、いっそうげんなりして見えた。一度か二度は共同経営者たちが無能だとこぼした。まるで経営方針についてケイン夫人に意見を求めるように。あるいは、あの容赦ない口調で加勢してもらうためだろうか。クレメントは弱い男だ。自分の判断を信じられず、自分より意志が強い人の賛同がないと、決断を下すこともできないのだ。

クレメントがローズマリーの助けを期待できないのは明らかだった。ローズマリーは情緒不安定になっていた。人生の転機を迎えてまっぷたつに引き裂かれそうだ、とパトリシアに言った。パトリシアは手厳しいたちで、ローズマリーが自作自演の芝居に酔いしれていると思い、その発言をろくすっぽ同情せずに受け止めた。ローズマリーの美貌の餌食になったクレメントとトレヴァー・ダーモットには同情を寄せたが、ふたりに対する哀れみは軽蔑の念に満ち満ちていた。そもそもローズマリーの虜《とりこ》になるほうがバカなのだ。

しかし、パトリシアが大嫌いなトレヴァー・ダーモットは要注意人物でもある。この先のローズマリーの人生で、トレヴァーがどんな役を与えられるかを悟ったら、彼女にとって厄介なことになりそうだ。パトリシアはトレヴァーをひそかにケバ男と呼んでいるが、彼が男らしさをひけらかすのは当然であり、精力的でハンサムな容貌とたくましい体に気取りは似合わないと考えた。彼はバカかもしれないが、あのセクシーな茶色の目は知性に乏しくても、決意のきらめきが見える。欲しいものは奪い取るべしというタイプだ。誰が見たって、彼はローズマリーを欲しがっていて、彼女を巧みに我慢の限界まで追い詰めた。

「このままケインみたいな男と暮らしちゃだめだ。あんな半分死んだような奴！」トレヴァーは言った。

ローズマリーはまじまじとトレヴァーを見た。俺のすばらしい体型と、旦那の猫背の貧弱な体を比べているな、とトレヴァーは思った。得意にはならないまでも、優越感に浸って笑った。現にローズマリーの心の中では、トレヴァーは夫とは比べものにならない。彼女はトレヴァーに首ったけだ。どうしても別れたくない。ただ、クレメントがサイラスの莫大な遺産を相続すると、今度は彼のほうがトレヴァーとは比べものにならなくなる。彼女は真顔で言った。「クレメントには私がいないとだめなのよ、トレヴァー」

嘘ではない。クレメントの財産がなくては困る。ローズマリーは自分をごまかさなかったが、だんだん恐ろしくなってきた。その気持ちは、トレヴァーを見上げる顔に表われていた。彼は言った。

「おいおい、俺は君がいなくても平気なのか？　君を満足させられず、君を理解しようともしない男のために、俺たちをどっちも犠牲にしようってのか？」

ローズマリーはため息をついた。妻の務めに身を捧げる自分の姿が目に浮かぶ。不幸な恋の犠牲者だ。〈レヴィール〉の服を着て、悲しげな真珠のロングネックレスをつけ、ますます美しくなってしまう。悲しみがやわらぐことはない。「今までのことは、ただの美しい夢だったのよ、トレヴァー」

いかにも陳腐なせりふではあったが、思いの丈を込めた。

「俺は夢なんか見ない」トレヴァーはローズマリーの両肘をつかんだ。「クレメントは君に離婚させるかな？」

「させないわ、絶対」

「だったら、あいつが離婚することになる」

「だけど、トレヴァー、わかってないわね！」ローズマリーはほとほと当惑していた。「私にはお金がどれほど大切か、理解してくれなくちゃ！　事実に目をつぶってもなんにもならないし、間違いなく――つまりその、自分のことはよくわかってる！――お金がなかったせいで私とクレメントの結婚生活はめちゃめちゃになったの。その事実に向き合うまでよ」

トレヴァーがローズマリーの腕をつかむ手に力を込め、彼女は腕が痛くなった。トレヴァーは不安げに笑い、目は安心させてほしいと彼女の目を探った。「ずいぶん計算高いんだな」

「そう言いたけりゃ言いなさいよ」

「そうとしか言いようがないね！」

「そりゃあ、自分でも――前々から――嫌な女だとわかってる」ローズマリーは言った。「言い訳をするつもりはないけど、ちょっと言いたくなって」

「くだらない話をぐたぐたと！」トレヴァーは語気を荒げた。「あの干からびた小枝みたいな旦那と暮らすことにしたらどうなるか、ちゃんと考えたのか？」

ローズマリーはトレヴァーの手を振りほどこうとわずかにもがいたが、彼の手は緩まなかった。腕に痣ができたらどうしようと心配になったものの、彼のたくましさを感じて嬉しくなった。「これからも会えばいいのよ」彼女は誘いかけてみた。

「冗談じゃない、会えるもんか！」トレヴァーは切り返す。「俺は気ままに口笛で呼びつける愛玩犬じゃないぞ。君がクレメントと奴のくそったれ財産を選ぶなら、もう別れるからな！」

トレヴァーはそう言いながらローズマリーを放した。自分の魅力に自信があり、相手がどんな決断を下すか見抜いているので、平然と脅し文句を口にしたのだ。トレヴァーは輝く目でローズマリーを見つめたが、彼女を求めて体がうずいても、二度と手を触れなかった。「よく考えろ！」彼は念を押した。「俺はこんな関係をずるずると続けないからな」

トレヴァーはローズマリーの思い詰めた顔に目を留めた。光線の具合で、きめ細かい肌の下の見事な骨格が透けて見える気がする。彼の声がかすれた。「ああ、愛しい人――かわいい人！　優しくするよ。なんだってしてあげる。君は俺を愛してるんだろ！」

ローズマリーは一抹の憂鬱に襲われた。目に涙があふれた。「ええ、そうよ。だから苦しいの！

でも、クレメントのことを考えなきゃ。無理を言わないでちょうだい、トレヴァー。ものすごく厄介なことになってるのがあなたにはわからないのよ！」

トレヴァーはもどかしくなってきたが、それでもローズマリーを失うとは思えなかった。彼は繰り返した。「きっぱりと覚悟を決めてくれ。ローズマリー。俺は本気だ」

「今はだめよ、トレヴァー！」ローズマリーは泣きついた。「無理だわ。期待しても無駄。どうしてもだめなの」

「今すぐじゃないが、今週中だ。俺は明日ロンドンに行く。土曜に戻るから、そのとき返事がほしい」

それまでトレヴァーはロンドンに戻るつもりはなかったが、自分が姿を消せば問題にけりがつくかもしれないと考えた。四日間ローズマリーに会えないと思っただけで、弱気になる。彼女だって冷静に乗り切れまい。

ローズマリーはやや口をあけたが、この最後通告を四の五の言わずに受け入れた。トレヴァーが恋しくてしかたないだろうが、しばらく距離を置くのは彼にとっていいことだろう。できればすっぱり別れたくない。四日間離れていれば、彼も懲りて、こちらの条件をのませることができるはずだ。

この会話の大半が、かの悲観的な相談相手、パトリシア・アリソンに伝えられた。（〝この私のどこがローズマリーみたいに神経質な女から体験談を引き出すのかしら！〟パトリシアはやけになってジェイムズ・ケイン氏に訴えた）

「耐えられないのはね」ローズマリーが猛烈な勢いで言った。「トレヴァーを傷つけるしかなかったって思うこと。醜い現実に向き合うはめになったのよ」

パトリシアはくたびれてきた。さっきはケイン夫人を妬み深いオグルに任せて、ちょうどベッドで横になろうとしたところをローズマリーに待ち伏せされ、内緒話をしようと自室に連れ込まれたのだ。

「まあ、向き合う現実がそれだけなら恵まれてるわ」

「あらあ、でもわからない？　トレヴァーを傷つけるのは、自分を傷つけるよりうんと、うんと悪いことなんだって」

パトリシアはあくびを嚙み殺して首を振った。「わからない」

ローズマリーは例によってじろじろとパトリシアを眺め回した。「あなたってお気楽で、物事を突っ込んで考えない人間なのねえ」

パトリシアはそうだと認めた。そのほうが手っ取り早い。

「どうしてもあなたの助言がほしいの」ローズマリーは真剣に訴えた。「トレヴァーが捨て鉢な行動に出るかもしれないと心配で」

「ええと、私には止められないし」パトリシアは答えた。「ダーモットさんはきっと立ち直るでしょう」

「大恋愛の虜になったらどうなるか、あなたにはわからないんだわ」

パトリシアはもうだめだと思った。ローズマリーはほっそりした指で髪を梳いた。「ときどき、頭が変になりそうな気がするの！」彼女は全力で頭を支えているようだ。「私、どうしたらいい？」

「くよくよすんな！」パトリシアはティモシーの愛用する言葉をありがたく拝借した。「思いやりのかけらも示さなくて申し訳ないけど、私がトレヴァー・ダーモットを見てきた限りでは、用心したほうがよさそうよ。安心して遊び回れる相手には見えないもの」

ローズマリーは抱えていた頭を上げた。「何もかもバカみたいだと思ってるのね」彼女は言った。「そりゃあなたに言わせりゃそうでしょうよ。でもね、狂おしい恋をしてるとどうなっちゃうか、あなたにはわからないんでしょ」

それを聞いたパトリシアは黙っていられなかった。怒った声で言った。「私が婚約したばかりだということを――」

「ああ、そうそう。だけど、ぜんっぜん事情が違うわよ！」ローズマリーはこの上もない優越感のこもった笑みを浮かべた。「だって、あなたはお利口に恋をしたんだものねえ。ああ、心底うらやましい。そういうおとなしいやり方であれこれ手に入ったら、もう何もいらない。そりゃ私は自分のことにかまけすぎなのよ。くたくたになるわ。もちろん、私としては、ジムに夢中になるなんて想像もつかない。こう言っても気を悪くしないでしょ？　私がジムを嫌ってるわけじゃなし。とってもいい感じよね。冴えない男なりに。ほら、彼って並外れたところがないでしょ」

「じゃあ、私とはバッチリ馬が合うはずよ」パトリシアはいらいらした。

ローズマリーは他人の恋愛に興味を示しても、それが長続きしなかった。早くも自分の人生におけるドラマに気持ちが移っていて、パトリシアの言葉にも上の空でほほえんだだけだった。「クレメントは私がいないと生きていけないと思うわ。そうでしょ？」

「さっぱりわからない」パトリシアは答えた。「ベッドに入ってもいいかしら？　もう眠くて眠くて」

「あらそう？」ローズマリーはちょっぴり驚いた顔をした。「私なら、この部屋で眠れそうにないわ。壁紙がいけないのね。一晩じゅうベッドであの花かごを数えてるでしょうよ」

「明かりを消してみたら？」

「ねえ」ローズマリーは真顔になった。「明かりを消したら花かごが迫ってくるわ。ほんとよ。神経のせいなの。クレメントには、すぐ壁紙を貼り替えるよう言ってあるのよ。我慢できないわ。私、影のついたアプリコットの模様を気に入るかしら?」

「ええ、きっと気に入る」パトリシアはじりじりとドアに近づいていった。

「あなたって、すごく趣味がよさそう」ローズマリーは言った。「私の最悪なところは、これが好きになりそうだと思っても、試してみたら大嫌いだったとわかることよ」彼女はため息をつく。「あなたは眠いのね。私はちっとも眠くない。体じゅうの神経が張り詰めてる感じ。そんな感じがしたことある?」

「よくあるわ」

「ほんとはないんでしょ」ローズマリーが言った。「もしそんな感じがしたら、エミリー大伯母様のおぞましいメイドと同じ家で暮らせるわけないし」

パトリシアは吹き出した。「あら、オグルがいても差し支えないわよ。あの人は、自分と大奥様の邪魔をしようとする人は誰でも妬むの。それだけ」

「あの人、私を嫌ってるわ」ローズマリーは言った。「こっそり様子を窺ってる。クレメントのことも嫌ってるの。私には第六感が働いて、そう教えてくれるのよ」

「嫌われてるなんて誤解じゃないかしら」パトリシアは言った。そう思うからではなく、ローズマリーの妄想が膨らまないうちに潰そうというはかない目的があるからだ。「オグルは大奥様以外の人になんの関心も持ってやしないわ」

ところが、オグルのクレメント・ケイン夫妻に対する嫌悪感は激しく、パトリシアに対する不信をも凌駕した。オグルは言った。「あの夫婦は汚い手で大奥様を墓場に追いやって、この屋敷の主《あるじ》におさまる気ですよ！」

「ばかばかしい！」パトリシアはオグルの疑念を一蹴した。

オグルは垂れ下がった濃い眉の下からいぶかしそうな目を向けた。「なんとでも言えばいいでしょう。こっちはろくに教育を受けてない、もの知らずのばあさんですけど、判断にゃ自信があって、誰がなんと言おうと説を曲げません」オグルはひたすらケイン夫人の衣類を片付け、それが夫人の一部であるかのように丁寧に扱った。「四十五年もお仕えしてるんです。大奥様のことは、サイラス様が知ってたよりかよく知ってます。亡き大旦那様よりも」オグルは言葉を切り、厳しい顔で続けた。「大旦那様はひどいご亭主でしたよ。得やすきものは失いやすし。でも、大奥様は愚痴ひとつこぼさなかった。悩みを口にするようなお人じゃなかったから」

「私にそんな話をしなくてよかったのに」パトリシアがいたわるように言った。

「ほかの使用人からも、いくらだって聞けますよ。大奥様のお年になると、厄介事は数え切れませんからねえ」

「確かに、大奥様はクレメントさんがお嫌いなのは残念だけど、そのうちなじむんじゃないかしら。あちらはとても親切にしてくれることだし」

「大奥様はあの人になじんだりしませんね！」オグルは噛みつくように言い返した。「あたししか頼る相手がいなくて、嘆き悲しみますよ！　あたし以外はみんないなくなる。大奥様がどうなろうと、誰も気にしない。あなたはせっかく気に入ってもらえたのに、出て行こうってんだから」

パトリシアはうしろめたそうに言った。「結婚するんだもの」

「はい、大奥様から伺いました。お相手はジェイムズ様だとか。大奥様と一緒に住んだらいいじゃないですか。ふたりとも」

「それは無理よ。ここはクレメントさんの家だから。もちろん、私は後任が見つかるまでお世話になるつもり」

オグルはストッキングを丸めた。両手が小刻みに震えている。「またろくでもない女が大奥様を悩ませるだけですよ！　厄介者じゃなかったのは、あなただけだったのに！　でも、大奥様のことはどうでもいいんですね！　気にかけてるのはあたしだけ！」

パトリシアが迫り来る婚礼をかろうじて（オスカー・ロバーツ流の簡潔な言い回しで）知らせた程度で、オグルにもローズマリーにも派手に伝わってしまった。

しかし、ケイン夫人は喜んだようだった。クレメントは、又従弟は独身を貫いたほうがよかったと思いつつ、両人を祝福して、ミス・アリソンの辞職は〈断崖荘〉の全員にとって大きな損失だと言った。ハート少年は結婚しない主義なので、婚約した異父兄を輝かしい前途が閉ざされた一例だと見なしがちだったが、ミス・アリソンのことは申し分ない相手だと認めないわけにいかなかった。

「とにかく、あのマルコム家の娘の半分も悪かないよね。ほら、ジムが二年前にデレデレになったのはひどかったじゃん」

このたいそうな賛辞は喜ばれなかった。ジムは甘い声でささやいた。「かわいい異父弟《おとうと》よ、なんとすばらしい天の贈り物か！　何を隠そう、僕はそのマルコム家の娘の顔も覚えちゃいないよ」

「ジムが夢中だった別の女の人にちょびっと似てた」ティモシーが気を利かせた。「名前は忘れたけど、爪を赤く塗ってて――」

「黙らないと、首をへし折るぞ！」

ティモシーはすさまじい剣幕で脅されて、ふと気がついた。こいつはゆすりのタネになる。少年の目が輝いた。「ミス・アリソンはほかの女のことは知らないと思うよ」

「ほかの女なんかいない」ジムは言った。「人をからかうのもたいがいにしろ！」

ティモシーは両手をズボンのポケットに突っ込んで、にやりとした。「よう、相棒、商談といこうぜ！」

ジムは諦めたようにため息をついた。「おまえは見当違いなことをしてるよ。僕には隠し事がない」

「ほんとにそうだね」ティモシーは頷いた。「僕が思うに《フィギュア》——」

「英語で話せ！」

「了解！」ティモシーはてきぱきと話した。「今度高速モーターボートを出すとき、僕も乗せてくれない？」

「考えておく」

「その返事はなし《ニックス・オン・ザット》！」ティモシーはアメリカ英語に戻った。「出し抜いてやったぞ、兄弟。よく覚えとけ！」

その数分後にパトリシアがやってくると、ティモシーはよれよれの格好になり、ジムの手が届かない高い木の枝に落ち着いていた。パトリシアは残念そうに首を振った。「捕まえてるうちに首を絞めればよかったのに」

「わかってるさ」ジムが言った。「なんと、あいつはゆすりに手を染めたよ」

「高速ボートには毎回僕を乗せるって誓う?」ティモシーが問いかけた。

「だめだ。もう勝手にしろ！」

「この性悪野郎！」ティモシーはうんざりした。「僕は秘密をばらす気満々だからね」

「まあ！」パトリシアは声をあげた。「そんなことだと思った！　あなた、やましい秘密を隠してたのね。ティモシー、おにいさんにはほかの女性がいるの？」

「わんさといる！」ティモシーはさも愉快そうに言った。

パトリシアはショックを受けたと見え、震える声で触らないでとジェイムズ・ケイン氏に言った。

「この野郎、おまえのせいで何もかもめちゃくちゃだ！」ジムはうめき、木に向かって拳を振った。

「ねえジム、乗せてくれるよね？」ティモシーはゆすりから手を引いた。

「いいとも。で、その足首に重しをくくりつけて、海に投げ捨ててやる。下りてこい！」

「下りたら休戦《タイム》になる？」ティモシーは恐る恐る訊いた。

「いいだろう」

ティモシーは木から下り、おざなりにズボンをはたくと、険しい顔で言った。「ミス・アリソンとジムが結婚するって聞いたら、カッカしそうな人がひとりいる」

「大人に逆らうなんて生意気だといえば」パトリシアが慌てて口をひらいた。

「いや、ちょっと待て！」ジムが遮った。「続けろ、ティモシー。誰なんだ？」

「マンセルさんだよ」ティモシーは答えた。「お父さんのマンセルさんじゃなくって、息子のほう。あいつがジムに毒とか盛ろうとしても、ぜんぜん驚かないなあ。ミス・アリソンにぞっこんだもんね」

「なんだと、あのゲス野郎が？」ジムは言った。「髪にウェーブがかかった、やせっぽちの男が？

パット、君はあんな奴を相手にしないと思ったよ！」

「信頼にお応えしたわよ」パトリシアはほがらかに答えた。「あの人にはぞっとするわ」

「ほんとほんと」ティモシーは頷いた。「あいつ、あなたがジムと婚約したって聞く前にお世辞を振りまきに来ないかなあ。来たら、ジムは鼻に一発お見舞いできる」彼はこの計画をすっかり気に入り、嬉しそうに目を輝かせた。「ホントに奴が来て、ミス・アリソンを口説き出したら面白いぜ！　あんたなら奴をあっさりのしちまうだろ？　なあ、ちょいと罠を仕掛けようぜ。奴をこてんぱんにすりゃあ、クレメントだって大喜びするさ」

「どうして喜ぶのよ？」パトリシアが強い口調で訊いた。

「そりゃあ、あいつが嫌いだからね。きのうは電話でどえらく揉めてたっけ。僕はさ、その部屋にいたから知ってる。クレメントは電話を切ったとたん、僕にだらだら愚痴るんだ。人を死ぬほど困らせて、自分の立場でしか考えない連中がいるし、マンセル一家は揃いも揃って嫌な奴らばかりだ、ってさ」

ジムはティモシーに二度と口外しないよう釘を刺したが、その話は初耳ではなかった。クレメントはとうに又従弟のジムに悩みを打ち明け、サイラスの財産に課せられる多額の相続税をぼやき、サイラスから引き継いだ責任は重いと訴えていた。オーストラリア進出計画の件にも触れた。ジムは又従兄に同情したものの、自分は助言する立場にはないと思った。

クレメントは共同経営者たちにせっつかれていると明言した。ジムの印象では、彼はオーストラリア計画をなかば気に入り、なかば恐れていた。サイラスなら実行しなかったはずだと二の足を踏み、賛成派のマンセル父子の主張をことごとく疑い、挙げ句の果てに会社を欠勤した。サイラスの遺品整理を再開して、やるべきことが山ほどあり、会社にはちょっと顔を出す暇しかないという理由だった。オスカー・ロバーツから逃れるために披露したこの思いつきは、ティモシーの仮説に多少の真実味を与えた。だが、ロバーツは単純な手段でとうとうクレメントを追い詰めた。土曜日の午後に、招待に応えて〈断崖荘〉を訪れ、ケイン夫人のお茶会に出る前にクレメントと少し話したいと申し出たのだ。クレメントは承諾した。その場で自分の意向をロバーツに伝えられれば助かるという気がしないでもない。ふたりの共同経営者が同席していたら、言い争いになり、非難されるだろう。

「彼は断る気ですよ」ポールが言った。

「そのようだな。そのようだ」ジョー・マンセルは言った。「よもや断るまいと思ったが。よもや」

ポールは引き攣った笑みを浮かべたが、何も言わなかった。

「ロバーツがなんとか説き伏せるかもしれん」ジョーは言ったが、あまり見込みはなさそうだった。

「説き伏せるわけないでしょう」ポールは肩をすくめる。「うちが提案を蹴っても、飛びつく会社はほかにいくらでもあるのに」

「それはそうだが、〈ケイン&マンセル〉はひとつしかない」ジョーは言った。「我が社は唯一無二の存在だ」

「ロバーツはそんなことを気にしませんよ」ポールが言った。「最高の相手と取引しようとしますが、それがだめなら二番手でも満足します。今にわかりますよ」

「私も土曜日に〈断崖荘〉を訪問してみようかな」ジョーが言い出した。「何しろ、クレメントよりはるかに年長だし、彼が誰かの意見に従うとしたら、その誰かとは私だろう。ついでにばあさまのご機嫌伺いもできる。いや、そろそろ訪ねないとまずい。サイラスが死んでからご無沙汰しているんだよ」

ジョーは知らなかったが、エミリー・ケイン夫人は彼が来なくてせいせいしていた。万一彼の悪意を知らされていたら、土曜日は自室にこもることにしたはずだ。クレメントが〈断崖荘〉に引っ越してから、ケイン夫人はなるべく独立して暮らしていた。晴れた朝は、頑として手放さない、後部座席にのみ幌がある古風なダイムラーで一時間ドライブする。しかし、昼食はたいてい二階でとり、食後はめったに階下に下りない。ローズマリーはトレヴァー・ダーモットを待ちわびていて、意地悪なケイン夫人が土曜日の午後三時には車椅子で庭に繰り出すと考えた。あの人は近々トレヴァーが来ると嗅ぎ付けている、こっちを見張りたいのだ、とローズマリーはパトリシアに愚痴をこぼした。あの、人をどきまぎさせる老婦人が野放しになれば、みんなうかうかしてはいられない。なぜなら、夫人は車椅子に乗らないとどこにも行けない振りをするくせに、自分の足で立派に動き回れるし、しょっちゅう動いているからだ。

パトリシアはケイン夫人の身のこなしには一度ならず驚かされたので、ローズマリーの傷ついた表情に思わず笑ってしまった。夫人は急に精力を発揮しては家族を驚かせて楽しむのではなかろうか。ただし、ひとりきりで歩き回ると、くたくたに疲れるようだ。トレヴァー・ダーモットをケイン夫人に会わせてはまずいとパトリシアもすんなり相槌を打ち、並々ならぬ手を打って、夫人を屋敷の私車道から見えない南側の部屋に落ち着かせた。そこへジムが来てくれたので、パトリシアはそっと室内に戻り、週ごとの出費を家計簿に記入した。それも仕事のうちなのだ。

ローズマリーは、はなはだドラマチックかつ荒っぽいいざこざが待ち受けていると覚悟して、紫がかった灰色のワンピースを着て、飾りがついたつば広の帽子で武装した。ケイン夫人は客間での会話が聞こえる場所に陣取り、クレメントは書斎で仕事中、ティモシーはいかにも彼らしく屋敷を出たり入ったりしている。そんなわけで、ローズマリーはほかの場所でトレヴァーと逢い引きをすることにした。ぶらぶらと屋敷を出て行き、私車道の先でトレヴァーと落ち合う。パトリシアにはのんきな言葉を言い残した。あの刺激的なオープンカーが玄関に乗りつけるところをクレメントが見なくて済めば、それに越したことはないものね。

パトリシアは一も二もなく賛成だった。玄関ホールの鏡を覗くと、いつしか愁いを帯びた聖女の表情を作っていた。くすくすとひとり笑いをして、家計簿と格闘するべく、オフィス代わりにしている小部屋に引き取った。

仕事はあまり時間がかからず、三時半には終わっていた。パトリシアはクレメントに渡す支出の内訳表を書斎に持って行こうとした。すると、遠くでベルの音がして、玄関ホールに出たところ、執事のプリチャードが玄関ドアに向かっていた。

プリチャードがドアをあけると、オスカー・ロバーツはにこやかに挨拶しながら敷居をまたいだ。

「こんにちは。ケインさんと約束があるんだが」

「はい、伺っております。こちらへどうぞ」プリチャードはロバーツの帽子とステッキを預かった。オスカー・ロバーツはパトリシアにほほえみ、執事についていこうとした。そのとき、いきなり銃声のような音が鳴り響き、三人とも仰天して動けなくなった。しばらく、みな微動だにしなかった。やがてプリチャードがつぶやいた。「ああ驚いた、今のはなんでしょう?」執事は小走りで書斎に近づいて、ぱっとドアをあけた。

クレメント・ケインが机にうつぶせに倒れていた。片手は脇にだらりと下がり、もう片方の手は頭の下敷きになっていた。

第五章

　パトリシアは悲鳴をあげなかった。ヒステリーを起こして鬱憤を晴らすなど、性に合わないからだ。だが、急に膝ががくがくして、思わず椅子の背をつかんだ。

　プリチャードはぎくりとして身を引いたが、すぐに主人の元に歩み寄っていた。執事は震える声をあげた。「なんたること、旦那様が頭を撃たれています！　恐ろしい！」

　オスカー・ロバーツはちょっと失礼と小声で断り、パトリシアを戸口からどかして、つかつかと書斎に入った。すぐさまプリチャードの言葉を確認したが、室内をさっと見渡すと、あいている窓に駆け寄った。片足で窓敷居をまたいだと思うと、狭い砂利道の向こう側にある植え込みに分け入った。

　パトリシアは歯を食いしばって書斎に入っていった。プリチャードはみるみる蒼白になり、主人の死体に近づかないよう合図をよこした。「いけません！　こちらには――」執事はハンカチで顔を拭いた。

「警察を。警察を呼ばなくてはいけないわ」パトリシアは妙に落ち着いた声で言うと、机に置かれた電話機の受話器を取った。クレメントの丸まった死体からは慎重に目を背けていた。

　玄関ホールにすばやい足音が響き、すぐにジム・ケインが書斎に現れた。「今のはなんだ？」彼は問いただした。「間違いなく僕の耳には――」言いかけて口をつぐんだ。「おいおい！」彼はまっすぐ机に近寄り、クレメントにかがみこんだ。またすぐに背筋を伸ばした。プリチャードに負けないくらい真っ青だ。「誰がこんなことを?」ぶっきらぼうな言い方だった。

執事は首を振った。パトリシアは交換手に警察署につないでもらい、単刀直入に言った。「こちらは〈断崖荘〉です。クレメント・ケイン氏が撃たれています。すぐにどなたかをよこしていただけませんか」

オスカー・ロバーツは服装を乱して息を切らし、先ほどの窓に再び現れ、そこから書斎に戻ってきた。「あのやくざなシャクナゲのせいだ!」彼はうなった。「まんまと逃げられたぞ、悪党め!」

「何者です?」ジムの語気が荒くなった。「犯人を知ってますか? そいつを見たんですか?」

「見たとは言えない」ロバーツが答えた。「あの植え込みがガサガサいう音が聞こえて、近づいてみたが、あそこはまるでジャングルだし、奴はとっくに逃げ出していた。私車道に向かっていたらしい。シャクナゲが私車道まで二十フィートの堤を作っているからね。奴には楽勝だったのさ! あの植え込みから私車道へ抜け、そこを横切ってシャクナゲの茂みに飛び込む。間違いなく、私が私車道に着く前にあっさり塀を乗り越えていたね。ミス・アリソン、警察に通報したかい?」

パトリシアは頷いた。ジムが言った。「どうです、犯人を知ってるんですか?」

ロバーツは身をかがめてズボンについた腐葉土を払い落とした。「犯人を知っていたら、こうしてお国の滑稽な警官どもを待ったりしないよ、ケインさん」彼は謎めいたことを言った。

ジムは眉根を寄せ、ロバーツをまじまじと見た。「何か心当たりは?」

「そこが最大の問題だよ、ケインさん。みんなに心当たりがありそうだが、それを胸にしまっておかず、触れ回ったら問題が生じるんだ」ロバーツの落ちくぼんだ目がパトリシアに向けられた。彼は意味ありげに言った。「君はミス・アリソンを連れ出したほうがいいかもしれないね」

「私は平気です」パトリシアは口元にハンカチを当てた。

庭でティモシーの声がした。「ねえ、どうしたの？」少年は息を切らした。「銃声が聞こえたよ！」

オスカー・ロバーツがさっと窓辺に寄り、室内を見せまいとしたところへ、ティモシーが植え込みから小道に飛び出してきた。

「いらっしゃい、ロバーツさん！」ティモシーが言った。「このへんで銃を撃ってるのは誰ですか？」

ロバーツは早口で答えた。「やあ、坊や！　今までどこに行ってた？」

「ええっと、あなたを出迎えにロッジまで行ったけど――」

「そこはいい。いいか、よく聞いて！　途中で誰かに会ったかい？」

ティモシーはきょとんとした。「ううん。ダーモットさんを見ただけ。ねえ、なんで――」

パトリシアははっとして、椅子を手探りした。「ジム！　まさか、あの人が――」

「よさないか。ばかばかしい！」ジムは声を荒らげた。「落ち着け！」

「ダーモットさん？」ロバーツは間延びした声で繰り返す。「わかった。で、何をしてたんだい？」

「わかんない。ただ、妙ちきりんな顔してたっけ。パッと車に飛び乗って、時速百マイルくらいで走り出した。クレメントと喧嘩でもしたの？」

ジムはパトリシアに握られていた手を放し、窓辺にいるロバーツに近づいた。「なあ、ティモシー、向こうに行ってろ、よけいなことを言うんじゃないぞ。ここで――事故か何かあったんだ。クレメントが撃たれた」

ティモシーの目が丸くなった。少年は言葉を失い、異父兄を見つめた。ジムが言った。「向こうでエミリー大伯母様のお相手をしろよ、相棒。な?」

「ゲッ!」ティモシーは息をのみ、ジムの腕をくぐって、肩から上を室内に突っ込んだ。ほどなく少年は身を引き、何か言いかけて、こっそり植え込みに姿を消した。戻ってきたときは青ざめた顔で、もう書斎を覗き込もうとしなかった。「ごめん!」ティモシーは勢いよく言った。「体に合わないもの食べちゃった。それで、誰が――誰がやったの?」

「わからない。とにかく出て行け。ここにエミリー大伯母様を近づけるな。いいか?」

珍しくしょんぼりしたティモシーは、わかったと答えて、その場を立ち去った。

ジムはほかの三人のところに戻った。「さあ、パット。ここにいたってしょうがないよ。警察が来るまでは何もできない。もう退散するね?」

「ええ」パトリシアは頷いて、立ち上がった。「もちろん。大奥様のところに行くわ。話したほうがいいか――それとも――やめておく?」

「君から話すのが一番だろう。気分はよくなった?」

「大丈夫よ。ありがとう」パトリシアはあけっぱなしのドアから玄関ホールに出て、客間を通り、ケイン夫人を残してきた南側の部屋に向かった。

ケイン夫人は愛用の椅子のそばに立っていた。片手で黒檀の杖をつき、もう片方の手をティモシーの腕に掛けている。オグルは椅子にせっせと膝掛けを広げた。そこに夫人が腰を下ろし、ガミガミと小言を言うのだ。

「それでよろしい!」ケイン夫人が厳めしく指図した。「その気になれば脚を伸ばせますね。みんなによぼよぼだと思われますよ。少し歩き回ったから、気分がよくなりました」夫人は息を切らして、椅子に深々と座り、オグルに膝掛けの端を折り返して膝に掛けさせた。「オグルが膝掛けを持ってきたと、ジムに伝えていらっしゃい」夫人はパトリシアに言った。

オグルは膝をついてケイン夫人の足を膝掛けで丁寧にくるんでいたが、顔を上げ、喧嘩腰で言った。「大奥様にはこの風が冷たいと思ったんですよ。膝掛けを取って来ると言うのは気が引けました。大奥様をおひとりにして！」

一瞬、パトリシアの脳裏で悪夢のような憶測が乱れ飛んだ。こちらを見上げるオグルの敵意に満ちた顔と、ケイン夫人のきっと口を結び、うつろな目で前を見ている皺だらけの顔を見比べた。パトリシアは慌てて言った。「大奥様、お話があります。とても悪いお知らせです」

ケイン夫人の厳しい口元がひくひくと引き攣った。夫人は目を上げた。「なんとか耐えられるでしょうよ。今度は何事です？」

「クレメントさんが撃たれました」パトリシアは正直に伝えた。

しばらく間があいた。オグルはうつむいて仕事を続け、無心に膝掛けを巻き直している。「どういうことです？」ケイン夫人がようやく口をひらいた。「死んだのですか？」

「はい、大奥様」

「殺されて！」ティモシーが言った。

老婦人の目が少年を睨んだ。「自殺とは思いませんでしたよ！」ケイン夫人が尖った声で言った。

「銃声を聞きませんでしたか？　僕は聞きました！」

「いいえ。聞いていません」ケイン夫人の両手が膝の上で重なった。「では、クレメントは死んだのですね！」夫人は言った。「あれが死んでも困りません」

パトリシアはローズマリーが湖のほうからやって来るのを見て、誰も彼も彼女のことをけろりと忘れていたと気がついた。「どうしましょう！　クレメントさんの奥さんが——！」

ケイン夫人はとたんに軽蔑をあらわにした。「ふん、あの女は事情を知っても嘆き悲しんだりしませんよ」夫人はローズマリーがゆっくりと近づく姿を見つめた。「あのダーモットとやらはどうしました？」夫人はふと尋ねた。

「帰りました」パトリシアは答え、ティモシーに何も言わせなかった。

「なんなら」とティモシー。「ちょっと中の様子を見てこようか」

「あなたの助けはいらないでしょうね」パトリシアにはティモシーの気持ちがわかった。愁嘆場と化しそうな場から逃げ出したくてたまらないのだ。

「言ってくれるじゃん」ティモシーはむっとした。「殺人が起こるって、最初っから言ってたのは誰だった？　この僕だってこと、よーく知ってるじゃない！　人によっちゃ、我ながらばか丸出しだと思ってるだろうね。それだけ！」

「おおかた、そのとおりでしょうよ」ケイン夫人は言い、ティモシーは室内に姿を消した。「いったいぜんたい、あの子はどこであんな知恵をつけたのやら。母親には知恵のかけらもないし、父親は会うたび愚か者に見えるし。オグル、そこに立っていなくてけっこう。用はありません」

「大奥様は——今回の件を旦那様が亡くなったことと結び付けてはいらっしゃいませんよね？」パトリシアは言った。

「結び付けたと言った覚えはありませんよ」ケイン夫人が切り返す。夫人はローズマリーがテラスに続く低い階段を上るのを待って、居丈高に顎をしゃくって呼び寄せた。ローズマリーの憂鬱そうな態度から、トレヴァー・ダーモットに別れを告げたことが見て取れる。彼女はケイン夫人のそばにやってきた。「何かご用でしょうか、エミリー大伯母様？　ちょうど部屋に戻ろうとしてたんです。しばらくひとりになりたくて」

どうしたのと訊いてほしい気持ちが伝わったが、ケイン夫人はいつものそっけない口調で言った。「今のうちに聞いておいたほうがいいでしょう。あなたの夫が撃たれました」

ローズマリーはぽかんとしてケイン夫人を見下ろした。「私の夫？　ク、レ、メ、ン、トが？」

「あなたの夫はひとりしかいないはずですよ」ケイン夫人は皮肉っぽく言った。

繊細に施した化粧の下でローズマリーは蒼白になった。目に恐怖の色が浮かび、視線がケイン夫人の顔にひたと注がれている。彼女はよろけた。「いつ？」

「ついさっき――のようですね」ケイン夫人が答えた。そして、肩越しにパトリシアを見上げた。「そうでしたね？」

「ええ。二十分ほど前かと。お掛け下さい、ケイン――その、ローズマリー」

ローズマリーは首を振り、唇を湿した。「いいえ、このままで大丈夫。どうも、話がよくわからないんだけど。頭がぼんやりしちゃって。すごく変な感じ。まるで――」

ケイン夫人が例によって容赦なく話を遮った。「どんな気分か言わなくてけっこう。これまであなたの感じなど知りたくもありませんでしたし、これからも知りたいとは思いません」

「なんてひどい、恐ろしいわ！」ローズマリーが声をあげた。「どうして……どうしてそんなことに？」

ローズマリーはパトリシアを見たが、答えたのはケイン夫人だった。「それを探り出すのは警察の役目です」

ローズマリーは今にも気を失いそうに見えた。パトリシアはさっと彼女のそばに寄り、腕を取った。

「お部屋まで付き添います。ひどいショックでしょうから」

ローズマリーはあやふやな身振りをした。「世界じゅうが真っ暗になったみたい！　なんだか信じられないわ。ちゃんと理解できそうもない」

ケイン夫人はフフッと笑ったが、もう何も言わなかった。パトリシアはローズマリーを連れて客間から玄関ホールに出た。そこで制服巡査と私服の男性の姿を見て、ふたりは立ち止まった。男性はジム・ケインと話している。

ローズマリーはびくっとした。尖った長い爪がパトリシアの腕に食い込んだ。パトリシアはローズマリーがハッと息をのむのを聞いて、安心させるように手を握った。

ジム・ケインが振り向いた。「ああ！　ちょっといいかな、ローズマリー。パット、彼女を朝の間《ま》に連れて行ってくれないか。警部が二、三聞きたいことがあるそうだ」

ジムがよく知っている男から近寄りがたい赤の他人に変わってしまった。パトリシアにはそう思われてならなかった。ジムは彼女にほほえみらしきものを見せると、玄関ホールを歩いて朝の間のドアをあけた。

「何も知らないわ！」ローズマリーは大声を出した。「頭がくらくらする。何も考えられない！　お願いよ、そばにいてね、パトリシア！」

「大丈夫よ。どこにも行かないから」パトリシアは相手をなだめるように言った。

ジムがふたりの背後でドアを閉めた。ローズマリーは震えながら椅子にへたり込んだ。「ああ、とんでもなくむかむかする！」彼女はこめかみを押さえた。「その警部さんて、私になんの用？　私は家の中にもいなかったのに。何も教えてあげられないわ。何も知らないいんだから。ちょっと、どこ行くのよ？」彼女はうろたえた口調で言った。

「気持ちが落ち着くように、飲み物を取ってくるだけよ。すぐに戻るわ」

「だめだめ、行かないで！　ひとりじゃいられない！　じきに警部さんが来ちゃう！」

パトリシアはローズマリーのそばに戻ったが、穏やかに言った。「じゃあ、落ち着いてちょうだい。取って食われやしないわ。あなたは警部さんが真っ先に話を聞きたい証人のひとりだと思わない？別に心配することないわよ」

「ええ、そりゃそうだけど、神経にひどいショックを受けるとね、調子が狂っちゃう！　具合が悪くなったり、気が遠くなったりしそうなの」

そこへジムがグラスを持って入ってきた。ローズマリーは体を軽く揺らしながら、涙の出ない嗚咽を漏らしていた。ジムは彼女に近づくと、肩を抱いて、唇にグラスを当てた。「ただのブランデーだよ……。さあ飲んで！」

ローズマリーの歯がグラスに当たってカチカチと鳴った。それでも彼女は酒を飲み、むせながら言った。「ありがと。その嫌な男、私になんの用があるのよ？」

「警部は嫌な男じゃないよ。実に人間味があって」ジムは答えた。

「警官って、人の気持ちを引っかき回すところがあるわ」ローズマリーが言った。「もう、しかたないわね。すぐに落ち着くから」

「警察は何かつかんだの、ジム？」パトリシアが低い声で訊いた。

ローズマリーの頭越しに、一瞬ジムとパトリシアの目が合った。「いいや。まだ何も」

「これからどうなるの？」

「わからない。目も当てられない有様だよ。ローズマリー、もうカールトン警部に会えそうかい？」

「考えろって、言われないならね！」ローズマリーは幸先の悪い言い方をした。

ジムはまた部屋を出て行き、数分後にカールトン警部が入ってきた。

警部はまず被害者の未亡人にお悔やみを言い、お詫びの言葉を並べた。役目上とはいえ、こんなときにお騒がせして、お心を乱して申し訳ない。ローズマリーは体を揺らすのを止め、ぎこちない笑みを浮かべた。自分はひどく神経質なたちで、大事件に立ち向かうようにはできていないと説明した。

警部はよくわかりますと言った。

「頭の中が真っ白になったみたいで」ローズマリーは片手で目を覆った。

「無理もありませんよ、奥さん。今回の事件は相当なショックだったでしょう。発生時には屋敷の中にいなかったそうですね」

「いなくてよかったわ！」ローズマリーはぶるっと震えた。「中にいたら、もう頭が変になってたでしょうね」

「ええ、そうですとも、奥さん。ちなみに、そのときはどこにいらっしゃいましたか？」

「湖のほとりじゃないかしら。出かけたのは――ええと、三時頃、だったと思います。ミス・アリソンが見送ってくれました。そうよね、パトリシア？」

パトリシアがこの証言を裏付けると、カールトン警部から探るように見つめられた。「あなたがミス・アリソンですか？」

「ええ」

「ジョン・ケイン夫人の秘書ですね？」

「はい」

「クレメント・ケイン氏が殺害された時刻には屋敷の中にいらっしゃいましたね？」

「はい。ここの隣の部屋にいました」

「どうも」警部は証言を手帳に書き込んだ。そして視線をローズマリーに戻した。「今日の午後は庭でどなたかとご一緒でしたか、奥さん？」

「ええ、そうそう！」ローズマリーはそわそわしながら答えた。「知り合いが訪ねてきて。彼と湖畔に座って長話をしてたんです」

「その男性の名前は？」警部は鉛筆を止めた。

「ダーモット――トレヴァー・ダーモットさん。私たち夫婦の古くからの友人です」

警部は目を上げた。「ダーモット氏はまだ敷地内に？」

「いいえ、とんでもない！　しばらく前に帰りました。つまり、こんな恐ろしいことが起こったとは思いもよらないうちに」

「今日の午後ダーモット氏は、奥さんの知る限り、ご主人に会わなかったのですね？」

「ええ、会ってません。この家に近寄りもしませんでした。主人には商談の約束があって、私は私車道でダーモットさんと落ち合いました。彼が車を私車道に置いたまま、そろそろ失礼すると言うまで、ふたりで湖畔に座ってました」

警部はローズマリーを見た。「今日の午後、ダーモット氏とお約束があったのですね？」

「ああ、まあ、そんな感じで。つまり、ロンドンから戻ったら訪ねてくるかもしれないとは聞いてました」

「なるほど」警部は手帳を閉じた。「ご主人には、奥さんの知る限りで、敵はいたでしょうか？」

ローズマリーはしばし答えなかった。パトリシアは心配でたまらず見守っていた。ローズマリーは警部の顔を見上げておずおずと言った。「なんて言ったらいいのか。実は、たまたま心当たりがあって、主人は会社で共同経営者たちにさんざん手を焼かされてました。事業のことはよくわかりません。わかるふりもしません。でも、あの共同経営者たちは主人が同意しそうもない方針を取ろうとしてるんです」

「クレメント・ケイン氏は、確か、〈ケイン&マンセル社〉の社長でしたね？」

「ええ、そうでした。そこなんです」

「では、ご主人に私生活で諍《いさか》いがあったかどうかは把握していませんね？」

「は、はい」ローズマリーは答えた。「諍いというほどのことは。そりゃあ、主人の大伯母は彼がサイラス・ケインの全財産を相続したのが気に食わなかったし、私たちがここに住むのを嫌がってました。でも、大伯母と主人に諍いはありませんでした。こんなこと言いたくありませんけど、事実を包み隠さず話すのが私の務めだと思うんです。だいいち、クレメントが大伯母に嫌われてたのは秘密でもなんでもありませんから。ジェイムズ・ケインがここの跡継ぎに望まれてることは、みんなが知ってます」

パトリシアは窓の外の景色を見据え、クレメント・ケイン夫人の息の根を止められそうな、ありとあらゆる苦痛を伴う方法を考えた。ローズマリーの声がとめどなく流れたが、ついに警部が部屋を出て行った。そこでパトリシアも、ジェイムズ・ケイン氏の婚約者本来の人柄を取り戻して、ローズマリーをいたわることができた。

　ところが、パトリシアの言葉はローズマリーの強烈なうぬぼれには通じなかった。ローズマリーは自分の純粋な動機をみんなに勘違いされると考えて、悲しんだのだ。ローズマリーの熱心な説明によれば、〝何をなすべきか自問せよ〟としておなじみの過程をたどったという。パトリシアはあのローズマリーの謎めいた自我を知っている。たびたび思いを訴えられ、たいていはローズマリーに従っているので、この場では口論を避け、巧みに促されて部屋を出た。

　いっぽうカールトン警部は玄関ホールでジム・ケインに出くわし、すでにクレメントの死体が運び出された書斎まで同行を願っていた。ジムの午後の行動について、二、三訊きたいことがあった。

「先ほどの話では、老ケイン夫人に付き添って三時半頃までテラスで座っていて、その後に銃声を聞いたそうですね」

「ええ」

「ケイン夫人の元を離れて、どこへ行きましたか？」

「二階にある大伯母の部屋へ。膝掛けが欲しいと言われたので、お付きのメイドに頼もうとしたんですよ」

「そのメイドはそのときケイン夫人の部屋にいなかったわけですね？」

「ええ」

「では、あなたはどうされました？」

「膝掛けを探しましたが、見当たりませんでした。階下《した》に戻って、ガーデンホールにしまったのだろうと思い、行ってみました」

「ガーデンホールとは？　ここと同じ側にある部屋ですか？」

「そうです」

「そこから庭に出られるのでしょうね？」

「そのとおり。ご案内しましょう」

「確か、そのガーデンホールで銃声をお聞きになったのですね？」

「はい、そうです」

「どちらの方向から聞こえたか、見当がつきますか？」

「外から聞こえたと思いました」

「それで、どうされました？」

「すぐにドアから家の脇を縫う小道に出て、あたりを見回しました」

「ところが誰もいなかったのですね、ケインさん？」

「影も形もありませんでした」

警部は窓辺に近づいて外を眺めた。それから頭を引っ込めた。「先ほどの話ですと、あなたは銃声を聞いてすぐに外に出た。だとすれば、屋敷のこちら側にいらしたのに、誰の姿も見かけなかったのは大変奇妙に思えてなりませんね。又従兄さんが窓の外から撃たれたことに疑いの余地はなさそうですから」

ジムは少し苦い顔をした。「ええ、そうですね」彼は頷いた。「本当に変だ。何者であれ、僕が外に出る前に植え込みに飛び込んだと考えるしかありません。そんな暇があったとは思えませんが。よほどすばしこい奴でしょう」

警部は小道から植え込みまでの距離を目測した。それからジムに目を戻した。「では、影も形も見当たらなかったとき、植え込みを探してみましたか?」

「いいえ。少し様子を見てから室内に戻りました。すると、そのドアがあけっぱなしになっていて、執事とミス・アリソンが話している声がしました」

「少し様子を見た? なぜですか?」

ジムは苦笑いした。「いやその、実は、異父弟のいたずらではないかと思った次第です。異父弟をどなりつけると、ずっと離れた場所から返事があって、今回ばかりはとんだ濡れ衣でしたよ」

カールトン警部は長々とメモを取り、かなり間を置いてから言った。「クレメント・ケイン氏は、最近莫大な財産を相続しましたね。次の相続人はあなたではありませんか?」

「僕が?」ジムは言った。「いいえ、それは誤解です。ケイン家の財産は曾祖父が築きましたが、僕はその末子、四男の家系に生まれました。又従兄のクレメントは二男の家系なので、彼の死後はオーストラリアに移住した三男の家系の者が相続します」

「なるほど、そうでしたか」警部は興味を引かれたようだ。「遺産相続人の名前を教えていただけますか?」

「すみません。僕は知らないんです。大伯母なら知っているでしょう。女性のはずですが……定かではありません。これからケイン夫人に会ってみては?」

「よろしかったら、ぜひ」警部はジムが先に書斎を出られるように脇に寄った。

ジムは玄関ホールで立ち止まった。プリチャードがひらいた玄関ドアのそばに立ち、低い声でジョゼフ・マンセルに話している。

ジョーはジムに気づくと、すぐに進み出た。「ジム！　この――この恐ろしい――。いやはや、なんと言ったらいいものか！　ケイン夫人を訪ねようと寄ったら、こんなとんでもない知らせが待っているとは。私は――すっかり参ってしまい――気が動転して――！　ああ、信じがたい話だ。まったくもって信じがたい！」ジョーは話しながらハンカチで顔を拭い、ジムは彼の手が震えていることに気づいた。「プリチャードの話では、クレメントは書斎で撃たれたそうじゃないか。誰がそんな卑劣な真似をしたのか、皆目見当がつかないのだろうね？」

「ぜんぜんわかりません」

「おお、そうだろうとも！」ジョーは言った。「説明がつかない！　クレメントには敵がいるなどと言うんじゃなかった。かわいそうに！」ジョーはジムのそばにカールトン警部がいると気づき、会釈した。「忌まわしい事態だよ、警部。考えるだにおぞましい。我が社の損失でもある！　まことに有能な男で、すばらしい同僚、先に他界したサイラスそっくりだった！　なんたる悲劇！」彼は首を振り、例によって盛大にため息をついた。「そろそろ失礼しよう。こんなときにケイン夫人を煩わせたくないからね」彼は頼りなげにカールトン警部を見やり、また口をひらいた。「何かできることがあれば、あるいは――あるいは用があったら、警部、居場所はわかるだろうね？」

「はい。そのうち、二、三質問させていただくかと存じます」

「けっこう、けっこう！　なんなりと訊いてくれたまえ。警察に協力できるのが楽しみだ！」

「警部、ちょっと待ってもらえませんか。大伯母がお話しできるかどうか確かめてきます」ジムが言った。

警部は会釈して、玄関ドアのそばに掛けられた陰気な海辺の風景画に近づいた。ジムが客間に入ると、そこにはケイン夫人だけではなく、オスカー・ロバーツとティモシー、そしてパトリシアもいた。

ケイン夫人はいつものとおりにお茶を飲んではいけない理由はないでしょうと言い、愛用の椅子に座ってバター付きパンを食べていた。ティーテーブルに控えているパトリシアは食欲がなさそうだが、ティモシーとロバーツ氏は夫人に倣ってパンを食べている。

「どうです?」ケイン夫人はお気に入りの又甥を見上げた。「向こうの仕事はもう終わりましたか? あなたのお茶が冷めてしまいますよ」

「もう少しの辛抱ですよ、大伯母様。警部が大伯母様に質問があるそうです。ここに通してもいいでしょうか?」

ケイン夫人は答えた。たまらなく嫌そうな口ぶりだ。「わたくしに何が言えるというのでしょうね。まあ、とにかく連れていらっしゃい」

「オーストラリアに住んでいる又従姉のことを確認するだけです」ジムは説明した。「警部が名前を知りたいそうですよ。確か、女性でしたよね?」

「なぜオーストラリアの分家が出てくるのです?」ケイン夫人は目を丸くした。

「関係者は全員調べることになっているのでしょう」ジムが答える。そして再びドアをあけて、振り向いた。「どうぞこちらへ、警部。ケイン夫人がお目にかかります」

カールトン警部は事情聴取にあたって務めを果たしているに過ぎないが、おずおずと客間に入ったところ、老婦人が背筋をピンと伸ばして座り、カップとソーサーを持っていたので、お邪魔して申し訳ないとすぐさま詫びた。夫人は警部に頷き、冷静沈着な人間をうろたえさせる目つきでぎろりと睨んだ。

「おくつろぎのところ大変申し訳ありません、大奥様。実は確認したい点がございまして。本日の午後、大奥様はテラスで、ええと――ジェイムズ・ケイン氏と、三時半頃まで座っていらして――」

「ええ、そうですよ」

「ケイン氏に膝掛けを取ってくるよう頼みましたね？　それは事件が発生したのとほぼ同時刻だったと」

「おそらく」ケイン夫人は言った。「何時に殺人が起こったか知っているわけではありませんが。わたくしは知らないのですから」

「銃声はお聞きになっていませんね？」

「ええ、聞いていません」ケイン夫人は答えた。「聞いていたら、ちゃんとそう言いましたよ」

「ごもっともです、大奥様。確かに」警部は咳払いをして、恐る恐る続けた。「失礼しました。しかしながら、大奥様、つかぬことをお伺いしますが、お耳のほうは問題ありませんか？」

ケイン夫人は少々耳が遠い人間の御多分に洩れず、今のようにほのめかされると猛烈に腹を立てた。警部を睨みつけ、声を荒らげた。「耳はまったく悪くありません！　大変よく聞こえます。相手がぼそぼそとしゃべらなければね！」

カールトン警部はこの苦々しいせりふに聞き覚えがあった。父親から何度も聞かされたものだった。警部は慌ててケイン夫人によくわかりましたと念を押した。

「わたくしが銃声を聞かなかったのは、書斎から離れていたせいです」ケイン夫人は言った。「ジムが膝掛けを探しているあいだ、庭を一回りしていましたので」

警部は思案顔で夫人を眺めた。この人は相当なお年寄りで、椅子の腕には杖が立てかけてある。

「まだ聞きたいことがありますか?」ケイン夫人が詰問した。

「あとひとつだけお願いします、大奥様。このたび、ケイン家の財産を相続するかたの氏名と住所を教えていただけませんか?」

間があいた。ケイン夫人は相変わらず警部を睨んでいる。まるでよけいな闖入者だといわんばかりだ。夫人はようやく口をひらいた。「なんの話をしているのかわかりませんね」

ジムが助け船を出した。「オーストラリアの分家ですよ、エミリー大伯母様。又従姉か誰かがいませんでしたか?」

ケイン夫人は視線をゆっくりとジムの顔に移した。「あの子がどうしました?」

「ですから、その又従姉が遺産相続人であろうと」

「ばかばかしい!」ケイン夫人は鼻先で笑った。「あの子はそんなものではありません。あなたが相続人です」

夫人の言葉はどよめきに近いものをもたらした。オスカー・ロバーツは気を利かせてカップの中を覗いていたが、思わず顔を上げた。パトリシアは息をのみ、ティモシーは敬意のこもった声で「うへえ!」と言って、その場の雰囲気を要約した。

ジムは目をしばたたいた。「まさかそんな、大伯母様、僕のはずがありません! うちの祖父は末っ子の四男だったじゃないですか。そのオーストラリア人の女性のほうが僕より年上でしょう!」

ケイン夫人はお茶を飲むと、手近な小テーブルにカップとソーサーを置いた。「あなたが面倒がらずに曾祖父の遺言状を読んだことがあれば、どうせないんでしょうけど、わかったはずですよ。ケイン家では、男子の相続人が存命のうちは女子の相続人に財産が渡らないのです」

「参ったな」ジムは放心したように言った。「というと、マシュー・ケインは相続人を男子に限定したのですか？」

「わたくしに限嗣《げんし》相続の話をしても無駄ですよ。何も知りませんから。とにかく、ケイン家の男子が生きている限り、財産は女子の手に入らない——それだけは知っています」

部屋が水を打ったように静まり返った。オスカー・ロバーツが沈黙を破った。「いやはや、これは驚いた！　自分が次に並んでいたとは思いもよらなかったでしょうね、ケインさん！」

「知りませんでした」ジムは言った。「考えたことさえなかったんです！」

「考えるわけがないでしょう」ケイン夫人は険しい目でロバーツを睨みつけた。「身内が一カ月以内にバタバタと死ぬとは限りません」

「ごもっともです、大奥様」ロバーツが笑みを浮かべる。「しかし、自分が莫大な財産の相続人になることを夢にも思わなかったとは——いやあ、これは間違いなくロマンチックですよ！」

第六章

「そんなわけで、警視、私は——総合的に考えて——この事件をロンドン警視庁に任せるべきだと判断した」警察本部長モーリス大佐が言った。優秀な部下がいたらよかったのに、と忸怩《じくじ》たる思いを抱きつつ、手を引けてほっとしていた。何しろ、実に不愉快なばかりか、捜査しにくい殺人事件なのだ。

ロンドン警視庁犯罪捜査課《CID》のハナサイド警視は了承したしるしに頷き、本部長からカールトン警部へ視線を移した。

「被害者は地元の有力者だよ、ほら」モーリス大佐は言った。「だからといって、特別扱いはせんが、どういうことかわかるだろう」

ハナサイド警視はよくわかっていたので、耳に心地よい低い声でそう答えた。

「さてと——」大佐は切り出した。「カールトン警部が書いた報告書に目を通したね。この事件について、話し合いたい点があれば……？」

「ぜひお願いします、大佐」ハナサイドはにこっとして、大佐の傍らに立つ警部を見上げた。「警部、君にはすでに関係者の誰彼を知っている強みがある。力を貸してもらえればありがたい」

「いいとも、警部を存分に使ってくれ、警視。カールトン、椅子を持ってきて、そこに座りたまえ」

カールトン警部が命令を遂行しているあいだ、ハナサイドはフォルダーをテーブルに置いて、タイプされた報告書をめくり始めた。

　モーリス大佐はパイプに煙草を詰めていった。「必要な資料は揃っているはずだ」

「ええ、申し分ありません。クレメント・ケインは三八口径の銃弾で、六フィート以内から撃たれ、弾は頭部を貫通して――そう――」ハナサイドは二ページめくると、〈断崖荘〉の平面図をひらいた。「犯人は窓の外から被害者を撃った、とされています」警視は角張った人差し指の先を平面図に置いて、顔を上げた。

「その点に疑問の余地はなさそうだが。そうじゃないかね、カールトン？」

「はい、そうです。机は窓際から二、三フィートの場所に、斜めに置かれています。クレメント・ケイン氏はこの机についていました。警視、ご覧のとおり、氏の左手に窓があり、銃弾は左側のこめかみに入りました。書斎から逃げるには、このドアから玄関ホールに出るしかありません。執事が銃声を聞いたとき、ケイン夫人の秘書とロバーツ氏が玄関ホールにいたため、書斎のドアを出た者は彼らに目撃されていたはずです。三人の証言によると、執事とロバーツ氏は銃声を聞いたとたんに、遅くとも三十秒後には書斎に駆け込みました。執事はすぐさま死体に近づきましたが、ロバーツ氏は機転を利かせて窓辺に走りました。残念ながら、手遅れでした。しかし、氏の証言によれば、何者かが植え込みで動いている音がはっきりと聞こえたそうです。この平面図を見ると、警視、よくあるシャクナゲなどの茂みが、建物の脇にある小道から十フィートあまり続いています。書斎の窓の外に立っていた者は、ロバーツ氏が窓際に近づいたときにはもう隠れていたでしょう。氏はホールから来ましたからね」警部は言葉を切り、眉を寄せて平面図に見入った。「わからないのはジェイムズ・ケイン氏が、証言したとおりにガーデンホールをすぐに出てきたのに、誰の姿も見なかったことです」

ハナサイドの指が平面図のガーデンホールの位置にたどり着いた。付属のトイレを隔てて、すぐ隣が書斎だ。「ジェイムズ・ケイン氏は、すぐに外へ出たと言ったのか？　三十秒以内という意味で〝すぐ〟と言う人もいるからね」

カールトン警部は首を振った。「私もそれを考えましたよ、警視。しかし、ケイン氏は三十秒も時間を無駄にしたとは言いません。そうか、氏の証言が事実だとしたら、拳銃はすぐ近くで発射され、彼は仰天して外に飛び出したわけですね」警部は平面図を見ながら、思案に暮れるように顎をさすった。「ただし、ことの次第が証言どおりだったとすれば、こう言わざるを得ません。なぜジェイムズ・ケイン氏は何も目撃できず、物音すら聞かなかったのだろうと」

ハナサイドは再び報告書に目を通して、記憶を呼び戻した。「ジェイムズ・ケイン――遺産相続人になった男だね？」

「ええ」警部は慎重に答えた。「そうです。これもまた奇妙な点です、警視。ケイン氏は自分が相続人だとは知らなかったと主張しています。実は、老ケイン夫人がその事実を公《おおやけ》にした場に私も同席していました。ケイン氏のために言っておくと、あの驚きようが芝居だったなら、私はまんまと一杯食わされましたよ。彼はざっと二十五万ポンドの財産を相続することになって、ぽかんとしていました。しかし――では、ちょっとお伺いします、警視！　ケイン氏が死んだ又従兄の次に相続人になることをぜんぜん知らなかったという証言は信用できそうですか？」

「その質問はケイン氏に気の毒じゃないかな、カールトン」モーリス大佐が口を挟んだ。「いいかね、一カ月前は彼がケイン家の財産を相続するチャンスはなきに等しかった。なるほどサイラス・ケインは独り者だったが、クレメントは既婚者だった。おまけに、クレメントはまだ若く、何人かの息子に恵まれることも十分に考えられた。それに結婚したばかりで――さてと、結婚式はいつだった？　四年くらい前だったか。今どきは、急いで子供を作らない夫婦がけっこういるようだ。さりとて、彼らが子供を作らないと考える根拠はない。おまけに、あのマシュー・ケインの遺言状は厄介な代物だ。君も読んでみただろうね、警視」

「ええ、読みました」

「ふむ、明らかに、ケイン家の若い者たちは誰もあの詳細を知らなかった。むろん、クレメントについてはわからん。知っていた可能性はあるが、さほど重要だとは思わなかっただろう。男子の相続人が生存している限り女子の相続人を除外する、という条項には関心がなかったのだな。ジム・ケインのほうは、曾祖父が遺産相続にこんな制限をつけたことを知っていたかどうかも怪しいものだ」

「そのジェイムズ・ケインについて教えていただけますか？」ハナサイドが言った。「財務省に勤めていて、何不自由なく暮らしているようですが。借金はありませんか？」

モーリス大佐は、火の消えたマッチを傍らの灰皿にある煙草の燃えかすに突っ込んだ。「ジム・ケインなら、彼が子供の頃から知っている」大佐は言った。「何を隠そう、うちの末息子と同じ学校を出ていてね。人を殺すような男ではないと請け合えばよかったかな」

ハナサイドは満足したのか、頷いて、再び手元の文書に目を向けた。あるページのリストを下へなぞり、指先の動きが止まった。「トレヴァー・ダーモット」警視は声に出して読むと、けげんそうに目を上げた。

モーリス大佐は唇を尖らせ、カールトン警部をちらりと見た。「ええ」警部が言った。「いかにも奇妙な話ですよ、警視。証拠として現れる事実のほかに、何やら裏がありそうです。トレヴァー・ダーモット氏は認めませんし、クレメント・ケイン夫人も認めませんが、ふたりはどういった関係なのか、この町の多くの住人が教えてくれますよ」

大佐は鼈甲《べっこう》縁の眼鏡を外して、ハンカチでレンズを磨いた。「私は醜聞に耳を貸さんぞ。だが、これまでクレメント夫人とダーモットには噂が絶えなかった。大したことじゃないかもしれんが、ダーモットとは面識がないので、なんとも言えん。彼はポートローの人間ではない。大柄で、ハンサムな男。ああいう人でなしにコロリとだまされる女性もいるものだ。この三カ月間、奴はクレメント夫人の財布で豪勢に暮らしていたよ」

「ええと、もう少し事情がありますね?」警部が言った。「夫人の使用人の話によると、クレメント・ケインに遺産が入ることにならなければ、夫人はダーモットと駆け落ちしていたそうです」

「私は使用人の噂話など問題にせん」大佐は言った。「しかも、ふたりとも解雇を通告された者じゃないか。だが、ダーモットがクレメント夫人の態度にショックを受けないとは言っとらん。彼女に首ったけなんだろう。若くてとびきりの美人だからな。むろん、金も目当てだろうが、ダーモットのような男はそれを認めようとせん。ローズマリー・ケインが大恋愛のために大金を捨てるわけがないしな」

「そうですね」警部は頷いた。「そのうえ、事件当日のダーモットの行動を考えても、湖畔でクレメント夫人から別れを告げられたと思われます。つまり、男がホテルに出かけてしたたか酒を飲み、車でいずこへともなく走り去り、夕方の五時に飲酒運転で逮捕されるのは、思わぬ窮地に陥ったせいでしょうから」

「ああ、当日のトレヴァー・ダーモットの行動は慎重に調べたほうがいいだろう」ハナサイドが言った。「クレメント・ケイン夫人は、ダーモットが自分たち夫婦の旧友だという印象を与えようと躍起になっていたらしいな」

「旧友などではありませんよ、警視。まあ、ダーモットはクレメント夫人と知り合ってから、この町に通い始めた可能性もありますので――なんとも言えませんが、古くても新しくても、クレメント・ケインの友人でないことは確かです」

「ダーモットが車で走り去ったという少年の証言を誰かが裏付けして――そうそう、庭師頭の妻もロッジで目撃している。彼はやけに急いでいたようで、実に奇妙に見えたらしい」ハナサイドはうっすらとほほえんだ。「そう、この証言は後知恵に過ぎないという気がするね。ダーモットが猛スピードで運転していたら、庭師頭の妻には彼の様子に目を留める暇があっただろうか」

「いいえ、なかったでしょう」警部が言った。「ただ、あの少年、ティモシー・ハートは、ダーモットが車に向かっていく姿を目撃して、〝妙ちきりんな顔〟をしていたとロバーツ氏に話しています。それも、又従兄が殺されたとは知りもしないうちにですよ」

「その少年はどうなんだ?」ハナサイドが尋ねる。「十四歳か。当てになりそうかね?」

カールトン警部はにやりとした。「いやそれが、保証はできかねます。猿の群れかと思うほど抜け目がない子ですが、あの口ぶりだと、犯罪のことばかり考えているようです。ほら、アメリカのギャングの話ですよ。サイラス・ケイン氏が殺されてから、ずっとその調子だったとか」

「ふうむ、なるほど」ハナサイドは言った。「よかったら、サイラスの事件の記録も見せてもらいたい。そちらは事故死、だったね?」

「検死審問ではその判決が出されました」警部が用心深く答えた。「証拠がないので――法廷に持ち込めません。サイラスは老人で、健康でもなかったので。彼が殺されたとしたら、最有力容疑者はクレメント・ケインです――真の動機と呼べるものを持っていた唯一の人物になるでしょう。ところが、クレメントが当夜〈断崖荘〉から車で帰宅し、サイラスの散歩中に取って返すことは不可能だったことが明らかになりました。しかし、その事件は、今回の事件を参考にすると様相が一変することは言っておかねばなりません。捜査の記録を持ってこさせます」

記録を待つあいだ、ハナサイドは引き続き容疑者のリストに目を通した。しばらくしてこう言った。

「ジェイン・オグルの名前に〝?〟が付けてあるね。ケイン夫人付きのメイドだろう?」

「そうです」警部が言った。「オグルは〈断崖荘〉で三十年あまり働いてきました。ケイン夫人を一途に慕っています。働きぶりは想像がつくでしょう。いやあ、どうすれば攻略できるものやら。いわゆる疑心暗鬼に駆られるタイプで、単純な質問をされても、意図しない答えに誘導されていると考えずにいられないいんですよ。表面上は実に怪しげな態度を取ります。そうは言っても、しょせん偏屈な老メイドであり、愚かな言動を重視するわけにいきません。私の手帳をご覧になれば、犯行時刻にオグルが庭にいたことがおわかりになります。本人から引き出せた証言によれば、ケイン夫人に膝掛けが入り用だと考えて、ジェイムズ・ケイン氏に頼まれないうちから取りに行ったそうです。ついでにトレイを食器室に戻したと。それで裏口から庭に出た理由がわかりました。テラスに戻ると、ジェイムズ・ケインは膝掛けを探しに室内に入り、ケイン夫人は座っていたはずが、どこにも姿がなかったそうです」

ハナサイドは顔を上げた。「ケイン夫人は老衰しているはずでは?」

カールトン警部は苦笑いした。「それがその、老衰しているのに老衰していません。警視、わかっていただけますか。日によって、どこへ行くのも車椅子だったり、誰かの腕にすがって杖をつけば、そろそろと歩ける程度だったりするいっぽう、急にかくしゃくとして、誰の手も借りずに動き回る日もあるんです。夫人の証言では、当日は湖のほうへ散歩に出ていたとか。別に意外ではありません。ケイン夫人はクレメント夫人に悪意を抱いていて、若奥さんと浮気相手の動きを探りに行ったんでしょう。それに、ケイン夫人の話が本当なら、彼女の足取りでも、三分間ほどテラスから姿が見えなくなります。薔薇園を抜けるルートは、ここはイチイの生け垣に囲われていますので。そのあたりは、〈断崖荘〉に行かれたら確認できるはずです」

「それで、さっきのメイドは庭じゅう夫人を探したのだね？」

「本人の弁では探したそうです。そして、薔薇園の先の、種まき小屋と温室のそばで見つけたと。まあ、そこは確かに屋敷の東側で、例の植え込み——あれは南東——と同じですが、書斎からかなり離れていて、耳の遠い人間には銃声が聞こえなかったんです。ただし、彼らの証言は裏が取れません、警視。ほかの者たちがテラスに出た頃には、ケイン夫人はそこに戻っていました。いいですか、夫人の話が嘘だとは言っていません。強調したいのは、たとえ夫人の話が嘘だとしても、ジェイン・オグルには関係ないことです。あのメイドは、大奥様を守るためなら血相を変えて嘘をつくでしょう。まさにそのとおりにしている気がします。あるいは、自分で何かしでかそうとしたのか」

「ほほう！」ハナサイドは少し考えた。「ちょっと突飛じゃないかね？」

「同感だ」モーリス大佐が頷く。「なるほどエミリー・ケインは情け容赦ない老女だし——正直言って、怖くて身がすくむよ！——クレメントを嫌っていたことを隠そうともしなかった。しかしだな、八十歳の老婦人があの凶行に及び、ジム・ケインに見つかる前に身を隠せるとは——」

「ケイン夫人が殺人犯だという可能性を考慮するならば、ジェイムズ・ケインが大伯母を見たと言いそうにないことも計算に入れる必要があるのでは？」ハナサイドが口出しした。

大佐はしばらく黙って渋面を作っていた。「ああ、その点は君の言うとおりだろう。なんたることだ、突拍子もない仮説だぞ！」

「はい、そうです。私はまだケイン夫人の犯行説まで手が回りません」カールトン警部が言った。「私はオグルが犯人だと考えます。夫人の許可があろうとなかろうと、クレメント・ケインを撃ったのではないでしょうか」警部はハナサイドのいぶかしげな目つきに気づき、さらに続けた。「おかしな話に聞こえないと言うつもりはありません、警視。女主人のこととなると、ジェイン・オグルは頭がおかしくなるんです。クレメント・ケインが遺産相続人になり、ミス・アリソンがジム・ケインと婚約してから、大奥様を気にかけるのは自分だけだと触れ回り、誰にも大奥様の人生最後の日々を惨めにさせないと、さんざんくだらない話をしていました」

「凶器の拳銃は？」ハナサイドが訊いた。「銃弾は三八口径か——我が国ではあまり見かけない口径だ。何かつかめたか？」

「はい、警視、ひとつ情報があります。ジョン・ケイン老——エミリー・ケインの亡夫——が以前に三八口径のスミス&ウェッソンを所持していたそうです」

「それは面白い」ハナサイドは言った。「その拳銃は証拠として提出されたのか？」

「いいえ、あいにくと。また、提出されそうもない様子でした。証言によれば、誰も長いこと見ていないのです。探してほしいと頼みましたが、ああいう広いお屋敷のことですからね。本当に紛失したとしたら、長期間かけて家じゅうのがらくたが詰まった収納箱や物置部屋や戸棚を探すはめになります。ただ、紛失していなければ、あの屋敷の住人なら誰でも――それこそジェイムズ・ケインでも――拳銃が欲しければいつでも入手できたかもしれません」

「なるほど」またしてもハナサイドは凶器について考えているようだ。報告書を見下ろして、少し間を置いた。「〈ケイン&マンセル〉の社内で意見の衝突があったらしいな。このマンセル父子《おやこ》について教えてくれないか？」

カールトン警部はモーリス大佐をちらっと見た。「父子に不利な情報はありませんよね、大佐？ポール・マンセルはきつい性格だと言われていますが、ビジネスマンはたいていそうです。父親のマンセル氏は評判がいいのに、息子はあまり好かれていません。離婚したせいで、ちょっとしたスキャンダルになりまして。今回の事件とは無関係ですが」

「ポール・マンセルはチャラチャラした恥知らずの若造だ」大佐が出し抜けに言った。「父親のマンセルはいい奴だが、息子のほうは好きになれん。まさかジョーが自分の懐具合を楽にする契約を結ぼうとして、共同経営者を殺したとは思えない。だが、正直な話、ポールが人を殺さないとは言わん――実行する度胸があればの話だが。いいかね、これはあくまでも私の偏見だからな」

ハナサイドは頷いた。「この男、オスカー・ロバーツだが――オーストラリアの会社を代表しているのだね？」

「そうです。これまでにわかったところでは」警部が言った。「ロバーツは〈ケイン&マンセル〉と妥協する道を模索していました。この会社は有名ですからね」

ハナサイドが眉をひそめた。「それはそうだが、ほかにも有名な会社はある。とにかく、ロバーツにはクレメントを殺す動機はなさそうだね」

「ええ、同感です。そのうえ、ロバーツがサイラス・ケインを殺したとしても――つまり、あれが殺人だったとして――クレメントを殺せなかったことはわかっています。ロバーツは、玄関ホールで執事とミス・アリソンと一緒に銃声を聞いていますから」

「まあ、ロバーツのことは真剣に考えていなかったが」

そのときドアがあいて、ハナサイドは目を上げた。フォルダーを持った巡査が入ってきて、それを机のカールトン警部の手元に置いた。警部はフォルダーをハナサイドに渡した。「サイラス・ケインの死にまつわる事実はこれをお読みになればわかります」

ハナサイドはフォルダーを受け取ってひらいた。警視が事件の記録を読むあいだ、大佐と警部は黙ったまま、ひたすら待ち続けていた。ようやく警視がフォルダーを下ろすと、大佐が言った。「さてと、警視、どう考えるかね?」

「今一度検討したいのですが」

「なるほど。そうだろうとも。クレメントが殺害された今となっては、サイラスの事件も不審に見える。ふたつの死に関係があると思うかね?」

「莫大な財産がかかっていますから。とはいえ、殺害方法は――サイラス・ケインの死が仕組まれたものだとして――まるきり違います。第一の例では殺人を事故に見せかけたのに、第二の例では偽装をこらしていない。私はある点に注目しています。ジェイムズ・ケインはサイラス・ケインの誕生パーティに出て、午後十一時を回った頃に〈断崖荘〉を発ち、車でロンドンに戻ったのですね」

「それが?」大佐はぶっきらぼうに訊いた。

ハナサイドは大佐を見た。「ディナーパーティに出席するだけなのに、遠路はるばるのお越しではありませんかね?」

「はん、ジムは片道三時間の運転などものともせんよ! 第一、彼はサイラスに会いに行っただけじゃない。異父弟を、ティモシー・ハートという子を送り届けたんだ。まあ、そこに特別な意味はないだろう、警視」

「大佐はジム・ケインとは旧知の仲ですからね」ハナサイドは当たり障りのない言い方をした。「あとは使用人たちと――ミス・アリソン。こちらも怪しい点はありませんか?」

「有力な動機はありません」警部が答えた。「そうそう、ミス・アリソンには動機があると言えるでしょう。ジェイムズ・ケインと婚約していますから。ただし、サイラス・ケインが死んだときはケイン夫人に付き添っていましたし、クレメントが撃たれたときはロバーツと執事と一緒に玄関ホールにいました」警部はいったん言葉を切ってから、当てにするように尋ねた。「警視には何か思い当たる節がありますか?」

「そうだな、今のところはない」ハナサイドは答えた。「二、三の点ははっきりした。よかったら、サイラス事件の記録を手元に置きたいんだが。これから〈断崖荘〉に出向いて現場を見て回り、関係者一同と話してみよう」

「ほかの人はともかく、ティモシー・ハート坊ちゃんには大歓迎されますよ」カールトン警部はニヤリとした。

警部の予言は的中した。ティモシーは生まれて初めて殺された人を見て、しょんぼりしていたが、ロンドン警視庁の警視が捜査の指揮を執ると聞いた瞬間から、天にも昇る心地になった。大人たちは事件に不安を覚えるかもしれないが、ティモシーは犯罪捜査課のハナサイド警視から感化を受ける喜びだけを待ちわびていた。警視は大柄でがっしりした、角張った陽気な顔の、口数が少ない男だ。ティモシーは畏敬の念を抱いたものの、そこに失望感が混じっていないわけでもなかった。ただし、警視の子分である、鳥顔の部長刑事は目をきらきら光らせ、ひっきりなしにしゃべって、たちまち少年の心を捉えた。ティモシーはハナサイド（キラリと光る目を向けて、ムッとさせる男）からはろくに情報を引き出せないと気づいて、ヘミングウェイ部長刑事に密着した。というわけで、警視は安心して捜査に打ち込んだ。

ハート少年につきまとわれたヘミングウェイは、いつもと同じ気晴らしをしなさいよと勧めた。ティモシーはこう答えただけだった。「あなたを見てるほうが楽しいや、せっかくだけど」

「おおっと！」ヘミングウェイは言った。「そうかね？　捜査妨害のかどで逮捕されないように気をつけるんですよ」

こうした冗談は面白くなかった。ティモシーはぶっきらぼうに言った。「そんな脅しを真に受けるアホウだと思ってんの。そもそも、僕は捜査妨害なんかしてない。それどころか、うんと力になれる。あなたは知らないだけだ」

「ま、知らぬが仏、ってことわざにもいうでしょ？」

「もういいよ！」ティモシーはそれとなく悪意を伝え、その場を立ち去った。

二十分後、部長刑事が植え込みで捜査に励んでいると、またしてもハート少年につきまとわれていた。

「いよう、刑事《デカ》さん」ハート少年は屈託のない顔でのたまった。「そこでハジキを探してんなら、大外れってやつだぜ」

ヘミングウェイはわざと怖い顔でティモシーを睨んだ。「あっち行け！」

「やなこった」ハート少年は言い返す。「だいいち、この庭は誰のものさ？」

「ははん、あんたのものだとしたら、真っ先にあたしの耳に入ったでしょうよ」部長刑事はついつい口喧嘩に誘い込まれた。

「僕のものじゃない。何を隠そう、今や兄貴のものでね。だから、僕のものとおんなじことさ。それに、兄貴が庭に出ろって言ったんだ」

「庭に出て、あたしを困らせろとでも言ったんですか？」部長刑事は喧嘩腰で訊き、ジェイムズ・ケイン氏の好ましい第一印象を改めた。

「ううん、そんなわけないじゃん！」ティモシーはじれったそうに言った。「庭に出て行けって言われたから、そうしたんだよ」

「兄さんを責める気にゃなれませんねえ」

「ところで、捜査に協力しちゃだめ？」ティモシーは急に猫撫で声を出した。「ほんとに、邪魔しないから。本物の刑事の仕事ぶりを見たくてたまらないんだ！」

敬虔な青い目で訴えられ、ヘミングウェイ部長刑事はついほだされてしまった。のちに上司に説明したところでは、昔から子供に甘いのだという。「ついてきたってかまいませんよ。あたしの足さえ引っ張らなきゃね」部長刑事は一歩譲った。「だけど、いいですか、あっちへ行けと言ったら、とっとと行くんですよ！」

「わかった。決まりだね」ティモシーは物欲しそうな表情をぱっと消した。

「それから、人をからかうんじゃありません！」

「うん、からかわないよ。ねえ、バッジはつけてる？　アメリカの刑事みたいに」

「いいや」

「なあんだ！　つまんない。刑事が上着の襟をパッと返すと、バッジがついてるのがカッコいいのに。部長刑事さんはどうしてるの？」

「名刺を差し出すのさ。さて、これからあんたはどうするべきか、あたしの考えがわかるかい？」

ティモシーはヘミングウェイをうさんくさそうに見た。「わかんないよ！」

「あたしにくだらない質問をして無駄骨を折らせるのをやめるこった」

「だって、バッジのことを知りたかったんだ。それに、どうせ無駄骨を折ってたじゃん。ハジキはここにないって言ったのに、てんで聞いてないんだから。僕がとっくの昔に探したよ。犯人は植え込みに凶器を隠しそうだと睨んだからね。まあ、ここにはなかった。私車道の向かいの植え込みにもなさそうだ。くまなく探したわけじゃないけど、探し方には持論があるんだ。なんなら伝授しようか」

「こっちにその気があろうとなかろうと、伝授するんでしょうよ」部長刑事は言った。「じゃあ言ってみな。どんなやり方です？」

「よしきた、見てて！」ティモシーが勢い込んで言った。「まだ証拠は足りないけど、ダーモットさんが犯人だと仮定してくれる？」

「よし、仮定しましょう」

「ダーモットさんは又従姉のローズマリーと湖のほとりで喧嘩して――喧嘩ってほどじゃないけど、派手に揉めてローズマリーにつれなくされて、又従兄のクレメントが生きてる限り二度と彼女に会えないと――」

「おいおい、そんな話をどこで仕入れた？」ヘミングウェイはあっけにとられた。「あんたみたいな子供が話していいことじゃない！」

「もう、やめてよ！」ティモシーは言った。「女中どもはみんな言ってるよ。又従兄のクレメントが大金を相続してなかったら、又従姉のローズマリーは離婚してただろうって。おまけに僕は、まさにそんな具合にストーリーが展開する映画を山ほど見てる。ただし、考えてみると」少年は眉を寄せた。「実際に手を下したのはあの人のはずがないな。かんかんに怒ってて、動機がわんさとあるように見えるけど、惑わされるだけだ。それでも、いざとなったら話が違うかなあ。じゃ、仮に犯人がダーモットさんだとしよう」

「五分前からそうしてますよ」

「わかった。ダーモットさんはパニック状態で又従姉のローズマリーと別れて、私車道の真ん中へんに停めておいた車から自分の銃を取り出し、植え込みを駆け抜けて書斎の窓辺に近づき、又従兄のクレメントを撃って、また植え込みに逃げ込んだ。それから、ロバーツさんの読みとは違って、私車道を隔てた茂みの先にある塀には向かわず、湖に戻り、銃を投げ捨て、車に向かった。僕が出くわしたとき、あの人は間違いなく湖のほうからやって来た。どう見ても様子がおかしかったよ。あれこれ考えると、あの人にはあっさりと殺せたかもしれないな。おまけに、唯一のアリバイ証人は又従姉のローズマリーなんだから、裏切られるわけないし」

「感服しました」部長刑事は首を振った。「あなたが警察官じゃなくて、我々一同は助かりましたよ。今頃、失業してたところです」

「そんなことより、まじめな話」ティモシーは文句を言った。「僕の持論にも一理あると思わない？」

「一理も二理もありそうですな」部長刑事がまじめに答えた。「しかし、泣き所もある。あんたが刑事になる気なら、持論の弱点を見抜けるようにならなくちゃ」

「でもさ、刑事になる気はないんだ。うちの母は探検家になってほしいんだって。僕はね、法廷弁護士になろうと思ってる。探検家って、辺鄙な土地に行って、ラクダなんかを引きずり回すイメージだけど、僕は車のほうが好き……。えー、ちょっと待って、僕の持論の泣き所ってなに？」

「は？」ヘミングウェイはティモシーの話をよく聞いていなかった。「ああ、弱点ね！　凶器の拳銃ですよ、拳銃！　万一使うかもしれないからといって、車内に拳銃を常備する人間はいません。あたしの経験じゃ、いませんね」

「そこが間違ってるのさ！」ティモシーは勝ち誇った調子で言った。「ダーモットさんが今も拳銃を持ってるかどうか知らないけど、前は持ってた。だって、又従姉のローズマリーに言ってたんだ。自動車強盗団がさんざんホールドアップを食わせてるから、車の中に必ず拳銃を置いてあるって！　さて、お次はダーモットさんが誰にも見られず湖に戻った道を案内するね」

「はいはい」部長刑事が頷いた。「ご案内よろしく！」

一時間後、ヘミングウェイ部長刑事が上司と共に〈断崖荘〉を退去するときには、ティモシーは彼を刑事《デカ》さんと呼び、また会えるよと予言して、名残惜しそうに送り出した。

「あの坊やにすっかり気に入られたらしいな」私車道を歩きながら、ハナサイドが言った。「捜査の邪魔にならなかったか？」

「おおむね我慢できますんで、大丈夫でしたね、警視殿」ヘミングウェイが答える。「確かに、ひっきりなしにしゃべりまくる子ですが、どうにかして情報を探り出しました。あの伊達男ダーモットのことなんかをね。奴は調べるべきですよ。ふむ、どうです、ボス！　クレメント・ケイン夫人がダーモットと駆け落ち寸前だった話で屋敷のみんなが盛り上がり、十四歳の子供でもそれを知ってたなら、信憑性がありますよ」

「信憑性はある」ハナサイドは言った。「あの若い女性はひどく怯えている。私にストレスを自慢していないときは、家じゅうの者に疑惑の目を向けようとしているんだ」

部長刑事は訳知り顔で頷き、見解を述べた。「あたしが恨んでる証人には二種類あります。ひとつはいたって口数が少ない奴、もうひとつはめったやたら口数が多い奴。ひとつ目が相手じゃ話が先に進まないし、ふたつ目が相手だとはるか先まで行きすぎます」

「それなら、君はこの事件が気に入るまい」ハナサイドは言った。「どちらのタイプの証人も揃っているからな」警視はくすっと笑った。「かの老婦人いわく、〝わたくしが手を貸さなくても謎を解けますね〟」

部長刑事は同情するそぶりを見せた。「がみがみ婆さんらしいですね。どう思いました、ボス？」

ハナサイドは首を振った。「わからん。なんとも言いようがないね」

「ははあ！」ヘミングウェイは声をあげた。「そこで心理学の出番ですよ」

「君はクレメント・ケイン夫人と気が合いそうだな」ハナサイドが言った。「ところで、何かつかんだか？」

「主だった関係者《ドラマティス・ペルソニ》の特徴は。それくらいです」ヘミングウェイは答えた。人をおだててしゃべらせるのはお手の物なのだ。「上級の使用人、下級の連中にもほとんど聞き込みをしました。みんな、死んだサイラスを慕ってて、若いジェイムズを慕ってます。死んだクレメントは誰にも好かれなかったようで、クレメント夫人に至っては——ま、使用人部屋での噂話を繰り返したくはありませんが。彼女は舞台装置と釣り合いが取れない、ってのは確かな話ですよ、ボス。伊達男ダーモットは、クレメント夫人の料理人のばあさんの話が半分でも事実なら、三幕ものの芝居を自作自演してますね。大恋愛とはねえ！　だけど、ロミオにゃかなわない。ところで、奴さんは今お屋敷にいますよね？　どう思いました？」

「ふむ、確かにダーモットなら犯行が可能だった！」ハナサイドは答えた。「彼は極端な行動に走りやすい男だという印象を受けた。しかし、犯人かどうかはまったくわからないね」

ヘミングウェイ部長刑事は警視に目を向けた。「何が引っかかるんです、警視殿？」

「第一の死だ」ハナサイドが言った。

第七章

ハナサイド警視が〈断崖荘〉を訪れたため、ケイン夫人とティモシーを除いた全員が不安になり、警戒心を抱いていた。昼食の席ではくつろげず、ケイン夫人がトレヴァー・ダーモット氏に礼儀正しく接しようともしないので、ますます不愉快になった。ローズマリーがトレヴァーのいる場で、彼が昼食までいたら気に障るのかと訊いたところ、夫人はこう答えた。あの人がホテルに戻れば昼食代を払うことになるのに、向こうで食べないのは残念ですよと。トレヴァーは子供を相手にするように快活な態度で老婦人をあしらうと見え、あははと笑った。「いやいや、ケイン夫人、なんとも手厳しい。スコットランドの血を引いてらっしゃるのかと思わせますね！」

ケイン夫人はトレヴァーをぎろりと睨み、それきり取り合わなかった。パトリシアは、今日は雇い主の体調がよくないと知っているので、そっと部屋を抜け出して、昼食時にゆめゆめダーモット氏を夫人のそばに座らせてはならない、と執事のプリチャードに指示を出した。

パトリシア自身も疲れ気味だった。朝からケイン夫人の相手で難儀した。何しろ、夫人は起きたときから不機嫌で、サイラスの死を悼む手紙がオーストラリアに住む又姪から届くと、なおさらいきりたった。

ケイン夫人は封筒に見慣れた手書きの文字で書かれた自身の名前を見るたび、うさんくさそうな目を向けて、「この女、何が欲しいのやら」と気難しい声で言うのがお決まりだった。今回はさらに文句を並べつつ封を切った。「まあ、何もやりませんけどね」モード・レイトン、旧姓ケインは何かを欲しがっているのではなく、大伯母の気持ちを考えてお悔やみを書いただけなのだが、夫人の怒りは収まらなかった。夫人に言わせると、モードが手紙を書いたのはただならぬことなのだ。又姪にはたった一度、それも赤ん坊のときに会ったきりなのだから。いったい誰が、お節介にも〝あのオーストラリアの分家〟に訃報を送ったのだろう。パトリシアはうかつにも、クレメントがサイラスの死亡通知をオーストラリアの新聞に載せたのかもしれないと言った。何もケイン夫人が掲載に反対する理由はない。あるとしたら、クレメントと彼のすることなすことが気に食わないだけだ。だが夫人は、新聞の話は聞いていないとおかんむりだった。

午前中はときどきモード・レイトンに対する意地の悪い言葉のあれこれで思いの丈を訴え、昼食時はジムに手紙の全容をしゃべるのにうってつけの場だと考えて、モードは航空便で手紙を送るような浪費をせず、有意義なお金の使い道を見つけるべきだとがみがみ言った。

「あの分家はすぐにお金をなくしてしまうんです」ケイン夫人が言う。

テーブルの上座に着いたジムは、右手にいるローズマリーから、ハナサイド警視が来たせいでかぼそい神経が擦り切れたと言われた。ジムは彼女を励ますように言った。「ああ、そこまで気にすることはないよ！」それから大伯母に注意を移した。ケイン夫人は長いテーブルの向かいの端に座っている。「すみません、エミリー大伯母様。オーストラリアの又従姉の話でしたっけ？」

「赤ん坊の頃、両親に連れられてここに来たのを覚えていますよ。もちろん、あの人たちはイギリスを訪れるたびに来たがったものです。ホテル代が浮きますからね」

今の言葉はトレヴァーに向けられたものだろうと、パトリシアはうがった見方をした。そこで、ティモシーに午前中は何をしていたのかと尋ねて話題を変えた。ヘミングウェイ部長刑事が手がかりを探す手伝いをしていたと少年が答えたところ、突如トレヴァーは厚かましくも刑事と名乗るぼんくらどもをさんざんにこきおろした。「まったく、あの捜査方法はお笑い種だ！」

「あの警視さんが捜査を終える頃には、笑ってられない人もいるはずだよ！」ティモシーは言った。

「黙れ、ティモシー！」ジムが異父弟を叱った。

ハート少年はぼやいた。「だって、そうなるはずだからさ」

「サイラスはね、あなたの又従姉が結婚したときに気前よくお祝いを送りました」ケイン夫人が話を続けた。「わたくしに言わせれば、あれは度を越して豪華でしたね。結婚相手のレイトンはろくでなしでしたよ。わたくしはあちらとは一切関わりたくないとサイラスに言ったのです。だんだん押しつけがましくなる分家など強盗も同然です！」

「犯人はマンセル父子《おやこ》のどっちかだっていう感じがするの」ローズマリーは霧の中を見通すように目を細め、まっすぐ前を見ている。「どうしても立ち直れないわ」

ジムはローズマリーが立ち直ろうとしていないと思い、そっけなく言った。「賢い人はそんなことを言わないよ。妙な言いがかりをつけると、トラブルを招きやすい」

「私の性分を百八十度変えようとしたって、手遅れじゃないかしら」ローズマリーはうっすらとほほえんだ。「子供の頃から正直者で――たぶん、救いようがないほど正直ね。思ったことを言わずにいられないの。物事がはっきり見えなかったら、はるかに生きるのが楽だったでしょうに。私ね、すごく変な意味で自分に無関心でいられるみたい。だから、今は落ち着き払ってるわけ。内なる私は――

まるで私の一部はありとあらゆる出来事から切り離されてるように。マンセル父子のどっちかが犯人だろうと言ったのは、腹いせとか、カッとした弾みとかじゃないのよ。頭の中の声がそう言ってたみたいで――」

「あなたの又従姉はメルボルンに住んでいるようです」ケイン夫人が言った。ローズマリーの言うことには露ほども関心を払わない。「以前はシドニーに住んでいましたがね。まあ、どちらでもさして変わりはないでしょう」

モードの居住地を話題にする気があるのはトレヴァー・ダーモットだけだった。彼は女性が筋の通らないことを言うたびに嬉しくなる。間違いを訂正してやれるからだ。それも、意地悪く訂正するのではなく、筋の通らないことしか考えられない女性の頭を優しく笑いつつ訂正する。ケイン夫人のオーストラリアに対する認識がどれほど間違っているかを、トレヴァーは話し始めた。

「たいていの人は、直感っていう言葉の意味もわかってないくせに直感が働くとか言うの」ローズマリーは話し続けた。「私はそういう人間じゃない。事実、ふだんは直感を信じないほう。普通の女よりよっぽど合理的に考えるの。自慢じゃないけど。たまたまそういう性分。いつもあちこちで問題が目につくわ。でもね、ほんの時たま――ほら、私って信仰に生きるタイプだからかも――まぶしい閃光みたいな直感に恵まれる。だから」彼女は忘れがたい言葉で話を締めくくった。「そんなことがあると、必ずと言っていいほど直感が当たるのよ」

「よく言うよ！」ハート少年が皿に向かってつぶやいた。

「あなたにはどんな感じかわからないでしょ。男は直感に恵まれない生き物だから」ローズマリーは気の毒そうに屋敷の主《あるじ》を見やった。

「直感の話は勘弁してくれ！」ジムは言った。「そんなたわごとは初めて聞いたよ」彼は背筋を伸ばして言い足した。「すまないが、もう聞いていられない。一連の——その——」

「与太話」ティモシーが助け船を出した。

「——なんやかやのあとで！」ジムは異父弟の提案を受け入れたらしい。

「だけど、ジム、わからないの？　もしマンセル父子が犯人じゃなかったら、容疑者はあなたしかいないのよ」ローズマリーが言った。

「そうとは限らないわ！」パトリシアが割って入り、反感を示した。

ティモシーも同感だとばかりに顔を上げて拍手した。「いいぞ、いいぞ！」

ケイン夫人はヒキガエルのように微動だにせず、じっと前を見ていた。いっぽう、トレヴァー・ダーモットはオーストラリアの広さについて夫人に講義していたが、ついでに彼女の耳の遠さを証明しようと、ティモシーはなんと言ったのかとパトリシアに訊いた。

「〝いいぞ、いいぞ〟って言ったんだ。それも本気でね！」ティモシーは敵意むき出しにローズマリーを一瞥した。「あれこれ考えたら、又従姉のローズマリーはちょっとトロいんじゃないの。マンセル父子かジムしかクレメントを殺せなかったと触れ回るなんてさ！　僕はほかにも容疑者をふたり思いつく。なんなら、名前を教えてあげようか！」

「黙れ！」ジムが異父弟を叱りつけた。

「いいから言わせなさい！」ケイン夫人が命じた。

「大伯母様のお気持ちはよくわかります」ローズマリーが言った。「でも、事実から目を背けちゃだめでしょ。私がジムを犯人だと思うのは、理性の声を聞いたせいだとは思わないで下さい。言っておきたいのは――」

「まじめな話――僕だったらそこでやめておく」トレヴァーは不安げに口を挟んだ。「〝口は災いの元〟という好例じゃないか」

ローズマリーは目を見開いてトレヴァーを見た。「でも、大事なことだってわからないの、トレヴァー？　私は感情に流されまいとしてる。本当のことが知りたいの。見せかけには我慢できない！お願いだから、お互い正直になりましょうよ！」

この熱っぽい懇願に返事をしたのはティモシーだけだった。「お互い正直になったら、あなたは落ち込んじゃうよ！」

「黙っててくれないか？」ジムが言った。

「私が事実に目をつぶったと、誰も本気で責められない」ローズマリーは言った。「私が物事をどう感じるか、誰にもわかってない。私はトレヴァーが好きなことを否定しないし、クレメントが死んでも本来の私は無傷なことも否定しない。トレヴァーを知りもしない人たちが、彼が犯人じゃないかと考えそうなこともわかってる。私だけは、内なる私は、彼が無実だと知ってるの」

トレヴァー・ダーモットの顔がくすんだ赤に染まった。話が途切れ、気まずい間があいた。ケイン夫人の声が沈黙を破った。「それはけっこうだこと」夫人はそっけなく言った。「ミス・アリソン、ベルを鳴らして車椅子を運ばせておくれ」

このケイン夫人の言葉で食卓の雰囲気がやわらいだと誰もが思った。みんなが席を立ち、トレヴァー・ダーモットが助かったと一息つくのが聞こえた。ケイン夫人が食堂を出ると、トレヴァーとローズマリーは庭に出て行った。彼は言った。「ダーリン、君がいつもはっきりものを言うのは知ってるけど――そこが大好きだけどさ――さっきは一言多かったぜ」

「本当のことだもの」ローズマリーは言った。「認めたって、恥ずかしくもなんともない」

「いやいや、そういう問題じゃない！　いいかい、俺たちは進退に窮してて、口は災い――もとい、相手を思いやれば、それだけ報われるんだ。君は土曜日に俺に大ショックを与えた。それを責めてるわけじゃない。君の気持ちはよくわかる。どのみち、もうケリがついたしな。しかしだ、俺たちが恋仲だと言うんじゃないぞ！　わかったな？」

「あいにく、わからないわ」ローズマリーは言った。「人間、正直が一番だと思ってるし、みんなが知ってるように――」

トレヴァーの顔がまたしても暗くなる。彼はローズマリーの肩をつかんで揺さぶった。「ばかな真似はよせ！」低い怒声をあげた。「俺が殺人罪で逮捕されりゃいいとでも思ってるのか？」

「とんでもない。あなたの無実を百パーセント信じてる。なんとなく、やってないっていう気がするの」

「ああ、そんなアホ話はくそくらえだ！」トレヴァーは言った。「いいから黙ってろ。あとは何もしなくていいからさ！」

ローズマリーは氷のような声で言った。「あらそう！　まあ、それはやりがいがありそう」

「そんなつもりじゃなかった！」トレヴァーは慌てて言い繕い、ローズマリーを放した。「だけど、君はこの事態がどれほど深刻かわかってないんだよ。もちろん、俺は殺してない――当然やってない！――が、君と別れたあと、〈ロイヤル〉に戻って一、二杯引っかけてから、バカみたいに車でロンドンに引き返した。ここから十マイルくらいでパクられたよ。見るからに怪しげだったと想像つくだろ？　おまけに、あのむかつくガキ、ティモシーの野郎が、俺がここからうろたえて車で走り去ったとサツにぺちゃくちゃしゃべりやがって。ガキの話は嘘八百だし、俺だってあの能なしの警視にそう言っといたけどな」

「どうしてそれを私に話すの？」ローズマリーは淡々と尋ねた。「あのとき、あなたは逆上してた。無理もないけど、今更何を――」

「いいよ、俺が君を失ったショックでどうかしてたと警察に言えよ！　さあ行ってこい。そんなに本当のことが大好きならな！」

「私にどんな欠点があっても」ローズマリーは言った。「大事な人を裏切ったりしない」

パトリシアがこれを聞いていたら、にじみ出たユーモアを楽しんだだろうが、トレヴァーはばかばかしいとは思わず、すぐに答えた。「わかってる、わかってるさ！　実は、今回の件でちょっと参ってる。君は俺の言うことを聞かなきゃだめだ」彼は説得力に欠けた笑いを漏らした。「そのかわいい頭はこんな頭脳労働に向いてないよ、ダーリン。俺の言うとおりにすりゃ、万事うまくいくって」

トレヴァーは立ち去った。ローズマリーは先ほどの話をしようと、何度かパトリシアを誘って失敗したあと、神のお告げが下り、ペンブル夫人に電話をかけて、お茶を飲みに来てと頼んだ。「ここにいると息が詰まりそう！」ローズマリーは訴えた。「話し相手がひとりもいないのよ。ずうっと我慢してたら頭がおかしくなっちゃう」

ベティ・ペンブルはこの誘いに気をよくして、あなたのつらさはよくわかるとすかさずローズマリーを安心させた。「ただねえ、今日は子守が午後にお休みを取るから、子供たちを置いていけないし」

ローズマリーは子供が苦手だが、とうてい諦め切れなかった。せっかく親身になって話を聞いてくれる相手が見つかったのだ。とっさにジェニファーとピーターもお招きすると言い、ティモシーが面倒を見るだろうとたかをくくった。

ところが、当のティモシーに子守をする気はさらさらなく、それを礼儀をわきまえずに率直な言葉でローズマリーに伝えた。浅はかにもローズマリーが、大人の言うことを聞きなさいと言い返すと、ティモシーはとたんに異父兄を探しに行った。ジムはパトリシアと図書室にいたので、事情を話して加勢を頼んだ。

ローズマリーがこんなときに外部の人間をお茶に招いたと聞き、ジムはつくづく閉口してティモシーの肩を持った。パトリシアはさらに踏み込んで、そのうちローズマリーは当然の報いを受けると暗い声で言った。そこへローズマリーが入ってきて、やはりジムを味方につけようとした。ジムは冷ややかな声で、ティモシーはポートローにお使いに行かせると言った。これをきっかけに、活発で辛辣なやりとりが始まった。今は他人をお茶に招くときではないことを肝に銘じてほしい、とジムはローズマリーに言い、ベティのようなおしゃべりな女性とぺちゃくちゃ話してはだめだ、とパトリシアはローズマリーに釘を刺した。すると、ローズマリーはふたりの言葉を悪意に解釈した。ここはジムの家だから、誰を招くにしろジムのお許しが必要だったのね。

ジムが答える暇もなく、プリチャードが入ってきて、ポール・マンセルから電話だと告げた。ジムは執事に「わかった。すぐ行く」と言い、ローズマリーには「君は事前にエミリー大伯母様の許しを得るべきだった」と言った。

「だって」ローズマリーはジムが部屋を出てから口をひらいた。「私はクレメントの未亡人なのよ。多少は心遣いを受ける資格があるんじゃないかしら！」

「あなたはダーモットさんを愛しているとみんなに宣言したばかりだもの、クレメントの未亡人だと言わないほうがいいと思うけど！」パトリシアが切り返した。

ローズマリーはパトリシアの顔を見た。「ちっともわかってくれないのね」彼女は言った。「前々から嫌われてるような気がしてたわ」

パトリシアからご返事を賜れず、ローズマリーは部屋を出て行った。

「よお、ねえちゃん！」ハート少年が言った。「いかす女《ピーチ》だぜ！」

パトリシアは笑った。「あらティモシー、私はただの意地悪女《キャット》。そのおぞましい子供たちを湖に連れて行って、突き落とすわけにはいかないのね？」

「だめだよ！」ハート少年は言った。「警察に先を越されたくないもん」

「でしょうね」

ジムが図書室に戻ってきた。「しばらく姿をくらましていられるか？　それとも本当にお使いに行ってくるか？」ジムは異父弟に尋ねた。

「ジェイムズ・キャグニーの新作映画を見にポートローに行ってくる」ティモシーは答えた。「ついでに買い物もしてこようか」

「じゃあ、マッチ一箱か、地方紙かなんか買ってこい」ジムは言った。ティモシーは覚えていたら買ってくると言い、出て行った。

「ポール・マンセルはなんの用だったの？」パトリシアは訊いた。

「会いに来るそうだ。もろもろ相談するためにね。どうすればいいか考える暇もなかったと伝えたが、考え直してくれなかった」

「例のオーストラリア進出計画ね」パトリシアはジムの顔を見上げた。「ジム、あの人たちのやりたいようにさせればいいわ！」

「ねえ君、そんなふうに即断即決できないよ！」ジムは言った。「よく調べてないしね。わかってるのは、サイラスとクレメントが断固反対していたことだけだ」

「ジム！」パトリシアはジムの手に手を重ね、ぎゅっと握った。「そんなこと気にしないで。その計画にどれだけお金を出すはめになるかは、あなたにとって大事な問題じゃない。あの人たちの好きにさせなさいな！」

ジムはかすかにほほえんで、パトリシアを見下ろした。「君は金持ちと結婚したいのかと思ってた」

「ふざけないで。まじめな話よ、ジム。お金なんて、マンセル父子が欲しがるだけ渡せばいいわ！それでもあなたは大金持ちだもの」

「そのとおり。でも、そういう問題じゃない。僕は〈ケイン＆マンセル〉が作るネットにはちっとも関心がないが、サイラスとクレメントは関心があった。死んだふたりを失望させるわけにいかない。ただ、こんなに大きな問題は即座に決着をつけられないだろうな」

「ジム、会社とすっぱり縁を切れない？」

「切れるさ。僕としては、マンセル父子が同意したら、〈ケイン＆マンセル〉を公開企業（株式が一般に売買される会社）にしたいんだ」

「あの人たちが納得するかしら？」

「経営権を握る人間次第だね。納得するかもしれない」

「それじゃ、納得させて。ジム——私、怖いの！」

「パット、君、ちょっとおかしいぞ！」

「わかってる。でも、やっぱり怖いわ。ローズマリーみたいなこと言いたくないけど、恐怖感が――危険がこの屋敷じゅうに立ち込めてるみたいで。神経が張り詰めてると言ってもいいわ。実際にそうなんですもの。忘れようとしても忘れられない。ねえジム、あなたを私の目の届かないところに行かせたくない。あなたの身に何かあるんじゃないかと、気が気じゃないの」

ジムは慰めるようにパトリシアを抱き締めた。「愛しい人、ずっと悩んでいたんだね」

「ええ。そうなの。でも、ポール・マンセルにはオーストラリア計画に反対だと言わないで！　お願い、ジム！」

「ああ、言わないよ。計画を精査する時間ができるまで、どんな形であれ態度を表明しないつもりだ」

「向こうはすぐに返事を欲しがってるのよ、ジム。仕事には容赦ない人がいるのがわからない？」

ジムの腕から力が抜けた。顔からほほえみが消えていく。「続けて。何が言いたいんだ？」

「最初に旦那様で、次がクレメントさん」パトリシアはびくびくしながらハンカチをねじった。「現実離れした話に聞こえるでしょうけど――事実、現実離れした話ですもの。でも、あのロンドン警視庁の人は、旦那様は殺されたと考えてるの。私は質問攻めにされたわ」

「マンセル父子がサイラスとクレメントのふたりを始末したと、君は本気で言ってるのか？　それも、経営方針について意見が分かれたせいで？」

「父親は無実じゃないかしら。だけど、ポールならやりかねない。あなたは彼を知らないのよ。ゲス男なんだから」

「失礼な言い方をしたくないが、君、最近ティモシーとつるんでる?」

「ジムったら、笑わないで! これは深刻な事態に違いないわ!」

「よし、今日はオーストラリア計画を却下しないと約束する。それでいいかい?」

「計画に同意してほしいの」

「それはできないよ、パット」

パトリシアはじっくり考えた。「ええ、それもそうね。あなたがいいと思うようにしてちょうだい。私はちょっぴり参ってる」

「君に必要なのは、たっぷり風に当たることさ」ジムは言った。「シーミュー号に乗って涼んでこないか? 明日は海に出そうかなと思ってたんだ」

「怖くて血の気が引いてしまうわ」パトリシアは率直に言った。「とはいえ、ちゃんとわかってるの。何がなんでもあなたと結婚する気なら、レーシングカーや高速モーターボートに慣れなくちゃいけないって。大奥様にもう用済みだと言われたら、あなたについていくわ」

三時を回った頃、ポール・マンセルが妹とそのふたりの子供を連れて、〈断崖荘〉に到着した。ベティ・ペンブルは子供たちにおしゃれをさせようと思い立ち、翡翠色のシルクは遊び着にふさわしくないという考えにもくじけなかった。ピーターはきかん気を絵に描いたような三歳児で、翡翠色のズボンにフリルのついた淡い黄色のブラウスを合わせていた。鬼の形相からして、晴れ着をうっとうしく思っているようだ。かたや三歳年上のジェニファーはご満悦の様子で、つんと澄ましている。ポートローからの車内で少女は憂さ晴らしに他愛もないことをしゃべりまくり、伯父は腹立ち紛れに考えた。なぜ、この子が生まれたときに窒息させる分別を誰も持ち合わせていなかったのか。〈断崖荘〉

に到着すると、ジェニファーはスキップしながら車を降りて、屋敷の女主人を抱き締めようとした。「ごきげんよう、ケインのおばさま。ほら見て、おばさま、今日はパーティドレスを着て来たの！ねえねえ、ピーターはすごく悪いことしたのよ、おばさま。それに、着替えたくないってキーキーわめいたの。あたしは悪い子じゃなかった。ピーターより三歳お姉さんよ、ケインのおばさま。あの子はまだ赤ん坊なの」

「しーっ、ダーリン」ジェニファーの母親が甘い声で言った。「ローズマリーおばちゃまにキスしなさいな、ピーター」

「やだ」ピーターはローズマリーを睨みつけた。「したくない」

ベティは息子にかがみこみ、猫撫で声で言った。「ダーリン、いい子でいるって、マミーに約束したでしょ。ローズマリーおばちゃまのこと大好きよねえ？」

ペンブル坊ちゃんはかんかんに怒り、母親に丸々とした拳を突き出した。「したくないの！」ピーターは大声で繰り返した。

「まあまあ、気にすることないわ！」ローズマリーが言った。「どうして子供は誰も彼もにキスしなくちゃいけないのか、さっぱりわからないもの。正直、私はこの子にちっともキスしてほしくないし！」

「だめよ、ピーターは言われたとおりにしなきゃ」ベティはきっぱりと言った。「子供たちにはいつも、ママの言うことを守りなさいとしつこく言ってるの。そうするしかないでしょ。さあダーリン、いいこと！　またマミーにおうちに連れて帰られたら嫌でしょ？」

「おうち帰りたい！」ペンブル坊ちゃんは答えた。「今すぐ帰る！　どうしても帰りたい！　帰る！」

ベティは息子のだんだん大きくなる声を遮るように言った。「もう、ピーターったら！　あなたがそんなことするとマミーが悲しくなるってわからない？」

「あたしは悪い子じゃないでしょ、マミー？」ジェニファーは片足ずつでぴょんぴょん跳びはねた。優雅というより元気いっぱいだ。「あたしはキスしなさいって言われなくても、ケインのおばさまにキスしたよね、マミー？」

「ええ、ダーリン。でも、そんなふうに跳びはねるのはやめて！　今に汗をかくわよ」

ペンブル坊ちゃんは、無理もないが腹を立て、このとき有頂天になった姉を小突いてやることにした。ジェニファーはたちまちべそをかいて弟の蛮行をあげつらった。ベティがピーターはまだ小さいからとジェニファーに言い聞かせ、男の子は絶対、絶対に女の子をぶっちゃいけませんとピーターを叱った頃には、そもそもの喧嘩の原因は忘れられていた。ローズマリーは嫌がる子供に抱き締められるのを待っていたが、この損な役回りを楽しめず、親子をテラスの下の南側の芝生に案内した。

「あなたに会えてどんなに嬉しいか！」ローズマリーはベティに言った。「正直言って、来てくれなかったら、頭がおかしくなってた！」

「あらまあ、私も来られてほんと嬉しい。きっと、あなたは――だめだめ、ピーター、きれいなお花を摘まないの！　見るだけで、触らない！　きれいでしょ？　ローズマリーおばちゃまは、匂いを嗅いでも怒らないわ。かわいいジェニファー、きれいなお花の匂いをどうやって嗅ぐのか、ピーターに教えてあげなさい」ベティはローズマリーのほうを向いた。「ジェニファーは美しいものに途方もない愛情を抱いてるの。だから、この完璧なお庭にいられるのは最高に幸せね。これからずうっと、このお庭の話に明け暮れるわ。子供たちを美しいことだけ考える人間に育てるのはいいことよね」

「さあ」ローズマリーはしびれを切らした。「子供のことはわからないわ。自分たちで遊んでれば、それでいいんじゃない？」

「ええ、ほんとに！」ベティは相槌を打ち、ヒマラヤ杉の大木の下のデッキチェアに座った。「この子たちの姿が見えなくなったりしなければね。あっちに行って、ふたりでおとなしく遊ぶのよ」

「おもちゃが何もないよ、マミー」ジェニファーが文句を言った。

「いいから、ダーリン。どこかに行って、楽しんでらっしゃい！　マミーはローズマリーおばちゃまとお話ししたいの」

「でも、マミー――」

「ネコ！」ピーターがいきなり大声をあげた。そのとき台所で飼っている猫が芝生を横切ったのだ。

「あのネコ欲しい！」

どちらの子供も猫を追って駆け出し、わめき声をあげた。「僕のネコ！　先に見つけたんだ。おまえにやんない」姉弟の死闘は避けがたいと思われた。だが肝心の猫は、怯えた顔で一瞥して、手近な生け垣に電光石火の早業で逃げ込んだ。姉弟は猫を誘い出そうとして失敗し、しょんぼりして大人たちの元へ戻った。ピーターは、前に猫を飼っていたとローズマリーに教えた。

「そうそう。それでね、そのネコどうなったかわかる、ローズマリーおばちゃま？」ジェニファーが意気込んで訊いた。「道路に飛び出したら、車に轢かれてひらべったくされちゃった！」

「ぺっちゃんこ！」ピーターも夢中になって姉の話を裏付けた。

「誰がこの子たちにそんな話をしたのかしら！」ベティは不愉快そうな声で言った。「だって私は、子供たちに死とか、その手のものを知らせないよう、ずっと気をつけてきたのよ」

それから十五分、ふたりの女性の会話はたびたび中断した。ベティが子供たちに注意すると、姉弟はすることがないとぐずった。幸い、ローズマリーの怒りが爆発する前に、彼女は庭師のひとりを見つけて、子供たちの面倒を見てもらうという名案を思いついた。姉弟が庭師についていくと、暑くならないように、冷えないように、疲れすぎないように、汚れないようにという愛情のこもった注意が次々と追いかけてきた。ふたりはお茶の時間まで戻らなかった。上級の庭師が子供たちを楽しませたのは、すなわち、その朝絞めた鶏の羽をむしってはらわたを抜く作業だった。

ローズマリーが庭でベティに打ち明け話をしている頃、ジム・ケインは図書室でポール・マンセルに対峙して、こいつは相当いけすかない奴だと心中ひそかに思っていた。

ポールは〈断崖荘〉に到着するなり、庭でローズマリーに挨拶して屋敷に入った。プリチャードに図書室に通されると、ほどなくジムがやってきた。ポールはジムと多少の挨拶を交わしてから本題を切り出した。父と僕は、せかしたくはないが、新しい筆頭株主の方針がどうなるかを知りたくてね。

ジムは笑い、首を振った。「まだ訊いても無駄だよ、マンセル。新しい環境に慣れる暇もなかった。ネットなんて縁がないからね。わかるだろう」

「もちろん。そこはよく理解している」ポールはほほえみ、脚を組んで、スエードのズボンに包まれた足をゆっくりと振った。「君の持ち株を父さんに買い取らせるのが一番じゃないかな。事業に煩わされたくないだろう。僕だったら、会社にはタッチしないね」

ジムはすでにその結論を出していたが、会社をマンセル父子の手に渡したくないというやみくもな衝動に駆られた。「いいや、株を買い取ってほしいとは思わない。ところで君と父上は、〈ケイン＆マンセル〉を公開企業にすることをどう考える？」

ポール・マンセルは眉を上げた。「即答しかねる重大な問題じゃないか。父さんがその案を気に入るとは思えないな。僕は考えたこともなかった。今日の用件は——君が会社から完全には手を引きたくないとして——新事業の相談をすることだ。オーストラリア進出計画について、何かしら聞いているかな?」

「ある程度は」

「じゃあ、僕から説明したほうがよさそうだね!」ポールはけだるげに言った。

ジムは一、二度質問を挟んだだけで、最後まで説明を聞いた。ジムの質問は非常に的を射ていたので、ポールはこの大柄で陽気な若者は思っていたほど愚かではないのだと気づいた。彼はやや目を細くして、ますます物柔らかな口調で話した。

「聞いたところでは、なかなかよさそうだね」ジムはポールの説明が終わると頷いた。「とはいえ、僕は事業については素人も同然だ。いろいろと調べてから決断していきたい。この場で即答してほしいとは言わないだろうね?」

「たぶん」ポールは穏やかに言った。「僕たちに任せるのが得策じゃないかな」

ジムの顔に浮かんでいた笑みが跡形もなく消えた。口元がこわばり、喧嘩腰の表情に見える。彼はポールの目を見据え、わざと念入りに言った。「本当に?」

ポールは片手を麗々しく振ってみせた。「ねえ君、事業については素人だと言ったばかりじゃないのかい?」

「素人も同然だ」

ポールはにっこりした。「謹んで訂正を受け入れるよ。ま、大して違いはないだろ?」

「あまりないね」ジムは答えた。「ただし、僕はサイラスとクレメントが、正しいかどうかはともかく、その計画を嫌っていたことを知っている」

「サイラスは老人で」ポールが言い返す。「オーストラリアに根強い偏見を抱いていたし、君の又従兄のクレメントは、言わせてもらえば、あの女房というハンデを負っていた。稼ぐそばから浪費されたらかなわないよな。身も蓋もない言い方をしてお許しを！」

「滅相もない」ジムも相手と同じくらい丁重に答えた。「君がこの計画について言ったことは、すべて正しいかもしれない。しかし、今に君だってわかるはずだ。サイラスたちが計画を嫌悪していたのは周知の事実なのに、僕がさっきの説明だけを聞いて、何も知らずに検討を始めたら、大馬鹿者になるんだよ」

「君はサイラスたちに負けず劣らず用心深いな。ひとつ指摘していいだろうか。君が――ええと――事業の知識を身につけるあいだに事業を拡大するチャンスがふいになる。ロバーツはこれまで実に辛抱強かったが、会社の指示で動いているわけだし、いつまでも待っていてくれないぞ」

「それはそうだな」ジムは認めた。「だが、今度はこっちに言わせてくれ。僕はほんの二日前にいきなりここの財産を相続したんだ。それに、ロバーツと会った感触では、僕に計画実施を急がせるとは思えない。まずは内容を徹底的にチェックしろと言うだろう」

ポール・マンセルは組んでいた脚をほどいて立ち上がった。「じゃあ僕は、この件はひとまず棚上げだと父に報告することになるのか？」

「そんなところかな」ジムは言った。「一両日中に父上にお目にかかりたい。ほかにも話し合いたい件があるんでね。なあ、お茶を飲んでいくだろ？」

「せっかくだが、会社に戻るよ。妹たちは、義弟《おとうと》がゴルフコースからの帰り道に迎えに来るはずだ」

ポールは言葉を切り、目をキラリと輝かせた。「ところで、お祝いを言わなきゃいけないらしいな。いよいよミス・アリソンと婚約が決まりそうだとか？」

「どうもありがとう。そうなんだ」

「運のいい奴だな」ポールはほほえんだ。「魅力的で――分別まである女性で！　彼女にもよろしく伝えてくれ！　ご婦人を祝福してはいけないとかいうが、お祝いするのは彼女のためだからね」

「これは恐縮の至り」ジムは愛想よく言って、玄関ホールに出て行くポールのためにドアを押さえていた。

ジムはポーチでポールの車を見送り、中に戻ろうとしたとき、タクシーが私車道に入ってきた。そこから、高価な仕立ての服を着た、すらりとした中年男性が降り、穏やかに言った。「やあ、そこにいたのか！　おや待てよ、来ると知らせるのを忘れていたような気がするな」

「いらっしゃい、エイドリアン！」ジムは訪問客を迎えるべく進み出た。「いったいどこから来たんです？　スコットランドにいるとばかり思っていましたよ！」

第八章

サー・エイドリアン・ハートはタクシーの料金を支払い、スーツケースを無事に――車が近づく音を聞いて魔法の如く現れていた――プリチャードの手に任せると、継息子《まま》と並んで屋敷に入った。

「おいおい、この天気でスコットランドかね？」彼は憂鬱そうに訊いた。

釣りをしないジムは謝った。「うっかりしていました。いつロンドンに戻ったんですか？」

「きのうの夕方だ」サー・エイドリアンは答えた。「ここに来て、様子を確かめたほうがよさそうだと思ってね」彼は片眼鏡をつけ、不機嫌な、探るような表情でジムを見た。「ただごとではないんだろう？」

「そんな感じですかね」ジムは言った。「あまり愉快でもありません」

「ははあ、さもありなん！」サー・エイドリアンは同感した。「殺人事件に巻き込まれた経験はないが、そんな目に遭えば、さぞや不愉快だろう。たまたま現場に居合わせて気の毒だったね。君のお母さんがなんと言うことやら」

「母は元気ですか？」ジムは訊いた。「消息を知らせてよこしましたか？」

「いいや」サー・エイドリアンは先に図書室に入った。「音沙汰なしだ。君んところに手紙が来てやしないかと思ったんだがね」

「読みにくい住所からカードが届いたきりです。母の身に何があったと思いますか？」

「さっぱりわからん」サー・エイドリアンは言った。「お母さんがもう少し筆まめだったら、私だって不安になるところだ。しかし、彼女の音信不通にはごくありきたりな口実があるに違いない」彼は椅子に深々と腰掛けた。「さてと、一切合切話したほうがいいぞ。君は今のところ、人もうらやむ境遇にいるわけじゃないね？」

「ええ、そういうわけでは」ジムは言った。「あらゆる証拠が僕を犯人だと示していますから。僕が次の相続人だと知らなかったことを、警察は信じる気になれないんです」

「正直、私も意外だったよ。君がそこまで相続順位に疎かったとは」

「知っていましたか？」

「もちろん。ずいぶん前にお母さんが教えてくれたよ。そうそう、下卑た話で済まないが、いくら相続するんだね？」

「正確にはわかりません。サイラスはざっと二十五万ポンド遺しましたが、相続税の額が莫大になります」

「慎ましく暮らすには十分な金が残りそうじゃないか」

ジムはにんまりした。「十二分でしょうね。ただし、僕の暮らしはいつまでも慎ましいままじゃありません。婚約したんですよ」

サー・エイドリアンはやや驚いた様子を見せた。「おやおや、そうかね。手紙には書いてなかったと思ったが」

「ええ、クレメントの訃報と並べて書くのは具合が悪いと思いまして」

「ふむ、絶妙な区別だね！　私はお相手の女性にお目にかかったことがあるかな？」

「お目にかかるどころか！　パトリシア・アリソンですよ。エミリー大伯母の話し相手の」

サー・エイドリアンはかすかに眉を寄せた。「会った覚えはないいな」

「いいえ、会いましたよ、エイドリアン。前回ここに来たときに」

「君がそう言うのなら、会ったんだろう。年と共に人の印象がぼやけてきてねえ。これはお母さんに言わせると、ふさわしい縁組みかな？」

「仰せのとおり。請け合いますよ」

「君は自分のことを一番よくわかっているらしい」サー・エイドリアンは言った。「ところで、私はここにティモシーをよこさなかったかい？」

「よこしました。今もちゃあんといます」

「そうそう、よこしたと思ったよ。ロンドンに戻ったら、どんな手配をしたのか思い出せなかったが、ここによこしたはずだと列車の中でピンときたのさ。もっと大事な話をすると、君はケイン老人の切手コレクションを見つけたかね？」

「いいえ。サイラスは切手を集めていたんですか？」

「おいおい、ジム！」サー・エイドリアンは仰天した声を出した。「ご老体は比類のないコレクションを誇っていたよ。私は一度ならず、サイラスから収集品のうち三枚を買わないかと持ちかけられてね。あの老人は、こう言ってはなんだが、切手に愛情もなく、財産にしがみつくケイン家の人間らしい欲望しか抱いていなかった。君に切手を売る気があるなら、ぜひ買わせてもらうよ」

「やれやれ、エイドリアン。お望みなら、コレクションごと進呈します！　僕にはなんの意味もありません」

「君の世間知らずにそこまでつけ込めないなあ」サー・エイドリアンは薄笑いを浮かべた。

そのときドアがあいて、ティモシーが部屋に飛び込んできた。「ねえジム、僕、ロバーツさんに――あれっ、お父さん！　来てたんだ」少年は父親と握手しようと近づいた。「てっきりスコットランドに行ったと思ってた。なんで来たの？」

「私が到着して、おまえとジムはよっぽど驚いたようだな」サー・エイドリアンは言った。「五日好天が続いて、それから帰ってきたのさ」

「ああ、そういうこと！　ねえねえ、ジム、ロバーツさんをお茶に招いたんだ。いいでしょ？　映画館の外で会ってね、そのうちジムに会いに行っても迷惑じゃないだろうか、って訊かれてさ。迷惑じゃないよね？　大丈夫だって言っちゃった」

「ご覧のとおり、お言葉に甘えて来てしまった」オスカー・ロバーツが戸口に立っていた。「しかし、ひとこと言ってくれれば、次のバスでポートローに引き返すよ」

「迷惑なわけがありません！　さあ入って！」ジムは言った。「エイドリアン、ロバーツさんを紹介します。ロバーツさん、こちらは継父のサー・エイドリアン・ハートです」

「初めまして、サー・エイドリアン。息子さんとは仲よくやっています――というより、やっていました。あのロンドン警視庁の刑事どもが来て、私を蚊帳の外に置くまではね」ロバーツは目を輝かせて付け足した。

「えぇー、そりゃないですよ！」ティモシーが文句を言った。「僕は本物の捜査を間近に見たかっただけなんだから」

オスカー・ロバーツはティモシーの肩に手を置いて、ぎゅっと握った。「そうだな、坊や。今のはふざけただけさ。さてと、せっかく家族が再会したのに、よそ者に割り込まれたくないだろう、ケイン君。私は明日にでも出直そうか」

サー・エイドリアンが言った。「邪魔をしたのはこちらのようですね。あなたはうちの継息子と折り入ってお話があるのでしょう、ロバーツさん。私は寝室に行くところでした。一緒に来なさい、ティモシー」

サー・エイドリアンはティモシーを連れ出した。オスカー・ロバーツはジムが勧めた椅子に座って、切り出した。「私の提案に同意するよう説得しに来たわけじゃないよ」

ジムは笑った。「それはありがたい！」

「そうだろう。おたくの共同経営者の誰かしらが押しかけて来たはずだ」ロバーツはジムが差し出した箱から葉巻を取り、ポケットから葉巻の口を切るカッターを出した。彼は葉巻に火を点け、煙越しにジムを見ながら言った。「どうだろう、君とは腹を割って話し合いたいね、ケイン」

「いいですとも」

ロバーツは身を乗り出して、火の消えたマッチをテーブルの灰皿に捨てた。「そのほうが言いたいことを言いやすくなる。今回の取引の件で、私を誤解してほしくないんだ。できれば、〈ケイン&マンセル〉のネットを我が社がオーストラリアで扱いたい。しかし、次善の品でも満足できるなら、無茶をしてまで最高の品を手に入れるつもりはない」

「と言いますと？」ジムの顔がややこわばった。

冷ややかな、計算高い視線は揺るがない。「しばらく時間をおいたらどうかな、ケイン？　この屋敷では異様な出来事が続いた。それは私が現れたせいだろうと認めないわけにはいかない。ただの偶然かもしれないし、偶然でないかもしれない。ただ、私が君の共同経営者たちに回答を迫っていないことはわかってほしい。向こうは君に圧力をかけるだろう。私は糸を引いていないぞ。この問題をなんとか解決できればいいが、君の立場はよくわかるから、君がきちんと理解しない、のちのち後悔しそうな取引に追い込むような真似はしない。それはまっとうなビジネスではないからね。よくよく考えて、公平な助言を受けてくれ。君は私をむやみに待たせないはずだ。回答をもらえるまで、ささやかな休暇を楽しむよ」

「驚くほど良識のあるかたですね」ジムは言った。「確かに、僕には事業を学ぶ時間が必要です。とはいえ、あなたに待ちぼうけを食わせて、このいまいましいネット商売を把握しようというのは虫がよすぎやしませんか？」

「この取引を成立させるチャンスが訪れるなら、お預けを食うのは本望だ」ロバーツは謎めいた顔で葉巻の先を見つめた。「つまらなくもないよ――ポートローで待たされるのは」

「又従兄が殺された事件に興味があるんですね？」ジムはずばりと訊いた。

「実は」ロバーツはちょっと愉快そうな顔をした。「間接的に責任がありそうな気がしてね。君だって、あれは警察が直面している難事件だと思うだろう」

「忌まわしい事件です。ついにロンドン警視庁が呼ばれましたよ」

「ああ。私もけさ、ハナサイド警視の訪問を受けるという栄誉に浴した」

「実に有能な人物じゃないでしょうか。人柄もいいですし」

「そうだな。ロンドン警視庁が養成する敏腕刑事のタイプだね。サイラス・ケインの死の謎を正しく解ける頭はある。問題は、手がかりに乏しいことだ。その点、誰かさんはあっぱれだったね。君から警視に教えてやったほうがいい」

「サイラスは殺されたと、前から考えていたんですね？」ジムは好奇心に駆られた。

「そこまでは言えないな。事故死で片付けず、捜査を続けるべきだとは思ったが」

「ええ、今となってはそんな気もしますが、当時はまさか殺人だとは誰も考えませんでした。これからきちんと捜査されるでしょう」

「なるほど。だが、今回のようにいわゆる内輪の事情があると、警察は不利な立場での捜査を強いられるじゃないか。そのロンドンから来た警視だって決してバカじゃないが、事件の関係者をよく知らない。話を聞けばわかることもいろいろあるのに、警視は私と違って、みんなのあいだを歩き回ってお近づきにはなれないからね。当然ながら警戒されているよ」

「あなたは刑事になるべきでしたね」ジムは笑った。

オスカー・ロバーツはほほえんだが、何も言わなかった。

「さっきの話ですが」ジムが言った。「警察がつかんでいない手がかりを見つけたんですか？」

ほんの少し間があいた。「いやいや、そうは言っていない」ロバーツは彼らしく慎重に答えた。「警察に隠し事もしていない。勘は働いたかもしれないね。私が、厳密に言えば関係ないことに嘴《くちばし》を突っ込むのを、気を悪くしないでくれ。いいかい、君の又従兄が撃たれていた現場で、私は第一発見者のひとりだった。おまけに、あの日はクレメント・ケイン氏から提案の回答をもらう予定だったから、ちょっと心に引っかかっている。剣もほろろに断られただろうがね。まあ、彼には断る機会もなかったか。その前に何者かに始末されてしまった。だから私はこの事件に興味を持つんだろうね、ケイン」

「ああ、異存はありません！」ジムは言った。「解決できるといいですね！」

「ありがとう」ロバーツは組んでいた長い脚をほどき、立ち上がろうとした。「あとひとつだけ」彼は立ち上がり、一瞬ためらった。「誤解しないでくれ、ケイン。私はもっぱら勘を頼りにする。ただし、これだけは言っておく。私が君の立場だったら、トラブルに気をつける」

ジムは立ち上がった。目に怒りの火花が散った。「あなたの勘はすばらしい。でも、マンセル父子《おやこ》が僕を脅して意のままにできると思っているなら、とんでもない話ですよ！」

オスカー・ロバーツは忍び笑いを漏らした。「その意気やよしだ。しかし、それでも私なら、あいている窓のそばにひとりでは座らないぞ、ケイン。犯人をそそのかす格好の標的になるからな」

ジムはぐっと顎を突き出した。「今の話にわずかでも真実味があると思ったら、えいくそ、この場でオーストラリア計画を却下します！」

「おっと、そんなつもりじゃなかった！」ロバーツが言った。「あくまで君の気持ちを尊重するが、私の提案に反対させるために来たわけではないからね」

ジムは諦めたように笑った。「努めて公平に考えます。とにかく、警告をどうも！　さあ庭に出て、お茶会に加わって下さい」

ロバーツはやや難色を示したものの、大げさに説得されるがままになった。お茶は数分前にテラスに用意され、大勢が集まっていた。ケイン夫人はサー・エイドリアンが到着したと聞き、上等の黒のシルクのワンピース姿で下りてきた。これは軽々しく払われる敬意ではない。夫人はサー・エイドリアンの隣に座り、その洗練された、むしろけだるげな口調をいつにも増して険悪な面持ちで聞いていた。サー・エイドリアンは、ジムを除いたケイン一族全員にとって得体の知れない存在だった。ケイン一族の本能は、これまでまともに働いたこともないサー・エイドリアンを嫌えとケイン夫人に命じる。ケイン一族の分別は、彼はぼうっとしていて世事に疎いかもしれないが、決して愚か者ではないと夫人に告げる。取り上げる話題こそなじみが薄くても、楽しませてもらえるのだ。毎度のように見解が対立して、夫人は相手の意見を冷笑しつつも、その判断力にはひそかに一目置いていた。

ローズマリーとベティ・ペンブルは隣同士に座っていた。この一時間、ベティは三つの話題をかわりばんこに話している。ローズマリーにはクレメントの個人財産しか遺されなかったのは気の毒だ。ジムにケイン家の財産を相続する資格があるわけではない。パトリシア・アリソンは長らく独身だったせいで、性格にきついところがある……。こうしてベティはローズマリーの無二の親友になった。ところが、子供たちがテラスに戻ってくると、ベティの注意はやむなくローズマリーからそれてしまった。ベティは子供たちをみんなから離れた片隅の小テーブルに着かせた。ジム・ケインとオスカー・ロバーツがテラスに出た頃には、ベティは子供たちがしょっちゅう声を張り上げるたびに静かにさせ、そんなに大きなケーキは一口で頬張れないと諭していた。そして、たまにローズマリーに弁解するように、この子たちもふだんはこんなにお行儀が悪くないのよと言った。ティモシーは、ティーテーブルに控えるパトリシアの隣でくつろいでいた。子供たちが彼の礼儀作法に反するたび、皿を見下ろしては嫌悪感を込めて「ゲッ」とつぶやいた。

ケイン夫人はさほどロバーツを歓待しなかった。外国人に対する偏見を捨てるなど柄に合わないし、今回だけは特別扱いをするいわれはない。ロバーツが踵を合わせ、夫人の手を取って会釈するやり方を外国風だと非難した。それ以上に悪しざまな言いようを知らなかった。夫人はロバーツにそっけなく「よろしく」と言うなり、サー・エイドリアンに向き直り、奥さんの消息を教えてほしいと迫った。今頃どうしているのか、あの年でアフリカを遊び回っているのか。

「本当に知らないんですよ」サー・エイドリアンは答える。

「では、知るべきです！」ケイン夫人が辛辣に言った。

サー・エイドリアンはほほえんだが、ノーマの行動をいちいち把握する気は毛頭ないとだけ言った。

こうした発言がケイン夫人を困惑させる。夫人の考えでは、夫は妻の行動を把握するべきなのだ。たいていの人には自説を主張しただろうが、サー・エイドリアンには敬意を抱いているので、「あの人はいつか人食い族に食われますよ」と言うにとどめた。

「いやいや、それはないでしょう！」サー・エイドリアンはのほほんと構えている。「すこぶる有能ですからねえ。ものすごい女性です！　あの桁外れの元気にはついていけません」彼の視線はティモシーの顔に向かい、それからジムの顔に移った。「息子たちはどちらも、母親の強烈な性格を受け継いでいないようです」

「かえってよかったじゃありませんか！」ケイン夫人は言った。「あなたの息子をどうするおつもり？」

サー・エイドリアンはどきりとした顔になった。「息子をどうする、とは？」

「ですから」ケイン夫人はいらいらしながら言った。「どこに入れるのです？」

「はあ――ああ、大学ですね！　いやあ、それを考えるのは時期尚早じゃありませんか。あの子は、私の頭に浮かぶ職業にはまるで向いていないようですから」

ケイン夫人はしゃがれた声で笑い、しばらくしてから言った。「ジムが警察に疑われていることを知っているでしょうね？」

「連中がやりそうなことですよ」サー・エイドリアンは眼鏡のレンズを丁寧に磨いた。

「まったくばかばかしい！　我慢がなりません」

サー・エイドリアンは立ち上がり、自分のカップをパトリシアの元に運んだ。オスカー・ロバーツがケイン夫人と話し始めたので、サー・エイドリアンはティーテーブルのそばに立ったまま、お茶を飲みながらパトリシアと世間話をした。やがて、なんとなくベティ・ペンブルの隣の空席におさまるなり、ベティから話に引き入れられた。子供たちはとっくにお茶を飲み終わり、新しい友達の庭師を探しに行ったので、ベティはサー・エイドリアンに神経を集中できた。彼をとても上品な感じの男性だと思い、心からお悔やみを言ったり、何か力になれたら嬉しいと伝えたりする機会ができて浮き浮きしていた。サー・エイドリアンは丁重だがうんざりした口調で応じた。ジムを実の息子のように思っているのでしょうと訊かれ、「とんでもない！　ちっとも思ってやしないよ」と、軽い驚きを山ほど込めて答えた。ティモシーに対しても父親らしい感情はほとんど抱いていないと、そこまで言ってもよかったが、自分を語る男ではないので、その言葉は胸にしまっておいた。おかげでベティは彼に幻滅しなかった。ただし、ほかの話をきっかけに、あとで夫にこんな打ち明け話をした。サー・エイドリアンってすてきな人だけど、すごく陰険なところがあるの……。

パトリシアはサー・エイドリアンを陰険だとは思わないが、近寄り難い気がした。彼が周囲にいい印象を与えているか、悪い印象を与えているかはぜんぜんわからない。誰に対しても同じ態度を取るからだ。まるで霧にかすんだ姿を見ているよう。彼は霧で慎重に身を包み、その奥でこの上なく幸せそうに、超然としている。クレメントが殺された事件よりサイラスの切手コレクションのありかに興味があるようだ。それに、ジムが自室でふたりきりになったときにロバーツから聞いた話を教えると、サー・エイドリアンはうっすらと嫌悪の表情を浮かべた。「身の毛もよだつ話だと思わないか?」

「ええ、思います」ジムは答えた。「身の毛がよだつし、ばかげています。しかし、この事実からは逃げられません。オーストラリア進出計画を嫌っていたからか、ほかの理由があるせいか、サイラスとクレメントはどちらも死にました」

「気が立っているのかね、ジム?」

「いいえ、気が立っているわけでは。僕はあいている窓のそばに座ったりしませんから」

「ふむ、座るだけなら大丈夫さ。危険がありそうだと承知の上ならね」サー・エイドリアンは言った。「だが、警察が第一の殺人と第二の殺人を捜査中に、第三の殺人が起こるとは思えないな」

「およそありそうにないですね」ジムは頷いた。目尻が下がって憂鬱そうな笑顔になる。「三番目の被害者だとされる人間が、次の殺人は起こりっこないという話を真に受けたら驚きです」

「ああ、判断力が鈍りそうだね」

ジムは笑った。「万一取り乱したら、あなたの手を握りますよ、エイドリアン。あなたほど心を和ませてくれる人はいません。あなたがいると、最初の二件すら殺人と呼ぶのはこじつけだという気がします。ゆっくりしていってくれたら、ほかのみんなも、あんな事件は本当にあったんだろうかと思い始めるでしょう。身内に殺人事件が起こったのは初めてでしたね?」

「そう、昔から大衆紙に目を付けられないように努力してきたんだ」サー・エイドリアンは箱の中を覗いてカフスボタンを探した。

ジムは首を振った。「うちのような柄の悪い連中と一緒にされてはたまりませんね」彼は真顔で言った。

「ばかなことを言うもんじゃない」

ジムはドアのほうへ歩いていった。「着替えてきます。そうそう、エイドリアン、驚かないで下さい。僕は商務省に入りました――とにかく、入ることになりそうです」

「驚きはしないよ。ただ、お母さんのお気に召すかどうか。冒険心がないと思われそうだなあ」

「いやあ、母は僕に北極探検の費用を調達させたいんですよ！」ジムはにやりとした。

「それは見当違いだ。私の記憶が正しければ、お母さんが次に狙っているのは中国の中心部だよ」そう言いながら、サー・エイドリアンはせっせとタイを結んだ。

その夜、パトリシアがサー・エイドリアンとしばらくふたりきりになると、彼女も同じ話題を切り出した。「ロバーツさんから聞きましたけど、ジムに危険を冒すなと注意したそうです」彼女は言った。「どうでしょう、マンセル父子には――思いどおりの取引をするために、本気で殺人をもくろんだりできるでしょうか？」

「いいや、できるとは思えない」サー・エイドリアンは言った。「そりゃあ、マンセルの息子のようなたちの悪い若造はたいていの犯罪に手を染めそうだ。そう考えたくもなるが、単なる偏見にとらわれた判断を下さないように心がけなくては」

「私もそう自戒しました」パトリシアが言った。「なんだかバカみたいに心配しているようで。でも、私にとっては大ごとです。人を好きになると、理性は吹き飛んでしまいます」

「私のことを世にも冷酷な継父だと言っているのじゃあるまいね！」サー・エイドリアンは問いかけるようにパトリシアを見下ろした。

パトリシアはほほえんだ。「そんなことはありません。でも、ジムはあなたの実の息子ではないし――婚約者でもありませんよね？」

「確かに、婚約者とは似ても似つかない。おまけに、実の息子ともあまり似ていなくてよかったよ。ティモシーはもう少し大人になれば、今よりましになるはずだがね」

「親心の欠けた親御さんですねえ、サー・エイドリアン」

「残念ながら、そうらしい」

「それに、ジムにどんな危険も迫っていないとおっしゃるのですね？」

「まずもって考えられない、と思う。私が聞いた話では――ビジネスの方面には嘆かわしいほど無知なのだが――オーストラリアにおける事業拡張案は、三件の殺人の動機を提供するほどのビジネスチャンスではなさそうだ。ところが、別の可能性を思いついてね」

「本当に？　どんな可能性か教えて下さい！」

「いや、やめておこう」サー・エイドリアンは言った。「ただの仮説だから、警察がちょこちょこっと調べれば引っ繰り返される。明日、ロンドン警視庁の警視と話すことになっているんだ。それで思い出した。執事に朝一番に警察署に電話をかけてもらわないと」

「言伝を託して下さったら、私からプリチャードに伝えます。それも仕事のうちですから」

「それはありがたい。では、執事に伝えてくれ。署に電話をかけて、応対した巡査部長にこう言ってもらえないかと。警視に――私は名前を知らないが、君が教えてくれるね――昼間のうちに〈断崖荘〉へお越し願えれば幸いです」

パトリシアは笑わずにいられなかった。「承知しました。でも、みんながあの厳しい刑事さんたちを怖がっていることを思うと、ここに呼ぶのは災いを招くようなものですわ！」

「ほほう、まさか怖がっているとはねえ」サー・エイドリアンは穏やかに言った。

「まあ、とにかく、ご立派な振る舞いです」パトリシアは言った。「私たちは、警視にお目にかかりたかったら、腰を低くして警察署に出向き、拝謁を願い出るんですもの」

サー・エイドリアンはぎょっとした顔をした。あとでパトリシアはジム・ケインに打ち明けた。彼の継父とこんなやりとりをしたばかりに、クレメントが殺されたことも彼女が不安を覚えていることも、マナーに反しているという気がしたと。

「ああ、継父《ちち》はマナー違反だと思ってるね！」ジムは言った。「何から何まで相当に悪趣味だ」

「お継父様《とうさま》が好き？」

「とても」

「あなたは好かれてる？」

「と思うけどな。どうして？」

「ちょっと気になっただけ。サー・エイドリアンは人づきあいが苦手に見えるわ。それでも、駆けつけてくれてありがたかった。どうして警視に会いたいのかしら？」

「さっぱりわからない。ただし、継父が警視に会うのは大賛成だ。事態が新しい局面を迎えるはずだよ。どう考えても、継父の周囲には人殺しをするような柄の悪い連中はいないからね」

「あの警視にちょっとでも常識があれば、お継父様に会ってあなたの無実を確かめる必要はないってわかるでしょうに」パトリシアはきっぱりと言った。

ハナサイド警視がその点をどう思っているかはともかく、ヘミングウェイ部長刑事はパトリシアと意見が一致していた。「心理学を考慮しなくちゃいけませんよ、ボス」部長刑事は言った。「あたしの考えじゃ、ジェイムズ・ケインみたいな気持ちのいい若者は身内をあっさり殺したりしません」

「そうだな。しかし、動機の問題も考慮しなくてはならん。彼には誰よりも動機がある」

「ありすぎです」ヘミングウェイはぶっきらぼうに言った。「ありゃあ、動機たらたらと言ってもいいようなお人ですよ。あたしには確固たる信念がありまして、我々が探さねばならないのは、もちっと凝《ルシェルシェ》った動機です。この事件は、よくあるお粗末な、見え見えの事件じゃない。品があるんです。ところで、警視に会いたいっていう、このサー・エイドリアンなんとかってのは何者で？」

「君の若い友人の父親だよ、たぶん」

「なんと、あの天災ティモシーの？　まさか！　さてさて、その御仁が息子の半分でも変わり者だとしたら、にぎやかな朝を迎えられますよ、警視殿」

ところが、ハナサイド警視にはティモシーと父親の似ているところがあまり見つからなかった。警視は午前十一時過ぎに〈断崖荘〉に着き、ポーチでティモシーに出くわした。少年におはようと愛想よく声をかけたが、戻ってきたのは丁重だが陰気な返事だった。「今日はご機嫌斜めだね」警視は言った。「手がかりをどこかに置き忘れたんじゃなかろうな？」

ティモシーはこの下手な冗談におざなりに笑い、勝手なことばかりしている相手の前で機嫌よくしていられないと冷たく言い放った。

「うむ、君にとってはさぞ難しかろう」

「ぜんぜんかまわないけどね。別にくだらないモーターボートに乗りたいわけじゃなし」ティモシーは苦々しげに言った。「ただ、僕が先に頼んだことを思えば、ジムがパトリシアを連れて行くなんて意地悪だよ。それだけ」

ハナサイド警視は常日頃からつかみどころのない問題に取り組んでいて、ハート少年がなぜ不満なのかをぴたりと当てることができた。警視は見事に答えた。しかしね、海でぶらぶらするなど、殺人事件の謎を解こうとする者には時間の無駄じゃないか。「すると、おにいさんは留守かね?」

「うん。パトリシアが船酔いしたら笑っちゃうよ!」ティモシーは言った。「でも、ほんとに船酔いしたら、ちょっとビックリするけど」

そのとき呼び鈴に応えてプリチャードが玄関ドアにやってきた。そこでハナサイドはティモシーと別れて、聞いたばかりの情報を頭に記録した。容疑者かもしれないジェイムズ・ケイン氏は、のんきに婚約者とモーターボートを乗り回している。

サー・エイドリアン・ハートは図書室でハナサイド警視を迎えた。そして片眼鏡をつけ、冷静でよそよそしい目を向けた。「ああ、いらっしゃい、警視! どうぞお掛け下さい」

ハナサイドは椅子に腰掛けた。「おはようございます。あなたがジェイムズ・ケイン氏の継父上《ちちうえ》ですね。私にご用がおありとか」

「ええ、そうです」サー・エイドリアンはきれいにアイロンのかかったズボンの膝をそっと持ち上げて、椅子に座った。「このたびの実に不愉快な事件の側面について、お話ししたいのです。ご存じかどうかわかりませんが、ロバーツなる紳士が継息子に、間もなくこの事件の第三の被害者になると警告しました」

「いいえ、知りませんでした」ハナサイドはサー・エイドリアンの顔から目をそらさなかった。

「そうだろうと思っていました。いったいどういうわけで、ロバーツ氏がそのどこか芝居がかった警告を発したかはわかりません。ただ、この事件によけいな謎が結びつくのは極めて望ましくないという気がしましてね」

「極めて望ましくありません」ハナサイドは強く同意した。「ロバーツ氏は、ケイン氏を殺そうとしている人物の名前を彼に教えましたか？」

「それとなくヒントを――ああ、十分わかりやすいヒントですよ、警視！――与えたようです。つまり、マンセル父子はジムに計画の実行を邪魔させないだろうとね」

ハナサイドは顔をしかめた。「計画とはオーストラリア進出計画のことですね？　ロバーツ氏はケイン氏を脅す目的で警告したのでしょうか？」

「とんでもない。継息子の話では、ロバーツ氏はほかの二件の死を知らず知らずもたらしていたかもしれないと考えて、激しく動揺しているとか」

ハナサイドは慎重に言った。「ええ、そこまでは聞いています。ありそうもない話ですよ」

「同感です。しかし、捜査を有利に進められそうな点をひとつ思いつきました。私はマシュー・ケインの遺言状の条項を正確には知りませんが、警察は調べたのでしょうね」サー・エイドリアンは言葉を切り、片眼鏡を外してレンズを磨き、着け直した。「警視、私の継息子が死んだ場合、誰が彼の株式を相続するのでしょう？」

ハナサイドはこの質問を予期していたように頷いた。「レイトン夫人でしょうな」

「それは確かですか？　ひょっとして、ケイン家に男子の相続人がいなくなったら、株式はほかの共同経営者のものになるのでは？」

「いいえ、違います」

サー・エイドリアンは心持ち眉を寄せた。「ほほう！　とはいえ、マンセル父子が会社の経営権を一手に握りたいと思えば、女性はうちの継息子に比べてくみしやすい。株式の買い上げに応じるかもしれませんしね。継息子に聞きましたが、彼は持ち株を売る気はないとポール・マンセルに伝えたそうですよ」

「おお！　マンセルが本当に買収を持ちかけたのですね？　それは面白い。ケイン氏はロバーツ氏の警告を重視しているのですか？」

「そう、重視していなくもない、といったところですか。私の意見はある程度重視していますよ」サー・エイドリアンは穏やかに言った。

「失礼ながら、どんなご意見をお持ちでしょう？」

「何者であれ、あなたの目と鼻の先で殺人を企てる危険を冒すとは、とうてい考えられませんよ、警視」

「図太い神経が必要でしょうな」ハナサイドは頷いた。「それでも、すっかり話して下さって助かりました」

「君子危うきに近寄らず、と言いますからね」サー・エイドリアンは立ち上がった。

ハナサイドは探るように彼を見上げた。「継息子さんを警察の保護下に置きましょうか？」

「それは一任しますよ、警視。保護が必要とは思えませんが」

ハナサイドも立ち上がった。「まあ、その件はじっくり考えねばならないようです。お話はこれだけでしょうか？」

「ええ、そうです。ご足労いただいて感謝します」サー・エイドリアンはドアに向かった。

ハナサイドは先に玄関ホールに出ると、椅子に載せた帽子を取ろうとかがみこんだ。そのとき、前庭の私車道のほうから聞こえてきた不気味な悲鳴にぎょっとした。警視はぱっと身を起こした。だが、落ち着き払ったサー・エイドリアンは眉を上げただけで、ぼそっと言った。「おおかた、うちの愚息でしょう」

ハート少年のはしゃいだ声がきんきんと甲高くなり、ハナサイドの耳にはっきりと届いた。「おかあさん！」

サー・エイドリアンはしばらくじっと立っていた。硬直したように見えるとハナサイドは思った。やがてサー・エイドリアンは穏やかに言った。「おまけに妻まで現れたようです」

第九章

サー・エイドリアンが玄関に向かっていくと、ドアはあけっぱなしだった。彼はゆっくりとポーチに歩み出た。タクシーに満載された荷物は、大半が古ぼけたトランクとキャンバス地の大型鞄に見える。その車から中背でがっしりした体格の女性が降り立ち、ハート少年を熱烈に抱き締めていた。白髪交じりの豊かな髪、小粋にかぶったよれよれのフェルトの帽子。アイロンが必要な薄手のツイードの上着とスカートを身につけ、穴飾りのついた頑丈な靴を履き、首にハンカチを巻いている。

「これはこれは、思いがけない再会だね」サー・エイドリアンは妻に近づいていった。

ノーマはティモシーを放して、歯切れのいい陽気な口調で夫に挨拶した。「お久しぶり、エイドリアン！　あなたったら、ますますやせちゃって！」彼女は夫に盛大なキスをして、すぐさまタクシー運転手と若い従者にてきぱきと指図した。その数分間はほかに注意が向かず、鋭く命令する声をあたりに轟かせていた。「大きいトランクはきちんと持って、ナップザックの扱いには気をつけてちょうだい。この鞄は使わないわ。どこかにしまっておいて。いいえ、ちょっと待って！　そこにニシキヘビの皮を入れたような気がする。玄関ホールに置いといて。そこで荷ほどきするから。運良く、サファリに出た初日に最大種のニシキヘビに出くわしたのよ、エイドリアン。皮がきれいで、あまり傷がついてないの。新しいライフルの最初の一発で仕留めた獲物でもあるわ。もちろん、ＳＳＧ弾で。

剝製にして、ランプの台座にしようかしら。ねえちょっと、その荷造り用の箱を家に持ち込まないで。それはいらないわ。エイドリアン、立派な動物の頭もいくつかあるの。黒貂《てん》とかね。ロンドンで剝製師に送るはずだったけど、あれこれ考えていたら忘れてしまったわ。ところで、ジムはどこ？」

「モーターボートに乗っているらしいよ」サー・エイドリアンが答えた。「それにしても、どうしてまた突然帰ってきたんだね、ノーマ？」

「すぐに何もかも説明するわ」彼の妻が言った。「まずはこの荷物を片付けないと。キャンプ用の帆布のバスタブを持ってきちゃったみたい。うっかりしたわ。ロンドンに置いてくるつもりだったのに。ガレージあたりにしまってもらえたらいいかしら。そうそう、食器セットもね。今は必要ないから。帰国してからはてんてこ舞いの忙しさで、荷物を整理する暇もないのよ。ま、どうでもいいか。ここにはなんでもかんでもしまっておく部屋が腐るほどあるんだもの」

「お母さん、いつ帰ってきたのさ？」ティモシーが声を尖らせた。「サイラスとクレメントが殺されたの知ってる？　殺人事件が起こったとき、僕が現場にいたのを知ってる？　お母さんってば、聞いてよ！」

「ちゃんと聞いてます、坊や。ねえ、その帽子ケースは取っ手をつかまないで。壊れてるの。ええ、ティモシー、知ってるわよ。スリル満点だったわねえ、ダーリン！　そのうち一部始終を聞かせてちょうだいな」

その頃には従者はプリチャードの加勢を得ていた。ノーマは心置きなく執事に何もかも任せると言って、夫にぐっと腕を絡ませ、屋敷の中へと歩かせた。「ねえ、また会えて嬉しいわ、エイドリアン。ずっと新聞を読んでなかったけど、ロンドンでいろいろな情報を仕入れたの。ここの事件も盛んに報道されていた。かわいそうなクレメント！」ノーマはハナサイドが黙って控えていることに気づき、すぐに紹介してほしいと求めた。警視がロンドン警視庁犯罪捜査課の人間だと聞くと、彼女は力強い握手をして、お目にかかれてよかったと言い、一息ついたら話に加わることにした。

ハナサイドがノーマからも事情聴取ができればありがたいと言うと、返事があった。「そういうご希望でしたら、善は急げですわ。今日できることを明日に延ばすなんていけません。事実、私がてきぱきした人間だとおわかりでしょう。まずは帽子を脱いで、手を洗って、それから――」

ハナサイドは、ノーマが久しぶりに家族と再会した直後に割り込みたくないと言おうとしたが、彼女は相手の言葉を遮り、きっぱりと言った。「あらやだ、ばかばかしい！　私はそんなめそめそした女じゃありません。どうぞお掛けになって、くつろいで下さいな！　じきに戻ります。この事件の真相を知りたいので」

ノーマが家族に知らせず帰国した理由を調べなくてはと思いつつ、ハナサイドは彼女に礼を言って、サー・エイドリアンの勧めで図書室に引き取った。

二十分ほどでノーマとサー・エイドリアンの夫婦もやってきた。ノーマはよれよれの帽子を脱いで、ハンカチのスカーフを外し、白髪交じりの短い縮れ毛に櫛を当てていた。サー・エイドリアンが尋ねた。「私がいると差し障りがありますか、警視？」

「まったくありませんよ。レディ・ハートは、私の務めをわかって下さるはずです。お身内がこの屋敷の現在の所有者である点を踏まえて、いくつかお尋ねしなくてはなりません」

「よくわかりますわ！」ノーマは大股でテーブルに近づき、箱から煙草を一本取った。「遠回しな言い方をしないで下さいな！　私は率直な物言いを恐れません！　あなたの言葉で不快になったりしませんから。エイドリアン、火を点けてくれる?」

サー・エイドリアンはマッチを擦ってやった。ノーマは煙草に火を点け、心持ち頭をそらして煙を吸い込むと、テーブルのそばに立った。頑丈な靴を履いた足を大きくひらき、注文仕立ての上着のポケットに両手を突っ込んでいる。灰色の目は、まるで熱帯の陽射しを浴びているように伏せたまぶたのあいだで鋭く光り、ひるむことなくハナサイドを見据えた。「さあ、ハナサイド警視。ご用件は?」

「できましたら、イギリスに帰国された際のご事情を伺いたいのです」

「お安いご用ですわ。日付は八月九日です。飛行機で帰国しました。ところでエイドリアン、もう船ではどこにも行かないわよ」ノーマは肩越しに夫に宣言した。

「八月九日ですか?」ハナサイドは繰り返した。「すると、クレメント・ケイン氏が亡くなった前日ですね」

ノーマは頷いた。ハナサイドがサー・エイドリアンをちらりと見ると、彼は根気よく妻を見守っていた。面白がっていなくもないのだ。

「ねえノーマ」サー・エイドリアンが声をかけた。「君がこんなに急いで帰国したのは何か大事な理由があるに違いない。それを教えてくれないか!」

「エイドリアンったら、ほんとにだめな人!」ノーマはぴしゃりと言った。「ジョージ・ディクソンが病気になったことは新聞で読んだでしょうに! まあ、きょとんとした顔しないでよ! 私たちがずっと前から予想していたことは、あなただってよく知ってるくせに」

「ジョージ・ディクソン?」サー・エイドリアンは言った。「いや、私にはとんと——」

「イースト・マディングリー選出の下院議員よ!」ノーマはしびれを切らした。

「あーあ！」

「そうよ。ディクソンが辞任すると申し出ているの。私はこのニュースを――もちろん、恐ろしく遅れて――通信員から聞いた。そのときサファリに出ていたの。でも、キャンプをたたんで、キョンゴ・ブワラまで歩いて戻って、そこで大型トラックを調達して、空港まで体の節々がギシギシ痛むようなドライブをしたわけ」

「やれやれ！」サー・エイドリアンは不吉な予感がしたという口調で言った。

彼の妻は夫の悲鳴を気にも留めず、大股で行ったり来たりし始め、ときどき煙草を吸ったものの、説明しながら振り回すほうが多かった。「戦うことになりそうだけど、かまやしないわ。困難を切り抜けるのは慣れっこですもの。未開の地で不便な生活をすれば、その力だけは身につくわよ。それに、社会党の候補者は演説が下手なの。演壇に上がったら悪い印象を与えるわね。私は当選する自信がある。もう選挙区に行ってきたわ。運動員に会って、地元の選挙委員会にも顔を出して――」

「家内は」サー・エイドリアンはハナサイド警視に説明した。「下院選に立候補するつもりでして」

「そのとおり！」ノーマが言った。「出馬するのが義務だと思うんです。私は義務を逃れたことなどありませんの！」

「それはそれは、レディ・ハート。すると、こういった具合でしょうか？ 帰国されると即座に北へ向かい、イースト・マディングリーに到着したと？」

「即座に？ いいえ、まさか。ロンドンで用事が山ほどありましたし、何人かの知人と会いました。それでも帰国した翌晩には選挙区に発ちました。実は、コンゴで電報を受け取ってから、急ぎに急ぎっ放しでしたの」

「そうだろうとも」サー・エイドリアンが言った。「それで帰国を知らせてくれなかったことも説明がつく」

「嘘でしょ、エイドリアン！　そこまで忘れっぽくちゃ困るわ。私が打った電報が届いているはずよ」サー・エイドリアンはほほえみながら首を振った。「あーら、それは世にも不思議」ノーマは言った。「ちゃんと打ったのに。ジェヴォンズとサー・アーチボルドに打ったことは間違いないの。でも、急いでいて忘れてしまった可能性もあるわね。ま、大した問題じゃないでしょ。どうせあなたはスコットランドにいると思っていたんですもの」

「ちょっと失礼、レディ・ハート、帰国後に向かわれた先を伺ってもよろしいでしょうか？」

「なんでも遠慮なく訊いて下さいね！」ノーマは助力を惜しまないというしぐさをした。「私はそこらじゅうに出かけて、まずはこの人に会い、次はあの人に会う、といった調子でした。初めに、空港で愛用の拳銃を差し出して、よけいなお説教に耳を傾けなくてはなりませんでしたけど。それからサー・アーチボルドと少し話して、急いで手袋を買いに――」

「ご自宅にお泊まりでしたか、レディ・ハート？」

「いいえ、自宅には荷物を放り込みに戻っただけです。使用人はほとんど休暇を取っていて、執事とその妻が留守を預かっていました。私は家具に亜麻布のカバーが掛かっているのが我慢できなくて。とにかくガレージから自分の車を出してパトニーに行き、昔の使用人の家で停めました。そこには貸間がありますの」

　これを聞いたハナサイドは妙な段取りだと思った。ノーマは警視の信じられないといった顔に気づき、笑い出した。「あらあら、そんなに驚いた顔をしないで下さいな！　息子の乳母だった人と一晩過ごしてもいいじゃありませんか。あちらではどんなホテルよりも心遣いをしてもらえるんです！」

「よくわかりました」ハナサイドは言った。「忠実な元使用人はさぞかし――」

「忠実！　家族も同然ですわ。うちの長男を生後一カ月から面倒を見て、次男も育ててくれました！」

「なるほど」ハナサイドは頷いた。「では、イースト・マディングリーに向かうまで、そちらのお宅に滞在されたのですね」

「そうです！」

「帰国された翌日の丸一日、でしょうか？」

ノーマはいらいらした顔をした。「ええ！　と言っても、あちらの家に一日じゅう引き籠もっていたかという意味でしたら、断固否定します！　おわかりにならないようですけど、私には帰国してからするべきことがたくさんありました。午前中はずっとロンドンで買い物をして、昼食後にパトニーにとんぼ返りしてスーツケースを詰め直し、猛スピードでキングズクロス駅に到着して、七時十五分発の北行きの列車に滑り込めたんです」

「サイラス・ケイン氏が亡くなったことをご存じでしたか、レディ・ハート？」

「ええ、乳母があれやこれや話してくれました。驚いたとは言えませんわ。ずいぶん前から心臓が弱っていましたもの」

「息子さんか、こちらのご家族に連絡しようとしなかったのですか？」

ノーマはきっぱりと首を振った。「暇がなかったもので。私にできることはありませんし、それ以上時間を無駄にせず選挙区入りすることが何よりも肝心だったんです。私は常に公私のけじめをはっきりさせています。それこそが万全の策ですから」

「クレメント・ケイン氏が殺されたことはいつ知りましたか、レディ・ハート？」

「実は、昨夜ロンドンに戻るまで何も知りませんでしたわ。いつもは帰国の際に《タイムズ》紙を隅々まで読むことにしていますが、今回は差し迫った問題で頭が一杯でしたの。乳母の家に着いたとたんに事件を教えられ、今日の朝一番にポント通りで荷物を引き取り、なんとか十時の列車に間に合ってポートローに着きました」ノーマは吸い殻を窓から投げ捨て、優しい声で続けた。「ほかにも知りたいことがありましたら、どんどん訊いて下さいね！」

「恐れ入ります、レディ・ハート。おわかりでしょうが、この事件の捜査では、あなたが八月十日にどこに行かれたかを正確に知ることが重要です」

「それはクレメント・ケインが殺された日付ですの？」ノーマが尋ねる。「ああ、私の動きをつかんでおかねばなりませんわね！　ええっと、そうですねえ」彼女は部屋を行ったり来たりする足を止め、テーブルの上の箱から煙草をもう一本取った。またしても夫からマッチの火が差し出され、またしてもノーマはいかにも彼女らしくちょっと頭をそらして一口目を吸い込んだ。「困りましたわ」彼女はようやく言った。「未開の地から戻るのはどんなものかおわかりでしょう――あら、おわかりにならないかしら。昼間は買い物をしました。新しい歯ブラシやヘアローションなどを。その気になれば買い物リストを作れますが、店の名前まで思い出せるかどうか。ブロンプトン街にあるどこかの薬局でしょうが、どの一軒かは覚えていません。〈ハロッズ〉にも行きましたわ。ほかにもいろいろな店に」

「買い物をした店は重要ではありません、レディ・ハート。昼食をとった場所を教えていただけるとありがたいのですが」

「ああ、どこかの喫茶店ですわ！　確か〈ライオンズ・コーナー・ハウス〉だと――いいえ、待って！――〈スチュアーツ〉だったかもしれません。ピカディリーにある店のどれかです」

「どのレストランだったにせよ、混んでいましたか？」

「どこでもいつでも混んでいますわ」ノーマは言った。「そこが繁華街ではなかったら、自分のクラブに回っていました。でも、キャヴェンディッシュ・スクエアまで行くのは時間の無駄です！」

「では、午後はどうなさいました？」

「まだ買い物が残っていたので、パトニーに戻りました。その日は土曜日でしたから。ロンドンの店は午前営業の日ですわ」ノーマは急に笑い出した。「あらいやだ、警視さんは今の話をどれもこれも証明できませんし、私だってできやしません！　昔の乳母は喜んで嘘をつくと思ってらっしゃるのね。それならつくんです！　私はたいていのことを――人生では何より経験が大切です――しましたが、まだ殺人の容疑をかけられたことはありません。あら、誤解しないで下さいな！　ちっとも気にしていませんわ。むしろ、執筆中の本のすばらしい材料になりそうですもの」

ハナサイドは思わずほほえんだが、こう言った。「もうひとつお答え願えませんか、レディ・ハート。マシュー・ケイン氏の遺言状の条項を詳しくご存じでしたか？」

「とおっしゃると、うちの息子には又従兄のクレメントの次に相続権があるのを知っていたかということですの？　そりゃまあ、知っていましたわ！」

「息子さんに相続順をお話ししましたか？」

「いいえ、とんでもない」

「そこは自信がおありのようですが？」

「ええ、ありますわ。息子が財産を相続する可能性はゼロだと思っていましたの。相続してほしかったかと訊かれても、まったくわかりません。若い男の懐に大金が転がり込むのは感心しません。自力で身を立て、欲しいものを手に入れるために奮闘するしかない境遇が望ましいでしょう。私はずっと奮闘してきました。うちの息子たちに、私の半分でも頑張りがきけばいいんですけど。私はいったん何かをすると決めたら、立派にやり遂げるまで立ち止まりません」

ノーマはいとも好戦的な表情で宣言したが、そのときジム・ケインが足早に部屋に入ってきて、彼女の表情はぱっと消えた。「ジム、愛しい坊や！」ノーマは声をあげ、息子に向かって手を広げた。

ジェイムズ・ケイン氏は母親をぎゅっと抱き締めた。彼は笑いながら母親にキスをした。「母さん、突然どこから現れたんだい？　どうして知らせてくれなかったの？　それとも、知らせてくれたのに、エイドリアンがけろっと忘れていたのかな？」

「ええっと、誰かに電報を打ったはずなのよね」ノーマは言った。「別に大した問題じゃないけど。ダーリン、なんてみっともない上着！　袖から糸がほつれてるじゃないの。そんな格好で歩き回ったらだめよ！」

「いいじゃないか」ジムは言い返す。「母さんが悪いお手本を示してるからさ！」

「あら、私はかまわないの！」ノーマは言った。「そもそも私はぜんぜん見苦しくないし。さあ、腰を下ろして、邪魔をしないでちょうだい、ジム。私は警察の事情聴取を受けているところよ。ダーリン！」最後の言葉はうっとりした声でささやかれた。レディ・ハート特有のきっぱりした物言いとは似ても似つかない。日に焼けた細い手がジムの頰にさっと伸び、鋭い目が潤んだ。ハナサイドがそれを見届けて振り向くと、サー・エイドリアンはむっつりと片眼鏡を磨いていた。

サー・エイドリアンはかすかに笑みを浮かべて警視と目を合わせた。「なんでしょう、警視?」彼は穏やかに言った。

「なんでもありません。今のところ、レディ・ハートにお訊きしたいことはすべてお訊きしました。そろそろ家族水入らずをお楽しみになりたいでしょう」

ノーマが言った。「ご親切に。でも、〝まず務めを果たせ〟が信条ですの。もちろん、本当にご用がお済みでしたら――」

「済みました」

サー・エイドリアンはハナサイドを部屋の外まで送り、妻と継息子《ままこ》を残してドアを閉めた。玄関ホールで、サー・エイドリアンは言った。「紙と鉛筆をお持ちですか、警視? お求めの住所を提供できますよ」

ハナサイドはふたつの品を差し出した。「恐れ入ります。お訊きしようとしていたところでした。形式上、レディ・ハートのお話の裏付けを取らねばなりません」

サー・エイドリアンは名前と住所を悠然と書いた。「信じがたい話ですよね?」

「そうは申しませんが」

「卓見ですよ、警視。家内は私が拝顔の栄に浴した方々の中でも指折りの正直者です。さあ、こちらが乳母のブライアントの住所です」

「助かります」ハナサイドは紙片を折り畳み、それを手帳に挟むと、帽子を取った。

ハナサイドはロッジの門の前を通るバスに間に合い、ほどなくポートローに着いて、ヘミングウェイ部長刑事とカールトン警部とともに捜査会議に出た。

ノーマが帰国したというニュースを、ヘミングウェイは鼠の匂いをたどっているテリアの顔つきで聞いていたが、ハナサイドは首を振った。「確かに要注意人物だ、確かにな」警視は言った。「いやあ、参ったね！　あの年齢で、夫も子もいるご婦人が、未開の地でラクダに乗って突き進むというんだからな！」

「気に入りませんね」部長刑事も頷いた。「事実、あたしに言わせりゃ、この世にラクダ乗りより始末に負えないものはひとつきりで、そりゃ象乗りですよ。ただ問題は、彼女は今ラクダを乗り回してないことです。ここにいる。これは面白いですね、ボス。新たな動機が浮上した。母の愛！　彼女をどう思いました？」

「精力的で決断力のある女性だ。一途な気性で、勇気にあふれていて」

「それはそうでしょう。ゴリラの群れとつきあってたんですから」カールトン警部が言った。「一般的に、射殺事件の場合は女性を容疑から外せるんですが、あのレディは躊躇せずに引き金を引くでしょう。彼女が並べ立てた話は説得力に乏しく、家族に帰国を知らせなかったのは不自然だと言わざるを得ません。ところが、警視は〈断崖荘〉の使用人たちと話しただけで、彼女はただの変人だとわかったんですね」

「はっきりと気がついたよ。レディ・ハートの夫と長男は彼女に会って驚いていたが、帰国の知らせがなかったことには驚いていなかったとね」ハナサイドは言った。「そのいっぽう、レディ・ハートがクレメント・ケインが殺害された日の前日に帰国した事実と、その後の行動を考えると、調べてみなくてはならん。あの証言は、先ほど本人が話したところまでは事実だと判明するに違いない。彼女は補欠選挙に出馬するべく急遽帰国した。サイラス・ケインが死んだことをすでに知っていたのかどうか、そこはなんとも言えん。知っていたら、こういう可能性もなくはないね。彼女がクレメントを撃って、息子に莫大な財産を継がせようと思いついたのかもしれない。それで元乳母の家に泊まることにした理由も説明がつく。本人も認めていたが、元乳母なら、奥様のため、あるいはジェイムズ様のために嘘をついてくれるからだ。レディ・ハートから探り出せなかった事実はまだまだあるが、彼女が思わず見せてしまったものがひとつある。それは長男に寄せる愛情だ。かわいくてしかたないんだな。彼女はサー・エイドリアンとティモシーにも愛情を込めて挨拶したが、ジェイムズ・ケインが部屋に入ってきたら、顔つきが一変したよ」

部長刑事はしたりげに頷いた。「母親のそういう姿はちょくちょく見てきましたよ。おっかない母親を敵に回すよりヤマネコの巣を引っかき回すほうがましですね」

ハナサイドは笑みを浮かべたが、こう言った。「いや、レディ・ハートは道理をわきまえた人に見えるよ！　ヘミングウェイ、君はオスカー・ロバーツが何かを隠している感じがしたかね？」

「いいえ」部長刑事は興味津々という顔つきだ。「奴の尻尾をつかみましたか？」

「いやいや、そうじゃない！　しかし、ロバーツはジェイムズ・ケインに、次の被害者かもしれないと警告するべきだと考えたらしい」

「ポール・マンセルか！」部長刑事が即座に言った。「そう言えばロバーツは、気取り屋ポールから目を離すなと我々にほのめかしましたっけ。ぜひとも警察と協力したいとか言って。それにしても、自称刑事でございという輩が、まあ次から次へと警視の前に現れますねえ」

「その、どうなんでしょう」カールトン警部が口を挟んだ。「彼は知ったかぶりには思えませんでした。ロバーツ氏のことですよ。考えてみると、警察官ではないからこそ、我々より深く洞察しているのかもしれません」

「それはありうるな」ハナサイドは同意した。「ロバーツと話してみよう」

ところが、警視とオスカー・ロバーツの話し合いではめぼしい成果が上がらなかった。ロバーツはジムに警告したことを認めたが、警告が必要だと考えた理由を問われると、一瞬言葉に詰まり、それから気さくに警視を見て、かすかにほほえんだ。「わかってほしいんです、警視。隠し立てするつもりはありません。役に立ちそうな情報を思いついたら、本当です、警察署に行ってましたよ」

「ご親切に」ハナサイドは言った。「それは間違いなくあなたの義務です。では、ケイン氏の命に危険が迫っているかもしれないという警告に根拠はなかった、と理解してよろしいでしょうか?」

「勘に頼ったと考えて下さい。しかも、外れるかもしれない勘です」

「ほほう、勘ですか!」ハナサイドの声には軽蔑の念がにじんでいた。

ロバーツのほほえみが大きくなった。「そんなふうに受け止められると思いましたよ、警視。ですから黙っていたんです。あなたがこの事件をどう考えているかわかりませんが、私の考えでは、共同経営者と対立しているふたりの男が二週間以内に死んだら、周囲に気をつけるべきです」

ハナサイドはそっけない調子で言った。「あなたに釘を刺すべきでしょうね、ロバーツさん。そのような根拠のないほのめかしは、名誉毀損になりますよ」

「わかりました」ロバーツは感じよく応じた。「ポール・マンセル氏の元に行って、私がそう言ったことを教えてくれればいいでしょう、警視。マンセル氏は私を訴えるかもしれません。訴えないかもしれませんがね」

ハナサイドはこの謎めいた言葉を聞いて腹が立ち、あとでヘミングウェイに珍しくとげとげしい口調で話した。ティモシー・ハートとオスカー・ロバーツも捜査に加わって、この事件を解決してほしいものだ。

「天災ティモシーはどうだかわかりませんが」ヘミングウェイは言った。「ロバーツのほうは見かけによらず食えない奴ですよ。公平に見れば、彼はサイラスじいさんが崖から突き落とされたと初めから言おうとしてました」

「現にそう言っている。だが、サイラス・ケインが殺されたという証拠は何もない」

「確かに」部長刑事は折れた。「もちろん、レディ・ハートがクレメントを撃ったなら、サイラス事件は殺人じゃなかったように見える。あたしに言わせりゃ、この事件はしっちゃかめっちゃかってヤツですよ。ただし、ジム坊ちゃんの忠実な乳母から話を聞いてみませんと」

「今日、ジェイムズ・ケインは愛用の高速モーターボートを乗り回しているよ」ハナサイドは的外れな返事をした。

「はあ、それがあの人のお楽しみなんでしょうな。あたしにはピンときませんが」部長刑事が言った。「ラクダやら高速モーターボートやら、変わった一家みたいですね。今月ポートローでモーターボートのレースがひらかれると宣伝されてました。ティモシー坊やの話じゃ、兄貴が出場するそうで。だからジムはそのボートではしゃぎ回ってるんでしょう」

「やましいところがないのか、鉄の神経の持ち主なのか」ハナサイドは言った。「どちらかわからん」

「どっちもちょっとずつですよ」部長刑事が言った。「母親譲りでしょうな、ありゃ。普通の母親は、息子がレース用のボートや車や、ほかにもわけのわからん物をいじくるのを止めようとするもんです。ところが、ティモシー坊やに聞いたところ、あの奥方は息子たちが危険な離れ業をやってのけるのを嬉しそうに眺めるってんだから」

ヘミングウェイの言葉は部分的には正しかった。ティモシーからボートレースの話を聞いて、ノーマはこう言ったのだ。ジムはここ数日ストレスを感じただけに、楽しい思いができそうでよかったけど、もっと水泳が得意だったらねえ。

ティモシーは、ジムにボートに乗せてもらえずすねていたものの、自分以外の誰にも異父兄を批判させないので、おざなりに反論した。「うぅん、ジムはちゃんと泳げるよ、お母さん！」

「ちゃんとね！」ノーマはまくしたてた。「息子たちには万事を上手にこなしてほしいわ！　いいこと、ティモシー、月並みな人間は処置なしなの！　何をするにしても、優れた存在になろうとしなさい。私を見習うのよ！」

そのとき部屋に入ってきたジムは、この激励のスピーチの締めくくりだけを聞きつけ、すぐさま尋ねた。「どうしてだい、母さん？」

「成功の秘訣！」ノーマが答えた。「私がつねに成功したのは、何事も最後までやり抜くようにしたからよ。中途半端は大嫌い。そもそもはあなたのボートの話だったわ。ね、レースまでに泳げるようにしておかなくちゃ」

「でも、僕は泳げるよ！」

「泳げると言うには程遠い」ノーマは切って捨てた。「ここの海には速い潮流もあるしね。何もお母さんの言いなりにさせたいわけじゃないのよ。私は息子べったりじゃないもの。ところで、何か用かしら、ダーリン？　このコレクションを仕分けしたら、すぐに階下《した》へ下りるけど」

「わかった」ジムは言った。そして部屋じゅうに散らかった種々雑多な物に目を向けた。「下働きのメイドをひとり呼んで、このがらくたを全部片付けさせたほうがいいよ」

「ちょっと、シーミュー号の試運転に僕を連れて行くの、行かないの？」ティモシーが喧嘩腰で尋ねた。

「連れて行かない。またいつか乗せてやるよ」

「ふんだ、最低最悪のゲス野郎！　僕だってジムに負けないくらいあのボートをうまく操縦できる！」

「もう出て行け。僕も母さんに話があるんだ。そろそろ交代だぞ」

「どうしてさ。ただジムが――」

ジェイムズ・ケイン氏はわざとティモシーの前に歩み出て、異父弟の話を遮った。ハート少年は復讐を誓いつつ、無事に退却を果たした。

ジムはティモシーを追い出してドアを閉めた。「すっかり生意気になってきたなあ。ところで、ショックに耐えられますか、母さん？」

ノーマは大型の整理だんすに衣類を適当に突っ込んでいたが、顔を上げて、不吉な予感に襲われた目でジムを見つめた。「あなた、婚約したのね！」

ジムは驚いて眉を上げ、笑い出した。「よくわかったね。大当たり」

「当たるに決まってるわ！　当たらなくてどうするの！　で、相手は誰？」

「パトリシア・アリソンだよ」

一瞬ノーマはけげんそうな顔をしたが、やがて表情が晴れた。「エミリー伯母様の秘書だか何だかを名乗っている子？」

「そうそう」

「ああ、あれならまあまあね！」ノーマはほっとした。「私もエイドリアンも気に入らなかった亜麻色の髪のおばかさんじゃないかと思って、びくびくしていたのよ。パトリシア・アリソンね！　覚えている限りでは、あの子には浮ついたところがみじんもなかった。私はああいう、何か仕事をしている女性が好きよ。たとえ、エミリー伯母様の世話をするだけでもね。我慢ならないのは、誰かに依存して生活する女。今やあなたは大金持ちだから、のらくら暮らせと婚約者にそそのかされたら困るわね」

「僕はこれからネット製品に関心を持つような気がするんだ」

ノーマはがっかりした。「この私が野心のかけらも持たない息子を産んだなんて、理解に苦しむわ！　あなたがどうすればいいかというと――」

「だけど、母さん、僕は旅行が嫌いなんだ！」ジムは言った。「それより、パトリシアを連れてきてもいいかい？」

「どうぞ。ただし、私は今どきの娘とは気が合わないわよ」ノーマは憂鬱そうに言った。

ところが、まもなくパトリシアがシンプルな麻のスーツ姿で颯爽と部屋に入ってくると、未来の義母は満足げに言った。「これぞ実用的な服ね。フリルやひだ飾りは大嫌いよ。ジムから聞いたけど、あなたたち結婚するそうね。とってもお似合いの夫婦になりそう。息子は煙草屋の売り子ふぜいと結婚しそうだと、前々から頭を抱えていたから、私がどんなに安心したかわかるでしょう。すてきなお嬢さんを選ぶだけの分別があったとはねえ。私は気取り屋じゃないけど、ものには限度があるし、若い男は底抜けのバカだから」

「わかりますわ」パトリシアが言った。「安心していただけて嬉しいです。ジムにはもっといいお手が見つかったはずだと思われるのではないかと、気を揉んでいました」

これを聞いたノーマは愉快だと思ったらしい。けらけらと笑ってこう言った。爪にマニキュアを塗って、カクテルを浴びるように飲むしか能がない、ちやほやされた若い女には用がないと。パトリシアが散らかった荷物を片付けるあいだ、ノーマは部屋の中を行ったり来たりしながら、長男のためになる将来を精力的に考えて、未来の嫁に指図した。ジムに金儲けさせたり、もっと軽薄な真似をさせたりして時間を無駄遣いさせちゃだめよ。

昼食の時間までに、ノーマはパトリシアとすっかり打ち解けて、自身の〈議会入りの〉計画までざっと説明した。ノーマはここ二週間に〈断崖荘〉で次々と起こった衝撃的な事件にはこれっぽっちも興味を示さない。ジムの母親は彼の身が心配だと相談できる相手ではないとパトリシアは思った。結局、それは根も葉もない不安かもしれず、彼女はノーマに打ち明けようとしなかった。

昼食中はノーマが会話の中心となった。彼女はたまたま目の前に置かれた皿から無造作に食べ、最近やってのけた冒険を、辛辣でいて、しゃれた言葉遣いで説明した。ケイン夫人は外国の事情を聞くのが好きで、ノーマの話に気持ちよく耳を傾けた。ただし、たまに口を挟んで、〝そんなことは初めて聞きましたよ〟か、〝そんな風変わりなやり方には我慢なりませんね〟のどちらかを言った。

ノーマが威勢よく話した政界進出の計画については、ケイン夫人はばかげていると頭から非難して、いったい世の中はどうなってしまうのやらとこぼした。するとノーマは、自分には市民の義務があると大まじめに演説をぶった。その昼食会は、誰も殺人事件や手がかりや警察のことを口にしないまま、おひらきとなった。とりあえず、いい気晴らしになったとパトリシアは思った。

第十章

レディ・ハートが〈断崖荘〉に華々しく到着したニュースは、彼女が乗ってきたタクシーがポートローに戻った二時間後には〈ケイン&マンセル社〉にも届いた。そのタクシー運転手は、新聞の売り子に面白おかしく語って聞かせ、そのうち売り子が同社の下級事務員にしゃべり、その事務員が上司に言いふらし、上司はジョー・マンセルに知らせるべきだと考えた、というわけだ。ジョーはノーマの出現を聞いて驚き、昼食の席で息子にも教えた。ポール・マンセルはコーヒーをかき混ぜながら、考え込むように言った。「ふうむ……！　それは変だな。すこぶる変だ」

ジョーはちらっとポールを見て、また目をそらした。「不可解な女性だからね、ノーマ・ハートというのは——不可解極まる。むろん、サイラス・ハートの訃報に接したのかもしれないが」

「彼女はクレメントの死に一枚嚙んでやしないでしょうか」ポールが言った。「荒っぽい女でしょう？」

ジョーはそわそわと体を動かしている。「いいかげんにしなさい、まったく！」

「まあ、僕にはわかりませんが」ポールは戸惑う父親を嘲るような目で眺めて、話を続けた。「あの女が犯人でもおかしくないっていう気がします。射撃の達人ですよね？」

ジョーはコーヒーカップを下ろした。「おいおい、ポール！」彼は怒りに満ちた小声で言った。「ひとつ言わせてもらおう！　そんな言い方をするのは大きな間違い——とんでもない間違いだ！　他人に罪を着せるほど悪いことはないぞ！」

「他人？」ポールは眉を吊り上げて繰り返した。

「その、どういう意味かわかるだろう！　言わぬが花というやつさ。これはおぞましい出来事だ。まったく、寿命が何年も縮んだよ。こんな二週間を過ごしたのは生まれて初めてだ！」

ポールは椅子の背にもたれ、笑みを浮かべて、伏せたまぶたの下から父親を意地悪く見据えていた。

「この僕がクレメントを殺した犯人だと思うんですね」彼は物柔らかな口調で言った。

「そんなことを思わないとよく知っているだろう！　そうやって考えもなしに話す癖を直してもらえんかね。くだらないおしゃべりは愚行だ——愚の骨頂だ！　おまえはまさか——やれやれ、こう考えるだけでもとんでもない！　話し合うまでもない。私が言いたいのは、はなはだ残念ながらおまえには、クレメントが殺されたときのアリバイがない——つまり、アリバイを証明できないことだ。当然、警察はおまえを疑う。そう、警察は疑い深い。事実など役に立たないんだ」

「別に怖くありません。怖じ気づいているのは父さんのほうみたいですね。警察は僕に不利な証拠を見つけられやしない。心配しなくても大丈夫ですよ、父さん」

「心配でたまらないよ！」ジョーは怒りを押し殺して言った。「これがどんなに恐ろしいことか、おまえにはわからないんだな。この二週間で、サイラスとクレメントの両方が死んだのに」

ポールはけろりとして肩をすくめ、薄い金のシガレットケースを取り出して、蓋をあけた。「僕の考えを言えば、あのふたりの死を大きな損失とは見なしません」彼はゆっくりと話した。

しばらくジョーは答えなかった。やがて、低い声で言った。「ときどき、ポール、おまえがひどく無神経に思えるよ！　よくもまあ、生まれたときから知っているふたりにそんな言い方を――」

「ああ、お涙ちょうだいで頑張るのはやめてくれよ、父さん！」ポールはジョーの言葉を遮った。

「本音では同感しているくせに」

「それは違う。まったく違うぞ！　私はふたりを高く評価していた。サイラスは旧友だった。そんなことは二度と言うな！　それは――それは失敬千万だ！　偽りにもほどがある！」

「はあ、いいですとも！」ポールが答える。「よけいな口出しして失礼をば」彼は煙草をケースで軽く叩いて、それからくわえた。「ジム・ケインがクレメントの後釜に座ろうと手ぐすね引いて待っているんですから、父さんとしては万々歳でしょう」

「私はジムに反感など抱いていない。これっぽっちもだ！」ジョーは言った。「ジムは好青年だ。ただし、事業については何も知らないし――いや、ばかばかしい話だ。それは本人が真っ先に気づくさ。彼に事業を学ぶ気があれば、喜んで力になろう。一切を手ほどきしてもいい。彼は事業に参加しない共同出資者《スリーピング・パートナー》になるだけだと思うが――」

「ああ、やめて下さい！」ポールが口を挟んだ。「殿下のお出ましを待てばいいでしょう！　そのうちジムが事業について知らないことはなくなります」

「いや、私はジム・ケインという人間を知っている。おまえはジムを粗末に扱ったに違いない。怒らせたんだ。おまえには対応してほしくなかった。私は最初から反対だった。タイミングを見計らって、私がジムと話し合う」

「話せば、僕が正しいとわかります」ポールは言った。「ジムは我々の疫病神になりますよ。早くも敵意を見せています。あのケイン一族のことだから、ジムは一人前になったら今のままじゃありません。サイラスの再来になるんです。頑固で、保守的で――」

「もうよせ、よしなさい！　おまえは迂闊にしゃべっている。ジムは何も悪くない。おまえの話は聞かないだろうが、私の話なら聞き入れるだろう」

「聞くといいですね」ポールは立ち上がった。「ところで、ロバーツはあとどのくらい返事を待ちそうですか？」

「ロバーツはこちらの事情をよく理解している。すこぶる物わかりがいいし、すこぶる好意的でね！」

「やけに好意的だという気がしますけど」ポールは言った。「どういうつもりなのか、あの男はジム・ケインに性急に契約を交わすなと言ったんですよ！」

ジョーは息子をしげしげと見た。「なんだと？　なぜ知っている？　誰から聞いた？」

「ロバーツ本人から。けさ僕のオフィスにふらりと入ってきて、部下のジェンキンズとクラークのいる前で、厚かましくも言ったんです。君はジム・ケインに催促するという大変な間違いを犯している、私は彼に慌ててはいけないと言ったことを知らせに来たと。図々しいにもほどがあります」

「本人がそう言ったんだな？」ジョーは眉をひそめて息子を見上げた。「ロバーツはサイラスが殺されたと考えているんだよ、ポール」

「あの男は考えすぎです。どのみち、サイラスの死と彼と、なんの関係があるんです？　彼はあの鈍重な警視の代理で事件の捜査をしていたんだと、誰でも思うでしょうよ」

ジョーは唇を湿した。「ロバーツは殺人事件に興味があるのだろう。クレメントの死体の第一発見者だったね？」ふとためらい、テーブルの上のフォークを動かして、それをじっと見つめた。「現場で何か見たのだろうか――何かそれとなく匂わすような――」

「そんなことありません！」

「なぜわかる？」ジョーはちらっとポールを見上げた。

「呆れた。ロバーツが何か見ていたら、とっくに警察に話したでしょうよ！　隠しておいてどうなります？」

「そう言われてもな。ロバーツは変わった男だ。どうにもわからんよ」

「とにかく、関係ないことに首を突っ込むのはやめてほしいですね！」ポールはつっけんどんに言った。「ロバーツの会社とクレメントが取引するのは大賛成ですが、ことあるごとにあの男が現れるのはうんざりです！　彼は僕がクレメントを殺したと思っていると、そういうわけですね。どう思われようとかまいませんが、これだけは言っておきます！　よき友ロバーツが抜け目なくても、僕にクレメント殺しの罪を着せられませんよ！」

「抑えて、抑えて！」ジョーは不安げに周囲を見回した。「レストランにいることを忘れるな！」

「忘れてやしません。誰に聞かれようが平気です！」

ジョーは立ち上がり、帽子を手に取った。「今回の恐ろしい出来事でいらいらしたんだな。なるべく口を慎むほうがいい。さてと、まっすぐ会社に戻るか？」

「いいえ。港に行って、最終の出荷の件でフェンウィックに会います」ポールはぶっきらぼうに言い返した。

「ああ、そうそう！　そうだった。新鮮な空気を吸ってくれば気分転換になる。頭もスッキリするさ、なあ？」

ポールはこれには返事もせず、レストランを出て車に乗り込むと、旧市街へ向かった。

約束した人物は熟練の船乗り数人と一緒に石の桟橋の端に立っていた。漁船が何隻か、帆を巻き上げて港に停泊していた。上空ではミツユビカモメやセグロカモメがくるりと輪を描いていて、ロブスター漁用の罠籠が桟橋にずらりと並んでいる。ほかに見えるのは、小型の不定期貨物船が一隻、手漕ぎボートとモーターボートが何艘か、かすかなうねりに合わせて浮きつ沈みつしているだけだ。

ポール・マンセルはトーマス・フェンウィック氏との仕事を済ませてからも、しばらく港に残り、ミツユビカモメが海に急降下して飛び上がるところを眺めていた。そこへ、すぐ近くでのんびりした声がした。「いい天気だね、マンセル」

ポールは振り向いた。急に嫌悪感を覚えて顔が引き攣っていた。「ああ――こんにちは！　気がつきませんでした」

「よくこのへんを散歩するんだ」オスカー・ロバーツは目の前の低い石壁に肘をついて、広い入り江の向こうを見た。「平穏無事な一日ってとこか。なあ、ここにはあまり船が停まっていないね」

「ええ、最近はこのとおりさっぱりです。そういう品も使い道がないでしょうね」ポールはふっと見下すような笑みを浮かべ、ロバーツの首に下がった双眼鏡を指差した。

「それはどうかな」ロバーツは言った。「カモメを見ているだけで楽しいよ。すばらしい生き物じゃないかね。双眼鏡でカモメを観察したことはあるかい？」

「いいえ、残念ながら。性に合わないので」ポールは言葉を切り、礼儀正しくしようと先を続けた。「例の取引の件ですが、ロバーツ。ちょうど父と話してきたところです。父はケインをうまくあしらえる自信があるようです」

ロバーツは双眼鏡を覗いて、向こう側の岬に焦点を合わせていた。入り江を隔てて二マイルほど先だ。「こう言うのもなんだが、私ならジェイムズ・ケイン氏を適当にあしらえとは助言しないね。それでは割に合わないだろう」

ポールの顔が曇った。「どういう意味でしょう？」彼はきつい口調で訊いた。

ロバーツは双眼鏡を岬に向けたままだった。「ああ、いつもの勘だよ！」彼は感じよく答える。「私だったら、あの若者には干渉しない」入り江の向こうで光っている白い崖を双眼鏡でくまなく眺めた。「この手の物を使うと、驚くような景色が目に入るじゃないか。向こうの崖道が端から端まで見渡せるし、まさにケイン老人が崖から落ちた場所も見える」彼は双眼鏡を下ろして、ポールのほうを向いた。「見てみるかい？」

「いいえ！」ポールは怒った声で断った。

オスカー・ロバーツはかすかにほほえんだ。「なあ、何かまずいことでも？　なんだか気を悪くしたみたいだが」

ポールはロバーツと目を合わせ、じっと見つめた。「ちっとも悪くしてません。だいたい、何がまずいっていうんです？」

ポールはロバーツが差し出したままの双眼鏡を受け取り、岬に焦点を合わせた。「確かに、性能のいい双眼鏡だ」いつもの声に戻っていた。「ケインのモーターボートが崖下の浮桟橋につないでありますね。来週のレースに出るかどうか、知っていますか？」

「出ると思うよ」ロバーツは答えた。「どうしてまた？」

「ああ、いや別に！　事情を考えると、無神経に見えますから。おっと、誰かがボートで出てきました！」

「ケイン本人だろう。ボートの試運転じゃないかな。お手並み拝見といこうじゃないか」

「ケインの操縦を見学して時間を無駄にするくらいなら、もっとましなことをしますよ」ポールはロバーツに双眼鏡を返した。

ロバーツは双眼鏡を受け取り、高速モーターボートを眺めた。そして、急に声を張り上げた。「あれはケインじゃない！　あの坊やだ！」

ポール・マンセルはその場を立ち去ろうとして、足を止めた。「ティモシーが？　いや、それはちょっと危険ではありませんか？」

「危険だとも！　あの小僧が！」

ポールは不安そうに言った。「実は、ここは潮の流れがとても速いんです。あの子がケインのボートを海に出していいわけがありません。私たちで手を打たねばならないでしょうか？　つまり――」

「もちろん、なんとかしなければ！」ロバーツはきびきびとした口調で言った。「あの手のボートを操縦できるかい？」彼は桟橋に沿って係留してある小型のモーターボートを指差した。

「え、いや、そんな経験はないけど、それでも――」

「じゃ、双眼鏡を持っててくれ。私がなんとかできそうだ」ロバーツはポールの手に双眼鏡を押しつけると、モーターボートに駆け寄って、乗り込んだ。中をざっと見回してから、顔を上げて大声を出した。「ありがたい、満タンだ！」そして出航した。

ポールはロバーツが漁船の群れを縫って港の入口に向かうところを見届けると、再び高速モーターボートの進路を見守った。

ティモシーは着々とスピードを上げながら入り江を突っ切って港を目指している。ポールは双眼鏡を覗いた。シーミュー号の持ち上がった舳《へさき》で泡が立つのが見え、舵輪にかがんだティモシーの頭のてっぺんが見えた。水面にエンジンのうなりが轟いた。ティモシーがモーターを全開にしたのだろう。ポールは唇を嚙んだ。ロバーツが無断拝借したモーターボートがシーミュー号にぐんぐん迫っていった。

そこへフェンウィック氏が桟橋を歩いてきた。「どうしました、マンセルさん？　ボブ・エイキンのボートに乗ってったのは何者です？」

「あの〈断崖荘〉のいたずら坊主が、ジム・ケインさんのシーミュー号をいじくり回しているんです」ポールは答えた。「転覆させてしまいますよ！」

フェンウィック氏は甘やかすような笑みを浮かべた。「なんと、ティモシー坊ちゃんが？　あの子なら大丈夫です、マンセルさん。転覆させたりしませんよ。魚の仲間みたいに海をよく知ってますからね」

「あの子はあのボートに乗ってはいけないんです。何があるかわかりません！」

「まあまあ、そんなに気を揉むことはありませんよ、マンセルさん。私は常にこういう見方をしてます。男の子ってのは――」フェンウィック氏は言葉を切り、入り江の向こうを見つめた。「おや、あのボートはどうしたんだ？」

ポートトロー港に向かって海面をまっしぐらに進んでいたシーミュー号が、徐々にスピードを落としていくようだ。ポールは石壁に肘をついて双眼鏡を固定し、不安のせいで声を尖らせた。「ボートが引っ繰り返りそうだ……水面から舳が突き出て――ああ、沈んでしまった！」

「なんてこった、あの子は何をしでかしたんでしょう？」フェンウィック氏が叫んだ。「姿が見えますか、マンセルさん？　無事でしょうか？」

「わかりません。影も形もな——いや、ありました！　無事です。ロバーツが行くまで頑張れるといいですが」

「あの子なら造作もなくできますよ」フェンウィック氏はごつごつした片手を目にかざした。「しかし、どうしてボートを沈めるはめになったやら。方向転換してませんでしたよね？」

「見えませんでした。ボートが視界からふっつり消えたようで。潮流に逆らって進めなかったんです。あんな真似をするとは、魔が差したとしか思えません」

「いやあ、それは高望みというやつで」フェンウィック氏の冷静な視線は、波間を突き進んでいく小型モーターボートを見つめた。「あれが男の子ってもんです。まっとうなガキですよ。それより、どうなりました？」

「まだボートの上です。もう向こうからもロバーツが見えたはず……。ええ、大丈夫です。ロバーツが間に合いました。やれやれ！」ポールは双眼鏡を下ろして、額に浮かんだ汗を拭った。「あの悪童が！」彼はかんかんになった。「これで大目玉を食うといいんだ！」

入り江の真ん中では、オスカー・ロバーツが疲れ切った少年をモーターボートに放り込み、ポールとまったく同じことを言っていた。ティモシーはボートの床に寝そべってあえいだり、海水を吐き出したりしていた。ロバーツが言った。「帰ったら、君はこっぴどく叱られそうだね、坊や」彼はボートのエンジンをかけ、港ではなく、入り江の向こう側の浮桟橋に向かった。つまり、〈断崖荘〉の真下である。

ティモシーはしばらく口が利けなかったが、一息ついたとたんにしゃべり出した。「自然に沈んじゃったんだ！　僕は何もしなかった！」

　ロバーツはにこっとした。「私に言っても無駄だよ。おにいさんに会うまでとっておくんだ」

「でも、ホントだってば！」ティモシーは起き上がって断言した。「それまで完璧に走ってたんだよ！」

「だったら、岩にぶつけたのかもしれないな」

「ぶつけてない！」ティモシーはむっとした。「やんなっちゃうなあ、何かにぶつけたら気がつくはずだよ！」

「それもそうだ」ロバーツはどこか醒めた調子で同意した。「しかし、ボートは理由もなく沈まないぞ、坊や。そうだろ？」

「もちろん。でもさ、僕がやったことのせいじゃない。本当だよ！　そうそう、忘れてた。ボートから引っ張り出してくれてありがとう。あそこはものすごい潮流があるんだ。ひとりじゃ逃げられなかったよ」ティモシーはしゃがれた声で続けた。「実を言うと、助けに来てくれなかったら、溺れてたところだった。本当にありがとうございます！」

「いいんだよ。今日はたまたま近くにいて運がよかった。気分はどうだい？」

「ああ、もう大丈夫！　でも、シーミュー号はどうなってるんだろう？　嘘じゃないんだ、僕は操縦のしかたをちゃんとわかってる！　ねえ、僕の雄姿を見たよね？」

　ロバーツは笑った。「見たとは言えないな、坊や。君の操縦が怪しげだったからこそ、私が今ここにいるんだ。ところで、君はしばらく溺れていたほうがよかったかもしれないね。おにいさんが浮桟橋で待っているよ」

ティモシーは岸をちらっと見た。「ああ、どうでもいいや。最初からボートに問題があったんだ。快調に走ってると思ったら、いきなり――どういうことだろ。床板がはがれちゃって。中が水浸しになった。だけど、僕は絶対にどこにもぶつけてない！」

「そもそも」だんだん浮桟橋に近づくと、ロバーツはボートを後進させた。「高速モーターボートは中学生が操縦するようにできていない」

小型モーターボートが静かに浮桟橋に着くと、そこに激怒した若者がふたりを待ち受けていた。

「いったいどういう――？」ジェイムズ・ケイン氏は怒鳴った。

ジムの濡れ鼠になった異父弟がボートから這い出てきて、決まり悪そうに言った。「ほんとにほんとにごめんね、ジム。でもさ、僕のせいじゃないんだよ！」

「シーミュー号はどこだ？」ジムがきつい口調で訊いた。

「ええと、それが――その、沈んじゃって」ティモシーはますます決まり悪そうだ。「だけど――」

ジムは異父弟の話を無造作に遮った。そして、二分間も雄弁にまくしたてた。ハート少年はみるみるしょんぼりして、何度か鼻をすすった。ボートを桟橋につないだロバーツは、そこから離れ、ティモシーは濡れた服を着替えたほうがいいと穏やかに言った。ジムは、ティモシーなど肺炎にかかって死ねばいい、と残酷なことを口走りながらも頷いて、蹴飛ばされる前に早く行けと言った。ティモシーは駆け出した。

ジムはロバーツのほうを向いた。激しい怒りがおさまらない様子だが、その声から切迫した調子は消えていた。「何があったんです？」

「とても説明しきれないよ」ロバーツは言った。「さっき向こうの桟橋の端で、若いほうのマンセルと一緒にいたら、彼はあの子がシーミュー号に乗り込んで海に出るのを見たのさ。私の双眼鏡を使っていたんだが、そういえば、あれを持っていてくれと頼んだんだ。私にはあの子がボートをうまく操縦しているように見えなくて、念のために追いかけた。あの子がシーミュー号に何をしたかはわからないが、ボートはスピードが落ちたと思ったら三十秒ほどで沈んでしまった。何かにぶつかって、床に亀裂が入ったように見えたね」

ジムは渋面を作った。「あの大ばか野郎！　もう入り江のことはよくわかった頃なのに！　ボートを岩にぶつけたとしたら、無茶なコースを取ったんでしょう」

「操縦に手が一杯で、コース取りまで頭が回らなかったと思うよ」ロバーツはかすかにほほえんだ。

「しょっちゅう高速モーターボートに乗っているわけではないだろう？」

「とんでもない。僕がけさ乗せなかったので、腹いせをしたんですよ。とっちめてやります！」

「あの子はもう怖い思いをしたんじゃないかな、ケイン。ここにはすごく速い潮流がある」

ジムはしかたなくニコッと笑った。「それだけじゃティモシーは怖じ気づきませんよ。ところで、異父弟《おとうと》を助けて下さって、本当にありがとうございます。うちに寄って、母に会って下さい。けさ、思いがけなく到着したばかりでして」

「ほう。ぜひお目にかかりたいね。だが、このボートを返してこないと。持ち主が探すだろうから」

「マンセルが説明してくれますよ。さあ、うちで一杯やりましょう」ジムは崖の表面をジグザグに縫う小道を先に立って進んだ。彼は顔をしかめて振り向いた。「シーミュー号が動き出したと聞いたときの僕の気持ちを考えて下さい！　そのときはテラスにいました。当然、あのいたずら小僧の仕業だと思いましたよ。最悪なのは、母は大喜びしそうなので、ティモシーの奴がうまくやったと考えることです」

　ノーマは皺だらけのツイードの上着とスカートのままで、崖のてっぺんの芝地でふたりを出迎えた。彼女はオスカー・ロバーツと熱心に握手して、ご親切にティモシーを海から引っ張り上げて下さって、と言った。「あの年頃にしては立派に泳げないわけじゃありませんのよ」と言い添えた。「ただ、潮の流れが少し速かったと本人が申しておりますから、心から感謝しております。ダーリン、シーミュー号のことは残念だったけど、また新しいボートを買えるでしょ？」

「ああ。でも、頼むからティモシーに英雄を気取らせないでくれよ、母さん！　あいつはこってり絞らなきゃだめなんだ」

「いいえ、それは賛成できないわ、ジム」ノーマはきっぱりと言った。「そりゃあ、ティモシーにはあなたのボートに乗る権利はないけど――それはそうね――冒険心の現れだと認めてあげなさいな」

彼女はロバーツのほうを向いた。「私は軟弱な男が大嫌いですの。あなたもでしょう？」

　ロバーツは笑みを浮かべて頷いたが、ジムは不満げな声を出した。「そんなことだろうと思った！」

彼は言った。「ご満悦なんだね、母さんは！」

「そりゃま、ティモシーは大冒険をしたってほどでもないわ。でも、あなたのボートをなくして動揺していたから、意地悪はしないでやって。だって、あなたが乗っていたときに沈没したかもしれないのよ。ボートの調子が悪かったとティモシーは言ってるし」

「ボートはどこも悪くない！」ジムは言った。「おたくの胸くそ悪いガキが、ピンの暗礁の上を走ったせいだよ」

そうこうするうちに三人はテラスに着いていた。椅子に腰掛けたローズマリーは、ゆったりした黒の服がよく似合う。ジムがロバーツのために冷たい飲み物を取りに行ったあいだに、ローズマリーは恐ろしいことが起こりそうな予感がしたとノーマとロバーツに話した。さらに、やや軽率にも、ティモシーのことは好きだけれど、手に負えなくなってきた印象が否めないとも言った。それを聞いたノーマは、当然ながら、勇み立って息子をかばった。ジムがビールとグラスを持って戻ってくると、どちらの女性も痛烈な言葉で言い争っていた。ジムはティモシーにむかっ腹を立てていたが、ローズマリーに非難される異父弟をかばわねばならない気がした。そのためローズマリーはぷりぷりして、誰も私のことを思いやってくれないと言い残して室内に引っ込んだ。

「あの若い女性には」ノーマはビールが注がれたグラスを息子から受け取った。「生きがいがないとだめね」

「ちゃんとあるよ。もうじき彼に会えるさ」ジムは何気なく言った。だが、その場に他人がいることを思い出して、慌てて付け足した。「ロバーツさん、ビールにしますか？ それともギムレット？」

「ビールをいただくよ、ありがとう。それより、私のことは気にしないで」ロバーツは目を輝かせた。

「やはり彼とは面識があってね」

ジムは笑った。「長身、金髪、青い目と、めちゃくちゃ北欧人タイプでしょう？ ロンドンにずらかったみたいですよ。北欧の血が強くて、人を殺せないと思いますがね。やあ、エイドリアン！ ビールでもどう？」

客間からテラスに出てきたサー・エイドリアンは誘いを断ったが、何があったのか教えてくれと継《まま》息子に言った。彼はティモシーが直面していた危機を聞いても一向に動じない様子で、仕返しするような親だとジムに思われたくないと言っただけだった。

やがてティモシーもテラスにいる面々に加わり、しおらしく振る舞ったが、しきりに弁解しようとした。ところが、ピンの暗礁のはるか外側を走っていたという発言をオスカー・ロバーツに裏付けてもらおうとして失敗したうえ、異父兄に言い分を信じてもらえた兆候も、ボートの無断使用を許してもらえた兆候も見られなかった。そこで、ひとりで悲しみを癒やしに行った。

それから日が暮れるまで、ティモシーは珍しく落ち込んでいて、早めにベッドに入った。ジムには痛々しいほどぶっきらぼうに〝おやすみなさい〟を言うと、ひどくそっけない挨拶が返ってきて、少年は耳まで赤くなった。これを見てほろりとしたパトリシアは、客間をそっと抜け出し、二階に上がってティモシーの部屋をノックした。ややあって、つっけんどんに〝どうぞ〟という声がして、中に入ると、ティモシーはベッドで本を読んでいた。本にかがみこんで、いらいらした声で訊いた。

「なんの用？」

パトリシアは部屋を横切ると、ベッドの端に腰を下ろした。「ボートの話にいいかげん嫌気がさしてるのよね」彼女は言った。「でも、何があったか教えてくれない？」

「教えたって信じてくれないよ」ティモシーは吐き捨てるように言った。

「あら、とにかく教えてもいいじゃない」

「誰が信じようと信じまいと、どうでもいいよ！」

パトリシアはティモシーがつかんでいる本を取り上げた。「気取らないの！　あなたはジムに負けないくらい暗礁の場所をよく知ってる。そのあなたが暗礁を避けたと言うなら、私は信じるわ」

「そう、避けたんだ」

「誓えるの、ティモシー？」

「うん、絶対に避けた。だいいち、何かにぶつかってたら、その場でわかったはずだ」

「じゃあ、ここだけの話、エンジンのどこかをだめにしてない？」

「するわけないよ。もしだめにしても、ボートは沈まなかった」

パトリシアは両手の指を絡めた。「ティモシー、何がいけなかったと思う？」

パトリシアの声に潜む何かにはっとして、ティモシーは顔を上げた。「わからない」

「正確には何があったの？」

「だからさ、最初は何もなかった。シーミュー号は完璧に走ってた。だんだんスピードを上げてったんだ。実は、フルスピードを出すつもりはぜんぜんなかったけど、ボートは快調に走ってるし、ゴキゲンな日だったからさ、ついつい飛ばしちゃって。僕は一直線のコースを突き進んでて、エンジンはスムーズに回転してたのに、ボートががくんと止まったような気がした。そしたら中に水が上がってきて、船体が傾いていったんだ。あっという間のことだったから、何があったかよくわからなかった。ただし、ボートから放り出されたのはわかった。正直言って、ぞっとしたよ」

「さぞや恐ろしかったでしょうね！」パトリシアは真っ青になった。

「まあ、そうだね。だって、ひとつには飛び上がるほど驚いたから、もうひとつは潮流に捕まったから。はあ、あのモーターボートがゴーッと近づいてきて、嬉しかったなあ！」

「ロバーツさんが港にいなかったら、あなたは溺れてたのよ」

「そういうことになるね」

パトリシアは膝の上で手をギュッと握り締めた。「溺れたのはジムだったかも」

「うん、わかってる。僕はジムにさんざん言ってるのに、ちっとも信じてくれないんだ。僕がボートを転覆させたか、暗礁に乗り上げたと思ってる。僕がちゃんと操縦できるのを知ってるくせに。だって、一緒に出かけたときはしょっちゅう操縦させてくれたんだ。今日は無断で乗って——沈めちゃってさ、すごく後悔してるけど、それを言っても始まらないよね。ジムは聞く耳を持たないんだ。こう言ったんだよ——」ティモシーの声が急に震えた。ジムの言葉を繰り返す気になれず、もう疲れたから、ひとりにしてと言った。

パトリシアは立ち上がった。「まだ眠らないで。ジムを連れてくるわ」

ティモシーはがばっと起き上がった。「やめてよ！　会いたくない！」

「そんなこと知るもんですか。このトラブルの原因を突き止めなくちゃ」

「ドアに鍵をかけるからね！　ジムがなんと言おうが、どう考えようが、ぜんぜん気にならない。ジムを連れてきたら、あなたとはもう一生口を利かない！」ハート少年は苦し紛れに宣言した。

「ばか言わないで！　ここが肝心だってわからない？」パトリシアは息巻いた。「あなたは暗礁の上を走らなかったのに、なぜボートは沈んだの？」

ティモシーはパトリシアの顔をまじまじと見た。「じゃあ、ボートに細工をされてたわけ？」少年が訊いた。「でも——でも——なんでまた？」

「ジムを始末するためよ」パトリシアは声を落として言った。まるで自分の言葉に怯えているようだ。

「うへっ！」ティモシーは目を丸くした。

パトリシアは部屋を出て、ジムを探しに階下に下りた。玄関ホールに着いたとき、ちょうどジムが客間を出てきた。「ああ、そこにいたのか！　探しに行こうとしてたんだ。ちょっと外に出る気はある?」

「ぜんぜんないわ。ね、よかったら、ティモシーの部屋に来てほしいの」

「いや、よかないね。ティモシーなんか顔も見たくないし、しばらく君を独り占めしたいんだ」

「ねちねち文句を言わないでよ、ジム。意地が悪いわ」

「僕は意地悪じゃない。あいつに何もしてやしないよ」

「いいえ、意地悪よ。ティモシーに慕われてるのを百も承知してるくせに。あの子、あなたに何か言われて動揺してた。ちゃんと仲直りしなさいな。それに、あの子の言い分をよく聞いてほしいの。本当のことを話してると思うから。さあ来て、ジム!」

「はいはい。でも、どうして話を聞き直さなきゃならないんだ?」ジムはしぶしぶパトリシアのあとについていった。

「まあいいじゃない。ティモシーの話を聞いてくれたら理由を教えるわ。まだちゃんと聞いてないんだもの」

ふたりがティモシーの部屋に入ると、少年はベッドで起き上がっていた。異父兄弟の関係をよく知らない人の目には、ティモシーがジムとの仲直りを望んでいるようには見えなかっただろう。ティモシーは言った。「僕がパトリシアに頼んで連れてきてもらったとは思わないでよ。頼んでないからさ。僕はなんべんも謝ったのに、話を聞きたくないなら聞くことないさ!」

「生意気な口を利いたら首を絞めるぞ」ジムは言った。「このでしゃばりで、うぬぼれ屋のガキが」

この悪態を聞いたハート少年の表情がぱっと明るくなった。「ああ、ジム。ボートを沈めちゃって、ほんとにほんとにごめんなさい!」しゃがれた声で言った。

「わかった、わかった。もう静かにしろ。パットが言うには、僕はおまえの説得力ゼロの物語を聞かなくちゃいけないんだ」ジムはベッドの端に腰を下ろした。

「うん、聞いてほしいな」ティモシーは言った。「だって、ロバーツさんは僕が暗礁にぶつけたって言うけど、あの人はよくわかってないだけだ！　僕はぶつけてない」

「じゃあ、どうしたんだ？」

「さっきの話をジムに聞かせなさい、ティモシー！」パトリシアが言いつけた。「ジムはどうか先入観を持たずに聞いてちょうだいね！　とても大事な話なの」

「さっぱりわけがわからないが、とにかく話してみろ！」ジムが言った。

ティモシーは膝を立てて、抱きかかえ、パトリシアに話した言い分を繰り返した。ジムはそれを黙って聞いたが、話が終わるとこう言った。「なあ、おまえはどこにもぶつけなかったつもりだろうが、ボートは理由もないのに三十秒で沈んだりしないぞ。船底の外板が一枚はがれたに違いない。おまえが岩に衝突したとは言わないが、今の話だと、全速力を出していたんだな。そうなると、岩にこすっただけでも板がだめになる」

「ジム、ボートが岩にこすったら、僕はその場でわかったんじゃない？」

「だろうな。ボートをぶつけた経験がないから、なんとも言えないが」

「紙と鉛筆をちょうだい！」ティモシーは言った。「図を描いて説明する」

「図を描いてどうなる？　もう終わったことじゃないか。いいかげんにしろ！」

「ジム、やらせてあげて！」パトリシアが言った。

ジムはため息をつき、ポケットから鉛筆を取り出して差し出した。ティモシーはパトリシアに頼んで、化粧台に載っていた手帳を取ってもらうと、鉛筆の先を舐め、略図を描き出した。「さてと、これがざっと描いた入り江。ここがポートローで、こっちがうちの崖下の浮桟橋。で、ピンの暗礁はこんな具合に伸びてる。でしょ？」

「まあな」ジムは鉛筆が走った線を見ながら頷いた。

「やったあ！　えへん、僕が進んだコースはここなんだ。むしろ暗礁からどんどん離れてたんだよ。シーミュー号はこのあたりで沈んだはずだ。とにかく、絶対に暗礁の至近距離じゃなかった。ねえ、どう思う？」

　ジムは首を振った。「わからないな。反感を買いたくないから、こう考えておくか。おまえがこのコースを取ったとすれば、実際にはかなり岸に近づいていたんだな」

「ゲゲッ！」ティモシーはうんざりした声を出した。「僕のことをアホウだと思ってるね！」

「思ってる」ジムはすかさず答えた。

「前にシーミュー号を任せてくれたとき、僕はちゃんと操縦できたの、できなかったの？」

「できたよ。ただし、あのときは僕が付き添っていた」

「ねえちょっと！」パトリシアが割って入った。「仮定でいいから、ティモシーが正しくて、暗礁には近づかなかったと考えてもらえる？」

「かしこまりました、奥様！　だからどうした？」

「ティモシーがエンジンにいたずらしてボートを沈めたわけがないでしょ？」

「ないね」

「底板――だかなんだか――の一枚が、そもそも緩んでたってことはない？」

「ないね」

「間違いない？」

「もちろん。間違いないよ。けさ一緒に乗ったばかりじゃないか」

「じゃあ、そのときにあなたがボートを岩にこすったりしなかった？」

「勘弁してくれ！」ジムは息をのんだ。「踏んだり蹴ったりとはこのことだよ。おふたりさんはこの僕が、ボートを沈めたとでも言いたいのか？」

「そうじゃないけど、違うって言い切れる？」

「ああ！」ジムは力を込めて言った。

「じゃあ、ティモシーは暗礁の上を走らなかったし、けさシーミュー号にはなんの異常もなかったのに、どうして沈んだの？」パトリシアが強い口調で訊いた。

「沈まなかった。いや、つまりだね、沈んだはずがな――」ジムは言葉を切り、パトリシアの顔からティモシーの顔にすばやく視線を向けた。「まさか、ボートが細工されたとは思ってないよな？」

「いいえ」パトリシアが答える。「思ってるわ」

第十一章

ジムはしばらくパトリシアを見つめ、それから彼女に腕を回して抱き寄せた。「なんて恐ろしいことを！　ダーリン、言いたくないが、君は完全にどうかしてる」

「ううん、そんなことない」ティモシーが言った。「ジムが来週のレースにエントリーしたのはみんなが知ってる。明日シーミュー号を試運転するはずだったのも、大勢の人が知ってたんじゃないかな」

「頼むから落ち着いてくれ」ジムは言った。「僕はけさシーミュー号に乗ったんだぞ！　僕が降りてからおまえが乗るまでのあいだに、いったい誰に細工する暇があったんだ？」

「誰にでも！」ティモシーは即座に答えた。「今日、ジムはもうボートに乗りっこない。この家に戻ってきたのはお母さんが着いたすぐあとだったから、十一時過ぎだね。僕は三時になるまで浮桟橋に行かなかった。ほらね、時間はたっぷりあるじゃん」

「だけど、誰も真っ昼間にボートに細工なんかしないだろう！」

パトリシアはベッドの端にいるジムの隣に腰掛けた。「しても不思議はないわ。入り江のこちら側には誰も来ないもの。ポートローの人たちが遊びに来る砂浜はないし。それに、引き潮のときに入り江を歩いてみれば、ここととポートローを挟んだ泥地がどんな感じかわかる。午後一時から二時のあいだに、誰かがシーミュー号に手を加えたとしたら？　こちらでは誰も浜辺に出ていなかったはずね。ちょうど昼食をとっていたから。絶好のタイミングじゃないかしら」

「いや、僕はそう思わない」ジムは言った。「僕が誰かのボートを故障させるとしたら、闇夜を選んで作業に取りかかる」

「ううん、それじゃだめ。暗くて手元が見えないよ」ティモシーがすぐに言った。「ランタンを使ったら、光が人目につくかもしれない。うひゃあ、これはパットの言うとおりだよ。誰かがジムを消そうとしてるんだ！」

「そんなにはしゃがなくてもいいだろ、この人でなし！」

「僕は人でなしじゃないけど、なんだかすっごくワクワクする」

ジムはティモシーの考え方が気に入ってニヤリとしたが、反論した。「こんな味気ないことを言ったら嫌われそうだが、海に浮いてる材木でシーミュー号の底板がはがれたかもしれないぞ」

パトリシアが小さく身を震わせた。「ちょっと気になる――」話し出すなり口をつぐみ、笑ってごまかした。

ジムは胸騒ぎがしてパトリシアを見た。「君はやっぱり――いずれにせよ――自分にも正直なんだな、ダーリン？」

「お黙り！」パトリシアが言った。「笑いごとじゃないわ」

「僕が悪かった」ジムはぼそぼそと言った。

「ジム、ロバーツさんはついきのう、あなたが次の被害者になりかねないと警告したのよ」

ティモシーは枕にもたれてくつろいでいたが、今の言葉を聞いて、ぱっと背筋を伸ばした。青い目は期待に輝いている。「ほんと？　ねえ、この屋敷に〝姿なき殺人者〟がいると思う？」

「ティモシーったら！」パトリシアは息をのみ、思わずジムの腕をつかんだ。

「だって、考えてみれば、このうちはまさに〝姿なき殺人者〟が潜んでいそうな屋敷だからさ。ただし、それほど古くないし、秘密の通路とかはなさそうだね。でも、棟がふたつに階段が三つあるし、屋根裏部屋がいくつもつながってて――」

「もうやめなさい！」パトリシアが命じた。恐怖で青ざめている。「くだらないのはわかってる。でも、この調子で続けられたら、私は朝まで一睡もできない」

「冷静になれよ」ジムは言った。「その〝姿なき殺人者〟がシーミュー号に細工をして僕を消そうとしたなら、この屋敷に潜んでいても意味がないじゃないか」

「ええ、それはそうね」パトリシアは言った。「要点に戻りましょう。この中でボートに詳しいのはあなただけよ、ジム。犯人が誰であれ、こういうことは考えられる？　高速モーターボートになんらかの細工がされていても、最初は影響が出なくて――ほら、船底に穴があいてたら、たちまち水であふれるけど、シーミュー号はそうならなかったでしょ」

「穴をふさいでおけばいいのさ」ジムが言った。

「どうやって？」

ジムは鉛筆とティモシーの手帳に手を伸ばした。「そうだな、これが船底にある外板の一枚だと思ってくれ。ここに楔《くさび》形に穴をあけて、楔の広いほうの端が少し突き出すようにしてふさげば、ボートがしばらく走るあいだは動かない。だが、楔はだんだん緩んで、全速力を出したとたんに外れ、水の勢いで外板がはがれたんだ」

「なるほどね。そういうことだったと思う？」

「いいや」ジムはほがらかに答えた。

「どうしてさ？」ハート少年が勢い込んで尋ねた。

「僕はそういう考え方をしないからだろうな。おまけに、船底に穴をあけるにはボートを引き上げなきゃならない。ドリルと小型のこぎりと隙間をふさぐパテを用意して――ばかばかしいにもほどがある！」

「今日は何時に潮が引いたの？」パトリシアが訊いた。「昼食の頃じゃなかった？」

「十二時四十五分だ」ジムが答える。

「ということは、そのときシーミュー号は船台に載っていたんでしょ？」

「ああ」ジムはしぶしぶ答えた。

「ジム、すべての条件に当てはまるのがわからない？　ボートは十一時少し過ぎにあなたの手で係留され、その一時間後には干潮で陸に乗り上げ、ティモシーが乗り込む頃にはまた海に浮かんでいた。これは考え抜かれた計画で、タイミングも計算されていたのよ！」

「たわごとだ！」ジムが言った。

「たわごとじゃない！　バッチリ筋が通ってる！」ティモシーが言い返す。「でも、殺人者は誰？　僕さ、ダーモットさんが又従兄のクレメントを消した人物だと思ったけど、あの人がジムまで消したい理由はわかんないなあ」

「誰にもわからないさ。そのろくでもない考えを頭から消してくれよ」

「ねえジム、もしもロバーツさんがあなたに警告しなかったら、私だってこんなこと考えなかった。

でも、危険な――」

「なあ、ロバーツは口から出任せを言ってるだけだよ。とにかく、彼は事故の一部始終を見届けたわけだから、君の仮説に一理あるなら、シーミュー号は仕掛けをされたと真っ先に疑うだろう。ところが、そんな話はおくびにも出さなかった」

「僕が思うに」ハート少年は持論を押し進めた。「犯人はマンセル父子のどっちかだ。ほかにもうひとりだけ、ジムを殺す動機がありそうな人を思いつく。次なる相続人――又従姉のモードだよ」

「モードはシドニーに住んでるんだぞ」ジムが言った。「残念でした、やり直し」

「住んでないかも！」ティモシーはどうしても最初の考えを捨てたくなかった。「ずっとこっちにいたのかも。変装してさ！」

「ありうる話だろうな。じゃあ、モードはイギリスにいたのに、どうやってオーストラリアからエミリー大伯母様にお悔やみの手紙を出したんだ？　それがわかれば解決だ」

「いよう、減らず口！」ハート少年は急にアメリカ英語じみた言葉をしゃべり出した。「偽装《ブラインド》って聞いたことある？」

「よく聞く」ジムは答えた。「この前もブラインドデートをしたなあ」

「そういうブラインドじゃないよ、このボケ！　ほかのだって！　ねえ聞いてよ。モードがイギリスに来る前に手紙を書いて、ある日時に投函するよう誰かに頼んで預けていったらどうなる？」

ジムはため息をついた。「今度は僕から言わせてもらう！」

「言わなくていい――」

「『間抜けな小僧』、ウィリアム・ワーズワース作！」ジムは言った。「サイラスが毎日夕食後に散歩することや、犯行当夜に霧が出ること、ほかにもこまごまとした条件を、モードは直感でわかったんだろう。あんな凶行に及んだ二カ月前には、すべてが緻密に計画されてたんだよな。ああ、おかげでくたびれたよ！」

「それは考えてもみなかった」

「よし、それを考えると同時に、高速モーターボートのことも自分に訊いてみろ。船底に穴をあける作業が、本当に女性にできる芸当かどうか」ジムは立ち上がった。

ティモシーは不承不承ながら仮説を引っ込めた。「もう、わかったよ！　これはただの思いつきだから！　実は、みんなが疑いもしなかった人が犯人だとしても、僕はちっとも驚かない。執事のプリチャードみたいな人だよ。ねえ、サイラスは誰かが欲しがるものすごく高価な物を持ってたのかな。そんな顔しなくていいでしょ！　確かに聞いたことあるんだよね。ジムは知らない話だよ。貴重な原稿とか——とか——参ったな。それなら、〝姿なき殺人者〟はこの屋敷にいるに違いないよ！」

「どうしてジムを殺すと宝物が犯人の手に入るのか、わからないわ」パトリシアが口を挟んだ。

「そこはものすごく込み入った事情があるんだ」ハート少年はしたり顔になった。

「まあ、あとはひとりでよく考えろ」ジムは言った。「行こう、パット！」

「お先にどうぞ。すぐに行くわ」パトリシアが言った。「ちょっと自分の部屋に寄るから」

だが、パトリシアはすぐ自室に向かわなかった。ジムが階下に下りたとたん、ハート少年の部屋に取って返して、こう言った。「ティモシー、今日あったことをハナサイド警視に話してほしいの。ジムはでたらめだと思ってるけど、私は彼が危険だという気がしてならないのよ」

「了解。警視に話しとく」ティモシーは約束した。「ただし」少年はむっつりとして続ける。「僕の言い分は一言だって信じてもらえないよ。警察に通用しないのはよくわかってる。誰も信じようとしないんだ」

パトリシアは、私だけは信じてあげたことを心の慰めにしなさいと言い残して、部屋を出た。ティモシーは必死に頭を絞り、屋敷に潜む姿なき殺人者の正体を暴く複雑極まる仮説を立てたが、やはり眠気には勝てなかった。パトリシアは西の棟に向かおうとした。彼女の部屋はケイン夫人の部屋の隣にあるのだ。このとき初めて、廊下の照明がとても暗いと思った。ティモシーの部屋を出て二歩も行かないうちにオグルに出くわし、パトリシアは思わずびくっと立ち止まった。

なぜ廊下にいたのか訊かれもしないのに、オグルがたちまち弁解を始めたので、パトリシアにはぴんときた。大の詮索好きのメイドのことだ、ティモシーの部屋の外で立ち聞きしていたのだろう。無理もない。なぜなら、エミリー・ケイン夫人には好ましくない一面があり、オグルに家じゅうの人間の挙動を監視させたうえで情報をえり抜いているからだ。オグルには、ここ二週間ずっとドアの前で聞き耳を立てる動機に事欠かなかったはず。パトリシアはこの悪しき習慣に慣れていたので、笑みを浮かべただけだった。「わかったわ、オグル。そんなに謝らないで！」

メイドの血色の悪い頬に赤みが差し、彼女は世間知らずなことを言った。「警察が嗅ぎ回る時間はなるたけ短いほうがいいんです。済んだことはしょうがないじゃありませんか。失礼ですけど、ティモシー坊ちゃんがジェイムズ様のボートを沈めたとしたら、そりゃ予想どおりの成り行きで、警察を呼ぶまでもありません」

パトリシアは眉を上げた。「なぜ呼んではいけないの？」

「このお屋敷じゃ目障りですから」オグルが無愛想に言った。「どうせ何もわかりゃしません。クレメント様の事件のときと同じです。大奥様に心配をおかけするだけですよ」

「クレメントさんの事件はまだ解決していないのよ」パトリシアは言った。「前にも言ったけれど、検死審問は休廷しただけなの」

「何もわかりゃしませんって」オグルは繰り返す。「もう来なきゃいいんですよ。あの厚かましい連中、大奥様にあれこれ質問して！　ま、あたしからは何も聞き出せなくて、けっこうでしたね」

パトリシアはこの発言には答えるまでもないと思った。自室に向かい、ほどなく客間にいる一同に加わった。

いつものとおり十時にケイン夫人を寝室に送り届け、オグルの世話にゆだねると、階下に戻り、ジェイムズ・ケイン氏の誘いに応えて月夜の庭園を散策した。

暖かくてすばらしい夜なのに、花が咲いている低木の茂みからガサガサ音がして、婚約者とふたりきりで過ごす喜びが萎えてしまった。理性的なパトリシアは、その物音は野良猫か夜行性の鳥が立てたのだろうと考えた。それでもジムに危険が迫っていることを思い出し、すぐさま言い訳をして室内に戻った。

客間にはノーマとローズマリーだけがいて、サー・エイドリアンは図書室に避難したあとだった。ジムとパトリシアがフランス窓から入ると、ノーマはしゃきっと背筋を伸ばしてカードテーブルに向かっていた。ややこしいトランプの一人遊びを楽しみながら、生きがいを見つければうんと幸せになれるとローズマリーに説いているのだ。

ローズマリーはこの意見に一も二もなく賛成だったが、ロシアの血のなせるわざで、どんな生きがいもせいぜい数カ月しか長続きしないと語った。

「あらやだ、つまらないこと言わないで！」ノーマが勢い込んで言った。「あなたは怠け者よ。それだけが問題なの。慈善事業を始めたらどう？」

「体がもたないでしょうね」ローズマリーは答えた。「私は退屈したら神経がめちゃくちゃになっちゃう、そういう不幸なタイプなので」

「私は神経質とは程遠くてありがたいわ！」

「ほんと、お幸せな人ね。この恐ろしい屋敷に漂う空気も感じないみたいで」ローズマリーは身を震わせた。

「何もかも気のせいよ！」ノーマは断言して、きびきびとトランプを切った。

「やっぱり、そうくると思った。それでも、ここには不気味な空気が漂ってる。もっと敏感になってほしいわねえ」

ノーマはトランプから目を上げた。「無神経だと思われても一向にかまわないわ、ローズマリー。でもね、私の人格を傷つけようとした発言なら、失礼にもほどがあるとしか言えないわね」彼女はきつい口調で言った。

こんな反論をされるとは思いもよらず、ローズマリーは真っ赤になって、しばし言葉を失った。ノーマは力強い手でトランプを置いていき、ローズマリーの沈黙をいいことに話を続けた。「あなたがしきりに自慢する神経の細やかさはね、まわりの人の気持ちを勘定に入れてないのよ。自分のことばかり話さずに他人を思いやれば、今よりも幸せになれる。それればかりか、一緒に生きていくのが楽しい人にもなれるわ」

「ええ、私ってとことん自分勝手」ローズマリーは冷静そのものの口ぶりで言った。「私が自分を知り尽くしてないと考えちゃだめよ。知ってるんだから。自分勝手で、ひどく気まぐれで、軽薄な女なの」

「自分勝手なだけならまだしも」ノーマは言った。「怠惰で、薄っぺらで、寄生虫で、底抜けのばかね」

ローズマリーはついにかっとなり、立ち上がった。彼女は震える声で言った。「まあおかしい！　まったく、笑わずにいられないわ！」

「笑い飛ばしなさいな」ノーマは勧め、パトリシアの姿に目を留めた。

「あなただって目の前で夫が撃たれるのを見たら」ローズマリーはいささか正確さを欠くことを言い出した。「苦しみってどんなものかわかるでしょうよ」

ノーマは目を上げて、激怒している美人をじっと見た。「最初の夫は、あなたも知っていると思うけど、二十年前に戦場で負った傷が元で死んだわ。私は夫を看取ったの。あなたが苦しみのなんたるかを教えてくれるというなら、喜んで聞かせていただきましょう」

気詰まりな沈黙が流れた。「ときどき、頭がおかしくなればいいと思うの！」ローズマリーは言った。「誰も私の性格をわかってくれない。おやすみなさい！」

「おやすみ」

ローズマリーの背後でドアがばたんと閉まった。ジムは窓際から歩み出た。この注目すべき対話のあいだ、パトリシアとふたりでそこから動かなかったのだ。「おいおい、母さん！」彼は母を諌めた。

「この家では少し率直にものを言わなきゃだめなの！」ノーマが勢いよく言った。「あの若いあばずれが言うに事欠いて、この私が苦しみはどんなものか知らないだなんて！　あの女！　ねえ、彼女は未亡人の生活をのうのうと楽しんでいるのよ！　私が目の前で起こったことに気づかないとでも思う？　この家に漂う空気ですって！　はん！」

　パトリシアはほほえんだ。「ローズマリーにはあまり共感しませんけど、私もその空気は感じます」

「塩ひとつまみでお祓いしなさい」ノーマがぞんざいに言った。

　このつまらない提案のおかげで、パトリシアはふだんの落ち着きを取り戻したが、やがて二階に上がってからティモシーの部屋で交わした会話が脳裏によみがえった。〝正体不明の殺人者〟がこの屋敷に潜んでいるという面白い仮説を聞いても、さすがに真に受けなかったけれど、ジムが寝る前に寝室のドアに鍵をかけたとわかりさえしたら安心できただろうに。まあ、彼が殺されないよう用心するなんて、およそありえないわね。

　さらによく考えて、パトリシアは納得した。犯人が誰であれ、ベッドで寝ているジムを殺したらたちまち発覚する恐れがあり、実行は生易しいことではない。バスルームの温かさと明るい光の中では、恐怖心はばかばかしいものに思える。だが、薄暗い廊下を自室に戻るときは自信がぐらついた。ベッドに横になると、カーテンの合わせ目から月の光が射し込み、アメリカヅタが窓を叩いた。結局、ティモシーの仮説は正しかったのかもしれない。パトリシアは〈断崖荘〉の男性使用人たちを容疑者の候補にして、さまざまな突飛な考えを頭の中でもみくちゃにしながら、ようやく眠りについた。

　数分眠ったと思ったら悲鳴が響き渡り、パトリシアはぱっと目が覚めた。半信半疑で起き上がり、明かりのスイッチを入れた。枕元の時計の針は午前一時十五分を指している。悲鳴は不穏な夢の中で聞こえたのだと思い、また寝ようとしたら再び悲鳴があがった。あれはティモシーの声だ、うろたえてけたたましく叫んでいる。彼女はベッドから跳ね起き、ガウンをつかんだ。部屋のドアをすばやくあけると、ティモシーの金切り声が響いた。「ジム！　ジム！」

パトリシアが廊下からティモシーの部屋に駆け込むと、意外にもそこは月光で照らされているだけだった。明かりをつけたところ、少年はベッドの隅に縮こまっていた。額に汗を浮かべ、目を見開いて彼女を睨みつけている。

「そこに男がいる、男がいるんだ！」ハート少年は苦しそうにあえいだ。「ジム、ジム、男がいる！」

パトリシアも冷静ではいられず、かぼそい悲鳴をあげてよろめいた。「どこに？　誰がいるの？」

ティモシーはパトリシアには目もくれず、息を切らして言った。「〝殺人者〟だよ！　目がギ、ギラギラしてた！　そこにいる！　僕は見たんだ。ジム！」

パトリシアがさっと振り向いて、少年の怯えた目が見つめる方向を確かめたとき、ジムが部屋に入ってきた。眠そうで、髪が乱れている。「いったい何事だ？」

「奴がいた、いたんだ！」ハート少年はがなり立てた。「この部屋に男がいたんだよ！」

「へえ！」ジムは慣れた目を異父弟に走らせた。「目を覚ませ、このばか！」

ジムが懐中電灯でティモシーの顔を照らすと、少年ははっと声を漏らして我に返り、異父兄の腕にすがった。「ああ、ジム！」少年はすすり泣いた。「ジムってば！　お、男が、か、仮面をつけてた！うへっ！　絶対に、だ、誰かがこの部屋にいたんだ！」

「ばか言え！　悪い夢でも見たんだ。それだけさ」ジムはティモシーを揺さぶった。

「うん、わ、わかってるけど――あれはだれ？」

恐怖で甲高くなる声を聞いて、パトリシアは思わず振り向いたが、サー・エイドリアン・ハートの堂々とした姿が見えただけだった。錦織のガウンに身を包み、一筋の乱れもない髪で、部屋に入ってきた。

　ジムは身を引いて、ティモシーにドアを見せた。「おまえの父さんじゃないか。しっかりしろ！」

　ティモシーはこわばった筋肉を緩めたが、ジムの腕を放さなかった。「う、うひゃあ、例のさ、殺人者かと思った」

「なんだと思ったって？」サー・エイドリアンは少々面食らった。

「大丈夫ですよ。このばか者が、この家に〝姿なき殺人者〟がいるという乱暴な仮説を立てて、悪い夢を見たんです。おいおい、パット、君だってどうかしてる！　こいつは夢を見てただけだ！」

「ええ、そうね」パトリシアは少し動揺していた。「ばかみたい。それくらいわかってたはずなのに。私も寝ぼけてたせいかしら。ティモシーは目を見開いてたし、夢を見てるとは思わなかった」そのとき彼女は自分の格好に気がついた。頭にヘアネットをかぶり、ショールを引っかけたようにガウンをはおっている。自然と惨めな口調になった。「もう私ったら、この世のものとは思えない姿でしょうね！」

　しかし、そこへノーマが部屋に入ってきた。寝癖がついた白髪と色あせたパジャマの上からはおったレインコート。そのすさまじい身なりを見て、パトリシアは自分のだらしない格好が目を引くとは思えなかった。

「どうしたの、ティモシー！　また悪い夢でも見ちゃった？」ノーマが訊いた。

「ねえ、ママ、ここに仮面をつけた男がいたような気がしたんだ！　ぞっとしたよ！」

「お水を飲みなさい」ティモシーの母親は洗面台に近づき、グラスに水を注いだ。

　ティモシーはグラスを受け取り、水をごくごく飲んだ。

「怪しい人がうろついていないでしょうね？」ノーマが言った。「階段の上がり口を通ったら、玄関ホールの明かりがついていたのよ。ジム、ちょっと見て回ったほうがいいわ。手元に拳銃があれば、自分で行ったんだけど。この国のお粗末な当局のせいで、愛用の銃はまだ拘留中よ」

「心配ご無用」サー・エイドリアンは言った。「明かりが点いたのは、私がスイッチを入れたからだ。階下《した》で読むものを探していたら、ティモシーが大音響を立てた。もう騒ぎが治まったなら、また本を探すことにするよ。どうだろう、説教集でも読んだら眠くなるかね？」

「名案ですよ。ご子息にも一冊持ってきて下さい、エイドリアン」ジムは言った。

「ティモシーに必要なのは本じゃなくて薬だわ」ノーマは言った。

「やだよ、お母さん！」ティモシーは文句を言った。

「ついてないな！」ジムは異父弟が気の毒になった。「とはいえ、いい気味だ。おまえはパトリシアを怖がらせたんだから」

　ジムとパトリシアはティモシーを母親の慣れた手に任せ、各自の部屋に戻った。その夜はもう不穏な出来事は起こらず、翌朝ハート少年は元気よく、一日を精力的に過ごす計画を抱いて朝食の席に現れた。ローズマリーは（本人の弁では）非常に眠りが浅いたちにもかかわらず、昨夜の騒動のさいちゅうにはすやすやと眠っていた。この一見不可解な現象は、神経がボロボロになって眠り込んでいたせいだと彼女は説明した。だが屋敷に漂うまがまがしい空気に苦しめられ、午前三時以降はろくに眠れなかったという。

「いいかげんにして！」ノーマが口を挟み、皿にマーマレードをたっぷりと取った。「もう悪夢の話はごめんだわ」

ティモシーは朝の心地よい陽射しを浴びて、昨夜の騒動を愉快な冗談にしたくなり、あんなイカした悪夢を見たのはジムに『替え玉』という映画に連れて行ってもらったとき以来だ、とうそぶいた。

「だから犯罪に興味があるんだよね。前の乳母は、僕がいろんなことで心を痛めてるって言うんだ」

「ジムに『替え玉』に連れて行ってもらったとき」ティモシーのユーモアを解さない母親が言った。「犯罪で心を痛めて悪夢を見なかったけど、ロブスターで胃を痛めたわねえ。今でもよーく覚えているわ。夕食に何を食べさせたのかとジムに訊いたら、誰でも想像がつくような胃もたれする料理をずらりと並べたのよ。最初がロブスターで、おしまいがマッシュルームトースト。だから、ばか言うんじゃありません！」

この情けない思い出話のせいで、ティモシーはしょんぼりとした。「お母さん！」となるように言うと、また押し黙り、朝食を終えるなり食堂を出て、もっと感じのいい人たちを探しに行った。

昼近くにティモシーがハナサイド警視に会ったときも、朝食時と同じくらい気が滅入った。シーミュー号を沈めた釈明をすると、警視は生真面目な様子で耳を傾けて、優しい灰色の目の奥をきらめかせた。ティモシーはそれを見逃さなかった。誰にも言い分を信じてもらえないのは気の毒だと警視が重々しく言ったところ、少年は乱暴に言い返した。「まったくだよ。僕がサイラスは殺されたと言っても誰にも信じてもらえなかったけど、彼は絶対に殺されたんだ！　警視さんだってそう思ってる！」

「サイラスさんの事件はひとまず脇に置いて」警視は言った。「シーミュー号の件はどうしてほしいのかね？　船体を引き上げるとか？」

「ううん。ジムの話だと、ボートの底に穴があけられてたら、その底板はきれいにはがれちゃっただろうって。ただ、ジムを見守ってほしいんだ。パトリシアは——ほら、ミス・アリソンだよ——僕みたいにジムの命が危ないって思ってる。それにロバーツさんも」

「いいとも、おにいさんをしっかり見守ろう」ハナサイドは約束した。

ティモシーは嫌悪感がくすぶる目を警視に向けると、友人の部長刑事を探しに行った。

ヘミングウェイ部長刑事は適度な好奇心と驚きを示してティモシーの話を聞き、少年の傷ついた心を癒やして、どんな仮説を立てたのかと訊いた。すっかり励まされたティモシーは、部長刑事に秘密を打ち明け、〝姿なき殺人者〟の仮説を披露した。

「その説が当たってても不思議じゃないなあ」部長刑事は首を振った。「まさに死神の手ってやつさ。本で読んだことがあってね」

「似たような事件を扱った経験は?」ティモシーが意気込んで訊いた。

「いやあ、実際に扱ったことはない」部長刑事は言った。「そりゃま、だいたいその手の事件はお偉いさんのためにとっとくんだよ」

「ねえねえ、これが〝姿なき殺人者〟の犯行だとわかって、あなたが正体を暴いたら、すごい実績になるんじゃない?」

「あたしもまさにそう考えてたとこだ」ヘミングウェイは言った。「ただ、決まった仕事を放り出して、勝手に殺人者を探し始めたら、ボスのお気に召さないな」

「ロンドン警視庁でも、妬みがつきまとうんだね」ティモシーが憂鬱そうに言った。

「きっと仰天するぞ」ヘミングウェイは答えた。「ひどいもんさ」

「じゃあ、ここの人たちを見張ったほうがいいと思わない?　たとえば、プリチャードを監視できないの？　犯人はたいてい執事だし、僕が見る限り、まだ誰も彼を疑ってもいない」

　そのときヘミングウェイは極悪非道な計画を思いついた。「もっともな話だがね、いいかい、我々は警官だから、不利な立場に置かれてる。是が非でも欲しいのは助手だね。さあ、君がプリチャードと、ついでにほかの面々も見張ってみたら、何かわかるかもしれないぞ」

「よし、僕が見張る」ハート少年の目が輝いた。「じゃ、プリチャードがおかしな真似をしたら、すぐ報告するね」

「その意気だ」部長刑事が励ました。「奴に張り付け！」あとで、この出来事を上司に報告した際にはこう言った。「これでも執事に殺意が湧かなかったら、もはや奇跡でしょうな」

「私なら汚い手口だと言わせてもらう」ハナサイドは言った。

「ごもっとも」部長刑事は得意そうに頷いた。「だけど、あたしの見方はこうです。あたしか執事が坊やの犠牲になるんなら、執事に犠牲になってもらったほうがいい。ところで、『ヘスペラスの残骸』（ロングフェロー作の物語詩。傲慢な船長が周囲の忠告を無視して難破する）事件をどう思いました、ボス？」

「特にどうとも。よくありそうな話だ。私が聞き出した限りでは、そもそも殺人の噂を広めたオスカー・ロバーツもなんとも思っていないようだぞ」

「ええ、あの人はまったく軽はずみなことをしましたよ、ほんと」部長刑事はニヤニヤした。「天災ティモシーに恨まれますな。で、ポール・マンセルの新しい情報はつかめないんでしょう？」

　ハナサイドは首を振った。「ああ。マンセルは確かに〈ブラザートン屋敷〉にテニスをしに行った。そこは供述どおりだ。クレメント・ケインが殺された日、屋敷に午後三時半に招かれていて、三時四十五分に到着した。それならクレメントを射殺した可能性が多分にあるが、あくまでも可能性にしかならない。マンセル本人の話では、問題の土曜日、トレント夫人という女性と昼食をとり、彼女の家から〈ブラザートン屋敷〉に向かった。トレント夫人は細部に至るまでマンセルの話を裏付けている」

ヘミングウェイ部長刑事は上司をよく知っているので、知的な目を上げた。「ほほう、そうですか？　気取り屋ポールがそれなりのお礼をして？」

「マンセルが報酬を支払ったとしても驚かないが、その証拠はない。トレント夫人は金髪のけばけばしい未亡人でね。いとも落ち着き払っていたよ。尻尾をつかめなかった」

「ははあ、古狐夫人てわけで」部長刑事が盛んに頷いた。「夫人とポール坊ちゃんのことはちょいと噂になってます。ポールが土曜日の何時にテニスパーティに向かったか、夫人は覚えてたりしますかね？」

「ああ、夫人の話では、三時二十五分に出たそうだ。ポートローのトレント家から〈ブラザートン屋敷〉まで、湾岸道路を使って十二マイルほどだ。途中で〈断崖荘〉を通り過ぎる。あの道路は走りやすいし、混雑しない。ポールは、本人が言ったとおり、ちょっと急いだならば、目的地まで二十分もかからなかっただろう」

「トレント夫人の貴重な証言を裏付けする使用人は？」

「いない。ひとりで雑多な仕事をこなすメイドはいるが、昼食後はすぐに半日の休暇を取っていた」

「ちとうさんくさい話ですな」部長刑事が言った。「やらせに聞こえます。署の前の立ち番や交通整理をしてる優秀な若手で、誰かポールの車が町を出たのを覚えてませんかね？」

「見込みなしだ」ハナサイドは答えた。「トレント夫人はジェラード街に住んでいる。マンセルは信号式の交差点さえ渡れば町を出られたんだよ」

部長刑事はいまいましげに言った。「そういうのを進歩って言うんでしょうな。この先どんな世の中になるのか、さっぱりわかりません」

ハナサイドはくすっと笑ったが、諦めたわけではなかった。「車の目撃者がいるかもしれん。カールトンに調べてもらう」

「どうせ目撃者はいませんよ」ヘミングウェイは苦々しげに言った。「いたとしても、見たのは三時十五分だったか四十五分だったか、おぼつかないでしょう。何度かこんな痛い目に遭いましたっけ！」

「ふむ、マンセルが嘘をついていて、クレメント・ケインを射殺したのなら、誰かが〈断崖荘〉の外から走り去る車を目撃した可能性もある。マンセルは正門から入らなかった。通用門から入ったのは不自然だと思ったんだ。そこにロッジはないが、彼は敷地に入ったか入らないかの場所に駐車した。彼がクレメント殺しの犯人だとしたら、路上に駐車して、通用門から敷地に入り、シャクナゲの茂みに隠れて屋敷に忍び込めばいい。極めて簡単だよ」

「警視殿」部長刑事が尋ねた。「崖道沿いに駐車して、中で人がうまい弁当を食べてる車は何台くらいありました？」

「ああ、そうかそうか！」ハナサイドは言った。「何台もあったな。だが、マンセルの車はこのへんでは有名だろうし、見慣れている人の注意を引きかねない。これは大ばくちだが、我々の大ばくちは当たることもあるぞ、大将」

「どっちかといえば、大ハズレ」ヘミングウェイは相変わらず鬱々としている。「もうしっちゃかめっちゃか。この事件はそうとしか言えませんや。どこで始まったかわからないし、天災ティモシーの言うとおりなら、どこで終わるのかもわからない。おまけに、どこから手をつけていいのかもわからないから、文句を言いたくもなりますよ。まともな殺人事件っていうより、うちのかみさんの毛糸のかせを子猫がいじくったみたいなもんで。つまり、片っぽの端を押さえて糸をたどっても、がっちりした塊が出てくるだけで、どうしようもありません。今度は反対側の端をつかんで糸を繰ると、子猫が噛みちぎった先っぽが手に残るんです。残った毛糸はぐちゃぐちゃのまんまでね。さてと、警視殿にお尋ねします！　いいですか！　まずはサイラスです。老人は殺害されたのかもしれないし、されなかったのかもしれない。殺害されたとしたら、クレメント事件と同一犯の犯行です。ただし、第三者にもチャンスがあれば話は別ですよ。もう頭が混乱してます。筋が通りませんよ」

「君が言うとおり、筋が通らない」ハナサイドは言った。「確かに難題だ。考えられることが多すぎる。最悪なのは、我々が最初から捜査に加わらなかったことだ」

「あの事件から始まったとすれば」部長刑事が口を挟んだ。

「いかにも、あの事件から始まったとすればね。サイラス・ケインの身に何が起こったか、真相は藪の中だろう。推論で答えを出せるかもしれないが。地元警察は、クレメントの当夜の行動についての言い分を受け入れたが、表向きは最有力容疑者だった。しかし、そのクレメントが殺され、彼がサイラスを殺したように見えなくなった」

「もっとも、これがおかしな連続殺人で」ヘミングウェイは言った。「新しい相続人がそれぞれ前任者を始末してるんなら、また事情は変わってきます。そんなことをしかねない連中ですよ」

「ありそうもない話だ」ハナサイドは言った。「頭の中で事件を整理してごらん、大将。いくつかの視点で考えなくてはならん。第一の視点はこうだ。どちらの被害者も同一犯の手で、おそらく同じ動機から殺害されている。これで、ダーモット、ケイン夫人、オグル、レディ・ハート、ローズマリー・ケインが容疑者から除外できる。サイラス・ケインが死んだとき、レディ・ハートは帰国していなかったし、彼女もローズマリーも大の男を崖から突き落とせなかっただろう。あのふたりにそれだけの腕力はない。そこで残ったのがジェイムズ・ケインとマンセル父子《おやこ》だ。この三人の誰にでも、二件の殺人を犯すことができたはずだ。ジェイムズ・ケインはサイラスの殺害時刻のアリバイがない。いっぽう、ジョー・マンセルは妻の証言に全面的に頼っている。ポールはここでも神出鬼没のトレント夫人に頼った。その晩は一緒に過ごしたらしい」

「なるほど。しかし、ひとつ問題がありますよ、警視殿」部長刑事が抗議した。

「問題はいくつかある。今のところ、我々は仮定に基づいた捜査をしているだけだからな。では、第二の視点から事件を見てみよう。被害者はふたりとも殺害されたが、犯人は別々で、動機も異なっている」

部長刑事はうなった。「そんなのありえませんよ」

「ありそうもないな」ハナサイドは同意した。「しかし、現実にはそうだったかもしれん。私はクレメントのアリバイに決して満足していないぞ。サイラスが死んだ夜、彼は車で妻を連れ帰ってから、こっそり〈断崖荘〉に取って返せなかったわけがない。いいかい、あの夫婦は別々の寝室を使っている。クレメントが喉から手が出るほどサイラスの遺産を欲しかったのは、自分のためではなく妻のためだ。彼女に首ったけのようだったからね。さしあたりクレメントがサイラスを殺したとして、その後の出来事を考えてみよう。クレメントがケイン家の財産を相続する際、ローズマリーは、噂を信じていいならば、夫を捨ててダーモットと駆け落ちする瀬戸際だった。ところが、相続後は一転ダーモットに肘鉄を食らわした。まあ、君もダーモットの姿を見ただろう。あれはまさしく情緒不安定なタイプで、ちょっと挑発されるたびに激怒して、暴力を振るうんだよ」

ヘミングウェイは顎を撫でた。「辻褄が合う」彼は納得した。「問題は、どの仮説も辻褄が合うことです。ローズマリーの話は、サイラスの死を殺人にしなくても辻褄が合いますよ」

「ほう、第三の視点から見ているわけか」ハナサイドは言った。「まだ第二の視点が片付いていないぞ。クレメント・ケインとダーモットの組み合わせは考えたから、ほかの組み合わせも見てみよう。クレメントをサイラス殺害犯だと仮定して――」

「マンセル父子はどうなります？」

「とんでもない。マンセル父子とジェイムズ・ケインはどうしても第一の視点に入る容疑者だ――ふたりの被害者は同一の動機から同一犯によって殺害されたという視点のね。ではクレメントを保留にして、ダーモットは無視しよう。あとはケイン夫人とオグルとレディ・ハートが第二の殺人の容疑者として残る。いずれも犯人とは思えないが、いずれも犯行が可能だ。さて、次は第三の視点に移ろう。サイラス・ケインは事故死したという視点だ」

「そりゃ最悪の展開です」部長刑事が言った。「もしかしてと思うだけでも、むかっ腹が立ちますよ」

「いや、それが違うんだ。マンセル父子は容疑者から除外しなくてはならん。彼らが取引を邪魔したサイラスを殺さなかったとしたら、同じことをしたクレメントを殺した可能性は低い」

「まあ、そりゃ一理ありますわな」部長刑事は言った。「だからといって、がらりと事情は変わりませんよね？　まだジム・ケインとそのお袋さんにケイン夫人にそのメイド、ローズマリー・ケインとその優男がいるし、天災ティィモシーが犯人だっておかしくない。容疑者はこの七人にしますよ」

「ティィモシーは検討したくないね」ハナサイドが言った。「容疑者は六人だ」

「さてどうでしょう。あの子はギャング映画やら犯罪が大好きですからねえ、犯人じゃないとは言い切れません。それでも、六人で手を打ちますか」

「七人目がいるかもしれん」ハナサイドが言った。「しかし、それは何者かがジェイムズ・ケインを本気で亡き者にしようとしているかどうかにかかっている」

部長刑事は目をぱちくりさせた。「でも、その容疑はマンセル父子に戻ってきますよね、ボス?」

「いや、まだ決め手に欠ける。オーストラリア在住とされている又従姉もいるよ」ハナサイドが言った。「念のため、電報でシドニー警察に身元を照会しておいた」

第十二章

ハート少年はシーミュー号が沈没した原因をひっきりなしに話し合おうとしたが、母親が私の前で二度とその話題に触れないでと言って、話を切り上げさせた。ノーマはティモシーの話を眉唾物だと思いつつ、次男が想像力を働かせて、長男の命が危険にさらされていた可能性を考えたことに異存はなかった。だがエミリー・ケインは、ティモシーのおぞましい空想のひとつを耳に挟むと、つぶさに説明するよう命じて、その内容にうろたえた。パトリシアはケイン夫人の不安を鎮め、うまくなだめて上機嫌に戻すのに一苦労した。

ケイン夫人は動揺するたびに短気になる。女性特有の弱さを見せたり、慰めの言葉を求めたりするのは心外だったのだろう。夫人はジムの命が危険だと考えるだけでばかばかしいと非難したり、そんな話は聞いたこともないと言ったりして心を落ち着けた。また、そばに寄る誰彼のあら探しをして、ティモシーのろくでもない考えは母親の受け売りだろうとも言った。

ノーマはその言葉を悪く取らず、心から愉快そうに笑った。「大違いですわ、エミリー伯母様。あの子はそうした考えをお友達のロバーツさんから仕入れたんですの。私もムチャクチャだと思います」

ケイン夫人の口が動いた。夫人はノーマを睨んだ。「あの男！　あの男になんの関係があるのです？　プライバシーを侵害するやり方ですよ！　もう我慢なりません！」

ちょうど部屋に入ってきたジムは、この聞き慣れた言葉を耳にして、即座に尋ねた。「誰かが大伯母様の不興を買ったんですか？　恐ろしい顔をしていますよ」

相手がジムでなかったら、ケイン夫人はからかうような挨拶をされたら黙っていないところだ。だが、夫人に言わせれば、ジムのすることなすことは正しいので、軽く会釈してから返答した。「わたくしの忠告を聞くなら、あの男を追い出しなさい！」

「誰を？」ジムはパイプに煙草を詰め始めた。

「あのロバーツです。あなたの又従兄は彼の軽佻浮薄な計画に手を出すべきじゃありませんでした。この家になんの用があるか知りませんが、まるで家族のように出入りするなんて！」

ジムはこのどこか不公平な悪口を聞き捨てならなかった。「ロバーツはクレメントの死の謎を解こうとしているんでしょう。警察が発見していない事実にも精通しているくらいですが、あまり教えてもらえません」

ケイン夫人の曲がった指が黒檀の杖の柄を握り締めた。「厚かましい！　内輪の話に首を突っ込むとは！　小言を言ってやりたいですね！」

「どうぞ存分に」ジムはパイプの火皿にかざしたマッチの火越しに大伯母を見下ろした。

「いい気味です！　よけいなおせっかいをされなければ、誰もが助かるというものですよ」

「いやあ、それはどうでしょう」ジムはお茶を濁した。「ロバーツが事件の謎を解けるなら、僕は全面的に支持します。殺人騒ぎはもうこりごりですし、捜査は遅々としてはかどらないようじゃないですか？」

「警察は期待以上の働きをしていますよ！」ケイン夫人は腹立たしげに言った。「わたくしたちのことを新聞に載せ、もっと面白い話はないかと探っている！　あなたの大伯父が生きていて、こんなところを見たら、なんと言ったでしょうね」

「確かめるには墓を掘り起こすしかありませんね、大伯母様」

ケイン夫人はこれに答えなかったが、唇を噛んで、目の前の空間を冷たく見据えていた。ノーマが言った。「外聞をはばかることなどありませんわ。新聞雑誌の取材には慣れますもの。私はさんざん記者に追いかけられて、もうびくともしません」

「そうでしょうよ」ケイン夫人はさも不愉快そうに言った。彼女はジムの顔に目を向けた。「あなたの命が危険にさらされているというたわごとを聞きましたよ。どういうことです？」

「それは単なる」ジムが答える。「たわごとですよ」

「それもあのロバーツの話です。次はなんと言い出すやら！　一刻も早く追い出すに越したことはありません。ティモシーにおかしな考えを吹き込んで！」

「ロバーツさんは僕が危険だとティモシーに話していません。僕に警告したんです。僕としてはお笑い種だと思いましたが、あちらは親切心だったと認めるしかありません」

ケイン夫人はフフッと笑った。「あなたを向こうの計画に引きずり込もうと手間をかけたんです。そうに決まっています。安請け合いをしてはなりませんよ！」

ジムはほほえんで、首を振った。ケイン夫人は勘ぐるように睨みつけた。「またあのマンセル父子《おやこ》にしつこく言われたんですか？」

「いいえ。今日ポートローでジョー・マンセルに会ったら、いろいろと相談したいことがあると言われました。それで、明朝オフィスを訪ねる段取りをつけました。その場で例の質問が出るんでしょう」

「どう返事をするんです？」

「何も言いません。エイドリアンにこの話をしたら――」

「あの人は何を知っているつもりでしょうね！」ケイン夫人がとげとげしい声で口を挟んだ。

「あら、エイドリアンはばかじゃありませんわ！」ノーマは言った。

「実際、エイドリアンはオーストラリア計画のことは何も知らないそうです」ジムは言った。「彼の助言は、会社に行ってエヴァラードとドーソンに提案を出すことで――ここの問題がもう少し落ち着いたら手を打ちますよ」

ケイン夫人もそれには文句がつけられず、今度は黙り込んだ。

「明日ジョーに会うことをパトリシアは知ってる？」ノーマが訊いた。

「いいや。特に知らせてないけど」

「じゃあ、黙っていなさい。あの子、あれこれ妄想を始めるだけよ」

「言わないよ。ここにいるふたり――とエイドリアン――にしか言ってない。神経過敏な人（パットはそうじゃないよ）が僕の危険を予感しそうだと思ったわけじゃないけどね。マンセル父子が僕の血に飢えていたとしても、まさか自分のオフィスでバラそうとはしないさ。ただ、パットは今回の件でちょっと動揺してるから、明日の予定を教えないほうがいいんだよ」

ノーマは考え込むようにジムを見た。「そもそも、ばかげた話よ。それでも、用心するに越したことはないわ。あなた、拳銃を持ってる？」

ジムは笑った。「いいや、そんなもの持ってない」

「私だったら、肌身離さず持ち歩く。アフリカでは野営地を変えるたびに、瓶を並べて、村人全員が見ている前で軽く射撃の練習をしたわ。おかげでちっとも困ったことがない。強盗にも遭わなかったんだから」

「母さんは驚きそのものだよ」ジムはほれぼれとして言った。「だけど、ここは暗黒大陸の僻地じゃないし、僕の射撃の腕前に感心する人がいるとは思えないね」

「何を言ってるの。あなたの腕は悪くない！　そんなに自分を卑下してはだめ！」ジムの母親はびしびしと言った。

ところが、翌朝ポートローへ出かける際、ジェイムズ・ケイン氏は武器を持たず、お付きの者も連れていなかった。後者については、ハート少年の罠から救ってくれた継父に感謝するしかなかった。

ジムがガレージに行くと、サー・エイドリアンがおぼつかない手でガソリンの大型缶からライターに補充していた。手より頭を使い慣れている人間の御多分に洩れず、あまり動かずに大きな成果を上げようとしたのだ。ひどく不快そうな顔つきで、継息子《まま》がガレージに入ってくると、もっと早く来ればよかったのにと言った。

「なんたる汚れようだ！」ジムが言った。「どうして煙草屋で補充してもらわないんです？」

「できるのかい？」サー・エイドリアンはぼんやりと訊いた。「こんな厄介な代物とは縁がなかったからね。これは君のお母さんが譲ってくれたんだよ。あまり気前よく物を手放さないでほしいね」彼は油がしみた布切れで手を拭いて、自分の仕事ぶりを諦めたような目で眺めた。「これからジョゼフ・マンセルに会うのかい？　君に拳銃を持たせたほうがいいと、お母さんがとんでもないことを言っていた。このおかしな家を牛耳っている芝居がかった空気に、君まで染まってはいないだろうね」

「目に見えた影響はありません」ジムはガソリン缶を脇にどけて、愛車のステップに足をかけた。

「パットはエミリー大伯母様と出かけましたか？」

「いいや。バスでポートローに出かけた。お母さんがケイン夫人に付き添っているよ」

ジムはにっこりした。「母が立派な大型ダイムラーでのんびりドライブするとは、微笑ましいですね。さてと、町で何か買ってきましょうか？」

「いや、いらない。ああ、ジム！」

ジムはすでに車に乗り込んでいたが、問いかけるように継父のほうを向いた。

サー・エイドリアンは鼻眼鏡を磨き、穏やかな口調で言った。「決して約束してはいけないよ」

「しません」

「父親ほどの年齢の相手と交渉するのは、少々気まずいかもしれないな。そこはいとも礼儀正しく、まだ自分の懐具合がよくわからないとマンセルに言えばいい。それと、ジム！」

「はい？」

「マンセルのどら息子に会っても、自然な欲求に負けて――その――我を忘れて顔を押してはいけないよ」

ジムは笑い出した。「どうでしょう、いっそ同行してくれませんか、エイドリアン」

「私はオフィスではいかにも場違いだ。おや、ティモシー、どうしたね？」

彼の息子がガレージに入っていた。「なんでもない。ねえねえ、ジム、出かけるの？　一緒に行っていい？」

「絶対にだめだ」サー・エイドリアンが答えた。「ジムは仕事でポートローに行くんだぞ」

「じゃあさ、仕事が終わるまで待ってればいいでしょ？」

「だめだ。不思議だと思うかもしれないが、おまえはお呼びじゃないんだよ」

「来たければ来てもいいですよ」ジムは車のエンジンをかけた。「僕はかまいません」

「この子がいては邪魔だろう。やっぱりだめだ、ティモシー」

「だけどさ、お父さん、どうして――」

サー・エイドリアンの冷淡な視線が息子の顔に注がれた。「だめだ、ティモシー」彼は辛抱強く繰り返した。

ハート少年はため息をついて、言いたい言葉を引っ込めた。ジムはベントレーをバックさせてガレージから出すと、きらりと目を輝かせた。「お見事な手腕ですね。その目の威力ですか？」

サー・エイドリアンはかすかにほほえんだ。「人格のなせるわざさ」

彼の息子は自分のことが話題になっていると感じ取り、鼻を鳴らすと、ぷりぷりして歩み去った。

ジムは入り江を回ってポートローに至る湾岸道路の五マイルをいつものスピードで車を飛ばし、町の通りを縫って〈ケイン&マンセル社〉のビルに着いた。そこは町でも指折りの繁華街だ。ジムが堂々と車を大通りに駐車しようとすると、警官に止められ、脇道からビルの裏庭に入れと指示された。そこには差し掛け屋根の下にポール・マンセルのオープンカーも停まっていた。ジムはその隣にベントレーを停めて、車を降り、裏口からビルに入った。まったく勝手がわからず、ひどく入り組んだ梱包室と台帳室に入り込むと、女性社員たちがにわかに色めき立った。娘たちはあれが新社長だと気がつき、その外見に好感を抱き、裏口から出社するとはものすごく変な、あるいは――あとで言ったとおり――ものすごく愉快な人だと思った。じろじろ見たり、いつまでもクスクス笑ったり。同僚より図太い者たちは次々と〝まあ――ケインさん！〟と声をあげて、ジムをマンセル氏のオフィスへ案内しようと買って出た。ジェイムズ・ケイン氏は内気な男ではないが、うっとりした眼差しや、興味津々の目や、面白がっている目にさらされて、みるみる顔を赤らめた。やがて、ありがたいことにあまり人がいないフロアにやって来た。

ジョー・マンセルはひとりでオフィスにいた。若い訪問者を大げさなまでに歓迎して、肩を叩き、一番座り心地のいい椅子を勧め、葉巻の箱を差し出した。そして開口一番。「さて、ジム、五里霧中といった心境だろうね。なあ？」気まずい面談になるという継父の予言が的中した、とジムは思った。もっとも、覚悟していたほどではなかった。ポール・マンセルは姿を見せず、最初の三十分はジョー・マンセルがひたすら会社の目標と評判を事細かに説明していたのだ。ジムはジョーの話をよく聞き、何度か鋭い質問をして、事業をよく理解してくれたと褒められた。

「では、我々が進めようとしているオーストラリア計画だが」ジョーは言った。「どういうものか、少し話しておこうか」

ジムは説明してもらえるとありがたいと丁重に言い、ジョーが話すあいだは興味深く耳を傾けていた。ジョーはいよいよ虚勢を張って父親めいた口調になっていき、じきにクレメントがジムの知能を見下していたと吹き込んだ。はからずも、ジムはまことしやかに提示される計画がますます嫌になり、やがて会社を公開企業に変えるという独自の案をそろそろと切り出した。ジョー・マンセルに会社の経営権を譲るつもりはさらさらない。それはクレメントとサイラスとジョンを裏切る行為になりそうだ。一族の財を築いたマシュー・ケインに対する裏切りでもある。生まれて初めて、胸に一族の誇りが芽生えていくのを感じた。このマンセルの連中に僕の会社を思いどおりにさせてなるものか！　ちくしょう、僕はケイン家の男だ！

ジョーがジムを見ていると、若者の口元と顎がこわばり、目が冷たい光を放ち、不気味なほどサイラスに似ていた。ジョーは怒りをこらえ、ジムに対してなおいっそう父親めいた態度を取った。見解を聞かせてもらえて助かると口では言いつつ、こちらを信用して正しい方向へ進んでくれなくては困ると考えていた。

ジムがジョーに従う気はないという意志を丁重に伝える言葉を思いつかないうちに、邪魔が入った。ドアがノックされ、すぐにオスカー・ロバーツが入ってきた。

ジムはポール・マンセルだろうと思い、眉をひそめて振り向いたが、安心した顔で立ち上がった。

ジョーの顔つきから、これは突然の、歓迎されない訪問だとはっきりわかった。ジョーは最低限の礼儀を払ってロバーツに挨拶して、今は新社長と内輪の話をしているところだと辛辣に言った。

「新社長来訪の噂を聞きまして」ロバーツが言った。冷ややかで抜け目ない眼差しが、一瞬ジョーの沈んだ顔に注がれた。「ここで話し合っている内容は、私が現れようが、誰が現れようが、変わりませんね？」ロバーツはジムと握手した。「やあ、ケイン。我が社の提案を説明してほしくなったら、我こそは適任者だ」

「ごもっとも、ごもっとも！」ジョーは言った。「君は――その――都合のいいときに来たね、ロバーツ。ちょうど君の提案を検討していたところだ」

「そうじゃないかと思いましたよ」ロバーツは皮肉交じりに言った。そして、意外そうな顔で室内を見回した。「ポール・マンセル君の姿が見えないが。外出中ですか?」

ジョーは少し赤くなった。「息子は仕事で手一杯なんだ。別にいなくてもかまわんだろう」

「実は、ここで会えると思い込んでいて」ロバーツは長身の体を椅子に下ろした。「さあケイン、何を話してほしい?」

「正直なところ、何も話す必要はありません」ジムは机の上のタイプされた文書に手を載せた。「これを読めばわかりますよね? よろしいですね、マンセルさん、僕はこの文書を持ち帰って、じっくり検討します」

「もちろん! いいとも! しかし、期限が迫っているぞ、ジム。ここにいる我らがよき友をいつまでも引き止めてはおけん」

「こちらは大丈夫《オーケー》です」ロバーツは言った。「ケインには自分で調べてもらいたいし、公正な判断を下してほしい。彼がこの計画に乗らないほうがいいと思ったら、まあ、それはそれでしかたがないから、ほかを当たりますよ」

ジョー・マンセルは不服そうだったが、やむなく同意した。結局、何分か無駄話をして面談は終わった。ジョーはジムと握手しながら、君はすぐに事業を理解すると予言した。ジムとロバーツは連れ立ってビルを出た。

ジムは少々むっとしながら言った。「ひょっとして、ボディガードになってくれているんですか?」

「そうは言わないが」ロバーツは慎重に答えた。「君があのオフィスを訪ねるときは、敵地に乗り込んでいくんだぞ」

「真面目な話、ちょっとばかなことをしていると思いませんか? 死体を発見するとでも覚悟していましたか？」

ロバーツは笑った。「いやいや、事態はそこまで深刻ではない。私が君の訪問に気づいているとマンセル父子に知らせても悪くはない、と思ったのかな。用心したほうがいいぞ、ケイン」

「恩知らずだと思われたくありませんが、芝居《ドラマ》じみた真似はもうたくさんです。ジョー・マンセルは五十年前から一族の友人であり――」

「それはけっこう」ロバーツは落ち着き払って言った。「で、いったいどんなドラマかね？」

「継父はメロドラマだと言っていますよ。あなたが僕の婚約者にまがまがしい警告を何度も聞かせなければよかったんです」

「そうかい？　ううむ、ミス・アリソンを動揺させてしまったなら、まことに申し訳ない。そんなつもりはなかったんだ」

「困ったことに、僕のボートが事故に遭ってから、彼女は心ここにあらずで」

ロバーツはジムを見た。「君のボートが事故に遭ってから？」

ジムはわびしそうに笑った。「ああ、ティモシーはこの事故を話題にして、あれからパトリシアとふたりでずっと真相を突き止めようとしています。ハナサイド警視にまで話したんですよ。あのボートは細工されていて、僕と彼女が乗るはずだった、という突拍子もない仮説です。これは何があろうとふたりの頭を離れそうもありません」

「突拍子もないかな？」

ジムははたと立ち止まった。「あのですね、まさかこのたわごとを真に受けたりしませんよね？」

「まあ」ロバーツは言った。「真に受けるとまでは言わないが、私だったら一笑に付すことはしない。

ミス・アリソンがボートの細工の話を聞いたのは残念だな。知らなければよかったのに。二度は使えない手口だから、ご婦人をいたずらに怯えさせてもしかたないだろう」

「待って下さいよ。じゃあ、あなたもそれを思いついたと?」

「もちろん、思いついたよ」ロバーツは淡々と答えた。「だが、何一つ証明しようがないのに、話したところで意味がないからね。ところで、あの警視はなんと言っていた?」

「問題にしていないようです。ティモシーがボートをどこかにぶつけたのは、わかりきっていますから」

「警視がわかりきっていない点に集中したら、捜査がはかどるだろうに」ロバーツは当てこすりを言った。

ふたりはもう脇道を横切って、〈ケイン&マンセル社〉の裏庭の入口に差しかかっていた。

「まあ、僕はやっぱり、殺人計画自体がありえないと思いますね」ジムが言った。「車をここに停めてあるんです。よかったら送っていきましょうか?」

「それはありがたい。しかし、行き先はすぐそこだ。では、私の提案を持ち帰って、しっかり検討してくれたまえ」ロバーツはジムが持っている書類を指差した。「そのうち電話をもらえたら、そちらにお邪魔して話し合いたいね」

「喜んで。ぜひそうします」ジムはロバーツと握手した。

ジムは裏庭から車を出して、脇道から本道へ走った。いったん停め、車の流れを抜ける機会を待っていると、バス停で荷物を抱えているパトリシアが見えた。三十秒後、ジムは彼女のそばに車を停めた。「タクシーに乗るかい、お嬢さん?」

「あらやだ、どこから現れたの?」パトリシアはありがたく車に乗り込んだ。「まさかあなた――」

彼女は言い淀み、咎めるようにジムを見た。「会社に行ってたなんて!」

「行ってたよ」

「ジムったら、私にわざと知らせなかったっていうこと? どうして?」

「うん、にっくきマンセルの名が出るたびに君が動転するものだから、何も言わないほうがいいと思った」

「とんでもない侮辱だわ!」パトリシアは言い切った。「あなたが自分の会社に行くのを私が怖がるとでもいうの! あなたの身の安全が保証される場所があるとしたら、それは会社だわ。ちょっと、時速百マイルなんて出さないで!」

「ねえ君、ここは制限エリアだから、制限速度内で運転してるんだよ」

「間違いなく四十は出てたわよ。いいからスピードを落として! 話があるの」

「帰りはずっとギアをサードに落として、のろのろ運転をする。何も怖がることはないさ」

「私は別に怖がってやしない」パトリシアは言った。「あなたは運転が上手だから。でもね、さっきの調子で湾岸道路を飛ばされたら、誰だって不安になるわよ」

ジムは行いを改めるとしおらしく言って、その言葉どおりにおっとりした調子でパトリシアを家に送っていった。事実、あまりにおっとりしていて、彼女は途中で話をやめて、「ねえジム、前を霊柩車が走ってるの?」と訊いたほどだ。

「一向にお気に召してもらえないね」ケイン氏はわずかにアクセルを踏んで、大きなカーブをぐるりと回った。「最初はスピードの出し過ぎだと罵られ、お次は――」彼は言葉を切った。ハンドルが効かない。前輪が浮いている。ジムはすばやくギアを戻し、思い切りブレーキを踏んだ。

パトリシアがいぶかしげにジムを見上げると、顔が青ざめてこわばっていた。車はふらふらと危なっかしく動いている。彼女は息をのんだ。「気をつけて！　溝にはまるわ！」次の瞬間、気がつくと茨の生け垣に放り出され、婚約者にのしかかられていた。ジムはぱっと起き上がり、パトリシアを立ち上がらせた。「ごめんよ、ダーリン！」彼は息を切らしている。「怪我はない？」

「ないわ。これといって」パトリシアはあっぱれなほど落ち着いていた。「どうなってるの？」

「ハンドルを取られた」ジムは言った。「のろのろ走ってて助かった。スピードを出してたら、今頃は死人のカップルになってたよ。ああ、君は頬に引っ掻き傷を作ったな」

「肩に痣もできてるわ」パトリシアはハンカチで頬をそっと叩いた。車を見ると、斜面にぐったりともたれ、二個のタイヤが溝にはまっている。「どうしてハンドルが取られたと思う？」彼女は苦心して何気ない口ぶりを装った。

「見当もつかない。車を回収できたら原因がわかるだろうな」ジムはズボンの埃を払った。「さてと、次は君を家に帰さなくては。結局、バスに乗ることになりそうだね」

「もうすぐ来る時間よ。でも、あなたはどうするの？」

「歩いてラム修理工場まで戻って、緊急派遣隊に車を引っ張ってもらうよ」

パトリシアは頷いた。「わかった。買ってきた包みを出してちょうだい、ジム。大奥様がドライブから戻り次第、ダイムラーを迎えによこすわね」

「ジャクソンに修理工場まで来るよう伝えてくれ」ジムは言った。「それから、パット！　帰ったら、よけいなことをしゃべるなよ」

「しゃべりません。車が故障したとだけ言うから」パトリシアは近づいてくるバスを見て、ためらった。「私――家で仕事がなければよかったわ、ジム」

「大丈夫だよ」ジムは言った。「僕の身には何も起こらないって」

パトリシアはジムの手をぎゅっと握り、かすかな笑みを見せてからバスに乗った。

ジェイムズ・ケイン氏はしばらくその場にたたずみ、思案顔で愛車を眺めていた。車が溝に転がったままでは、ろくなことはわからない。ジムは渋面を作って困惑していたが、大きく滑らかな足取りで道路を歩き出し、最寄りの修理工場に向かった。

三十分後、ベントレーは溝から引っ張り出され、修理工場に牽引され、ジャッキで作業場の真ん中に持ち上げられた。ジムが、親方とふたりの修理工と一緒に前輪連結棒を調べていると、それは右側にだらりと下がり、左側の前輪を浮き上がらせたとわかった。

「ケツ棒のボールジョイントを締めるナットが取れてまさ。そいつがまずったんで」年かさの修理工が説明した。夢中になって情報を伝えている。「右側はどうなってんか見えますね。そんでわかります。ここのナットでボールジョイントを締めて、この割ピンできっちし留める。さあて、この割ピンが抜けちまったら、ナットが外れちまったら、どうなるかわかるってもんでしょ」

親方が厳しい口調で話を遮った。「ケインさんには説明するまでもない」彼はジムを見た。「おかしな話ですね。どうしてこんなことになったのか、さっぱりわかりません」

「まったくだ」ジムが言った。

「しかも、そこいらじゅう泥だらけ」親方は前輪連結棒のネジ山に目を凝らした。

「僕も気がついたよ」

親方ははっとした表情をジムに向け、次に年長の修理工を見て、彼を使いに出した。若いほうの修理工、口数の少ないまじめなスコットランド人はうやうやしく親方を見て、そばに控えていた。

「ケインさん、こりゃ自然に起こることじゃありません」親方は言った。「俺はあなたの車を知ってます。そのピンはひとりでに抜けやしないし、その泥は入れなきゃそこにあるわけない。お尋ねとあれば、汚い手が使われたんだと答えますね」

若いスコットランド人が言葉を口にした。「確かに《アイ》」重々しい口調だった。

「そのようだな」ジムは頷いた。「車を貸してもらえるかい？　ナットが外れた場所に戻って、探してみたいんだ」

「わかりました。ここにいるアンディをお供させましょう」

そのアンディは、ベントレーが暴走した湾岸道路のカーブで問題のナットを見つけ、路肩に寄って、二度目に口をひらいた。「こいつでさ」修理工は油じみた手のひらにそれを握っていた。彼は気力を取り戻してから、また口をひらいた。「泥んこになってます」

アンディは修理工場に戻るまでしゃべらなかった。ジムが車を停めると、修理工は深い物思いから覚め、誰かが計算ミスしたんかなあとぽつりと言った。

親方はナットを受け取った。「そうそう、これです。割ピンは影も形もなかったんでしょうな」

ジムは首を振った。「見つかるとは思わなかったよ。なあ、メイソン、この件は伏せといてほしいんだ」

「だけどケインさん、車が細工されたんですよ。警察に相談しなくちゃ」

「するよ。警察はここに来て、君を尋問するだろうな」

「いつでも来いです。俺は知ってることを話します。つまり、二日前に整備したとき、あなたの車はすいすい走る状態だったと。こいつはいい車なんですから」親方は片方の潰れたウィングに優しく手を置いた。「何が起きてもおかしくないっていう、そんじょそこらの安物じゃない。あなただって、車を荒っぽく乗り回すドライバーじゃない。何者かが割ピンを抜いて、そのナットを緩めて外れるようにしといたんですよ。アンディ、おまえはどう思う？」

「確《アイ》かに」アンディはゆっくりと頷いた。

そのときケイン夫人の運転手が作業場に入ってきて、帽子に触れてジムに挨拶した。「お車をご用意しました」職業柄、彼は興味津々の目をベントレーに向けて、問いかけるようにジムを見た。

「ちょっと見てくれ」ジムは言った。

運転手はすかさず命令に従った。親方のメイソンとアンディは何も言わず、様子を見ていた。

「これをどう思う、ジャクソン？」

運転手はメイソンが差し出したナットを見て、それからジムを見た。「これは卑劣な手口を使ったに違いありません。ナットは自然にこうなりませんから。いやはや、ジェイムズ様は何者かに狙われているのです。ティモシー坊ちゃんのおっしゃるとおりでした！」

「そうらしいな」ジムが言った。「警察署まで送ってくれないか。警視に話したほうがよさそうだ」

折よく、ちょうどハナサイドが署を出てきたところへ、ダイムラーが停まってジムが降りた。警視は入口の階段で足を止めた。「おはようございます、ケインさん。ひょっとして、私にご用ですか？」

「ええ、そうです」ジムは答えた。「十分、お時間をいただけますか？」

「いいですとも。さあ、中へどうぞ」

ジムはハナサイドのあとから警察署に入り、取調室に続く殺風景な小部屋に通された。ハナサイドはドアを閉め、机のそばの椅子を押し出した。「お掛け下さい、ケインさん。さてと、何をすればよろしいでしょう?」

「よくわかりませんが、何かしら手を打ってもらえるとありがたいですね」ジムは弱り切った笑みを浮かべた。「ついさっき、僕の車で命取りになりかねない事故に遭いました」

「ほう?」ハナサイドは机の向かい側に移り、腰を下ろした。「続けて下さい、ケインさん。事故の現場と、経緯は?」

「場所は湾岸道路で、ポートローからの帰り道です。隣にミス・アリソンが同乗していて、幸いにもスピードを出していませんでした。最初の大きなカーブを曲がったとき、ハンドルがまったく効かなくなり、前輪が浮いて、溝にはまりました。ふだんの調子で飛ばしていたら、ふたりとも死んでいたでしょう。ところが、実際はのろのろ運転だったので、痣ができたくらいで済みました。車には詳しいですか、警視?」

「ある程度は知っています。詳しいほうではありませんが」

「では、そこの鉛筆を貸して下さい。どうも。さて、車は溝から引き上げて、ラム修理工場に牽引してもらいました。修理工たちと一緒に車を調べたところ、前輪連結棒――これは二個の前輪をつないでいる棒です、こんな具合に――の片端が緩んでいました」ジムは封筒の裏にざっと略図を描いた。「前輪連結棒の両端には、ぴったりはまるボールジョイントがついていて、ナットで締めてあります。ここに。わかりますか? そのナットを押さえるのが割ピンです。車を調べたとき、連結棒の左側のナットがなくなっていました。言うまでもなく、割ピンもありません。修理工見習いを連れて湾岸道路を引き返すと、ナットが見つかりました。泥まみれでしたよ」

「故意に引き起こされた事件だとほのめかしているのですか、ケインさん？」

「いいえ、ほのめかしてはいません」ジムが言った。「断言しているんです。この事件は故意に引き起こされました。疑いの余地はありません。何者かがナットを固定している割ピンを抜き、そうですね、ナットが外れる寸前まで緩め、大量の油と泥でぐちゃぐちゃにして、放置したわけです。その結果、湾岸道路の最初のカーブで前輪が浮き、ほかの目的も果たしました。ミス・アリソンを乗せていなかったら、時速四十から五十マイルで走っていたでしょうから、僕は斜面に衝突して死んでいましたね」

ハナサイドは手に取った略図から目を上げた。「ええ、お話はよくわかりました。車は〈断崖荘〉で細工されたと思いますか？　あるいは別の場所で？」

「別の場所で。あのナットが、おそらく緩められたままで、ポートローまでの道のりと、そこから帰る途中まで外れないとは思えませんから」

「ポートローでは車をどこかに停めましたか？」

「ええ」ジムは答えた。「ブリッジ通りに一時間ほど停めました。〈ケイン＆マンセル〉のビルの裏庭に」

第十三章

ハナサイドはしばらく何も言わなかったが、大柄な若者を物思わしげに見た。略図はまた下ろしていた。鉛筆の先でそっと机を叩き、その滑らかな側面を撫で下ろし、指のあいだを滑らせた。「〈ケイン&マンセル〉のビルの裏庭に」やがて警視は繰り返した。「ほかではなく?」

ジムは首を振った。

「裏庭を見た覚えがありませんな。オフィスから見渡せる場所ですか?」

「ええ、ビルの裏側に並んだ窓から見えます。ただ、僕は一方の外壁に下りている差し掛け屋根の下に車を入れました。あの屋根の下で車をいじっていれば、上階の窓からも見えないでしょう。それに、一階の窓はすりガラスです」

「現場に行って確認してみます」ハナサイドが言った。「裏庭で誰かに会いましたか?」

「いいえ、誰にも」

「約束したうえでの訪問ですか?」

「ええ、マンセルさんが事業の概況について話すから来るようにと言って」

「すると、オーストラリア計画の問題でしょうか?」

「ひとつには、そうですね」

「立ち入った質問に聞こえたら失礼ですが、その計画を採用するおつもりですか？」

「わかりません。気が進みませんし、人に操られるのも好きじゃありません」

「マンセル父子《おやこ》から過度な圧力をかけられている気がしますか？」

ジムはよく考えてみた。「答えにくいですね。そう、ふたりはあの計画にのめりこんでいて、僕をちょっと押しのけたくなっても意外ではありません。ジョー・マンセルは、僕に言わせると話がくどすぎますね。間違いなく、僕を会社から追い出すか、経営に参加しない共同出資者《スリーピング・パートナー》みたいなものにしたいんでしょう。無理もありませんが。あの年代の、経験を積んだ男が、こんな若造を社長として押しつけられたら、そりゃあ癪に障るでしょう」

「経営に参加しない共同出資者になるつもりはないんですね？」

「ええ、そのつもりはありません。この会社はそもそもケイン家のものですから、マンセル父子の手に渡したくないんです」

「先方にそう伝えましたか？」

「いやあ、それどころじゃなくて！　そう簡単にはクビにされないぞと意思表明しましたが」

「では、オーストラリア計画についての考えを示すようなことはおっしゃいましたか？」

ジムはじっくり考えた。「なんにせよ、突っ込んだ話はしていません。ただポール・マンセルには、サイラスもクレメントも計画に乗り気ではなかったことを知っていると言いました。マンセル父子は僕が計画を気に入っていないとわかったでしょう」

「計画が採用された場合、あなたも必要な資金を提供することになりますか？」

「そのようですね。ローンの一種で、上限二万ポンドを」

「なるほど。けさの面談に、ポール・マンセル氏は同席していましたか？」

「いいえ、見かけませんでしたよ。車が裏庭にあったので、ビルのどこかにいたと思いますが、姿を現わしませんでした」

「つい最近、〈断崖荘〉でポール・マンセル氏と会って話しましたね。オスカー・ロバーツ氏も、あなたに危険が迫っていると警告するために訪問したとか？」

「ええ」

「その警告を多少は信じましたか？〈ケイン＆マンセル〉のオフィスを訪ねたら危険かもしれないと考える理由がありましたか？」

「むしろその逆です。たとえマンセル父子に命を狙われていても、あの会社ほど安全な場所はないと思いました。車が細工されるとは考えもしませんでした。ロバーツも考えなかったでしょう。僕が頭を殴られそうだとか、それくらい途方もないことを考えていたようです」

ハナサイドは顔をしかめた。「そう言われましたか？」

「いいえ。ただ、マンセルさんとの面談中に入ってきました。僕を守るためなのが見え見えでしたよ。いいかげんうんざりしましたが、ちぇっ、彼が正しかったんです！」

「ケインさん、マンセル父子を知っている限りでお答え下さい。彼らが取引を成功させるため、三人とまでいかなくても、ふたりを殺す可能性は高そうでしょうか？」

「いいえ、まったく」ジムは即答した。「ただし、彼らはオーストラリア計画が大金をもたらすと睨んでいるはずです。さらに、あの企て——おそらく二件の企て——は僕の命を狙ったものだったという事実を認めざるを得ません。一見、無茶な話ですが、肝心な点を忘れないで下さい。もし僕がシーミュー号で沈没していたら、あるいは今日、車で衝突していたら、僕が殺されたと証明するのは困難になったでしょう。シーミュー号については、大金を払って引き上げたところで、はたして証拠が見つかるかどうか。本当に床に穴があけられたとしても、水の勢いで床板がはがれたはずです。それに、けさは僕がミス・アリソンを連れていなければ、車体が大破して、あなたは衝突の原因を突き止められなかったでしょう」

「よくわかります、ケインさん。ところで、誰もあなたの車に近づけなかったという確信がありますか?」

「いや、ありません。ビルの裏庭に停まっていたときは、誰でもそばに行って、いじくり回せました。しかし、誰がその気になるでしょう?」

「〈断崖荘〉では?」

「そうですね、できます。しかしやはり、誰がそんな真似を?」ジムはじれったそうに言った。「だいいち、今日は運転手が朝っぱらから大伯母の車を洗っていて、十一時までガレージを離れませんでした。僕は昨夜遅く車に乗り、帰宅してガレージに鍵をかけたので、きのうの犯行ではありえません。けさは十一時過ぎにガレージに行くと、継父がいましたから、人気《ひとけ》がなかった時間はせいぜい五分間でしょう」

そこでほんのわずかな間《ま》があいた。「継父上《ちちうえ》はガレージで何をなさっていたのですか、ケインさん?」

「ライターを補充していました。ちょっと、いったい何が言いたいんです?」ジムは腰を浮かせて詰問した。

「あなたの車のそばで姿を見られた人物を調べているだけです」ハナサイドは穏やかに答えた。

「それなら、継父のことは調べないで下さい！」ジムが言った。「どうかしていますよ。継父とは仲よくしていますし、これまでもずっと仲がよかったんです。この調子だと、異父弟まで疑われそうですね」

「私は誰も疑っていませんよ、ケインさん。いっぽう、あなたの言葉だけでは誰の容疑も晴らせないことを理解して下さい。今回あなたが命を狙われた企てを私が調査するのであれば、それをお望みのようですが、こちらで必要と考える取り調べをさせていただかねばなりません。先ほどサー・エイドリアンはライターの補充をしていたとおっしゃいましたが、それは珍しいことだと思いました。普通、ライターは煙草屋で補充してもらいますから」

ジムはにっこりした。「うちの継父ともう少し知り合えば、ちっとも珍しくないとわかりますよ、警視。いかにも継父らしいんです」

ハナサイドはジムの話を受け入れるように、心持ち首を傾げた。「すると、ガレージ付近で目撃された人物は継父上だけですか？」

「ええ――いや待てよ。異父弟がひょっこり入ってきましたが、あいつは一緒に町に行きたがったので、容疑者扱いする必要はないと思いますがね」

ハナサイドはこの皮肉っぽい言葉を気にも留めなかった。「一緒に行きたがった？　それでも、連れて行かなかったのですね？」

「はい、継父がティモシーに行くなと――」ジムは話をやめ、さっとハナサイドの顔を見た。それから急に笑い出した。「ああ、これはとんだ茶番だ！」

「継父上はティモシーになんとおっしゃいました、ケインさん？」

「ジムはおまえに邪魔されたくないだろうと。まさしくそのとおりです。まじめな話、継父を巻き込まないで下さい、警視。ついでに言えば、継父にどんな動機があるのかわかりません」

「これまでは疑うに足る理由がなかったようですが、継父上は母上に愛されているあなたを妬んでいるかもしれませんよ」

「つゆほども疑いません」ジムは力を込めて言った。

「けっこう」ハナサイドは言った。「慎重に調査を進めます、ケインさん。できましたら、先ほどサー・エイドリアンを侮辱したことはご内密に」警視はかすかにほほえんだ。

「いろいろとどうも」ジムは立ち上がり、警視と握手した。「では、なんとかやっていきます」

「怖じ気づいていませんよね、ケインさん？」

「いやあ、それほどは！　神の思し召しがあるようですから」

ハナサイドは頷き、警察署の外でジムを見送った。それからカールトン警部と手短に話し合い、昼食の席でヘミングウェイ部長刑事と落ち合うべく外出した。

ヘミングウェイはジェイムズ・ケイン氏の乳母だった女性に会ってきたが、何も情報を引き出せず、彼女の元女主人の言い分がとことん補強されただけの結果に終わった。部長刑事はうじうじしていたが、ハナサイドの報告を聞いて元気になり、以前にこの事件の結末は誰にもわからないと予言したことを指摘した。「とにかく、これで容疑者がひとり減りました」彼ははきはきと言った。「老婦人も除外できそうです。もちろん、レディ・ハートも」

「気が早すぎる」ハナサイドは言った。「私はまだ誰も除外していないぞ」

「なんですと。じゃ、ジェイムズ・ケイン本人もですか、警視殿?」

「それはない。ケインは本当のことを話していると思うが、容疑を晴らすために事故を企てたという線も捨てられないね」

「ふーむ」部長刑事は信じられないという様子だ。「疑うんですか、警視殿! ケインはそんな人間じゃありませんよ!」

「ヘミングウェイ」ハナサイドが言った。「ある男がとびきりサッカーがうまく、ゴルフは全英アマチュアゴルフ選手権の準決勝に出場する腕前なら、殺人犯のはずがないんだな!」

部長刑事は顔を赤らめたが、開き直った。「心理学ですよ!」

「くだらん!」ハナサイドは切って捨てた。「だが、カールトンが若い部下のひとりをジェイムズ・ケインの監視につけていて、私は事故を捜査すると約束した。食事が済み次第、車を見に行って、修理工たちに話を聞いてくる。それから〈断崖荘〉にも行きたい。君は〈ケイン&マンセル〉へ回って、ビルと裏庭の関係をよく見たら、人事部で情報をかき集めてくれ」

ハナサイド警視とヘミングウェイ部長刑事が昼食の席で事件を論じ合っている間にも、ケイン夫人のダイムラーは悠々とジムを屋敷に送り届けていた。帰宅すると、昼食が始まっていて、彼は食堂に入るなり気がついた。パトリシアはみんなの疑いを拭えなかったのだ。ジムがテーブルの端の席に着いて、遅れたことを詫びると、ノーマがてきぱきとした命令口調で言った。「さあ、ジム! そんな遠回しな言い方はやめなさい。けさは何があったの?」

「ベントレーに?」ジムはナプキンを振って広げた。「ハンドルがイカれてね、大事には至らないものの、ぶざまに溝にはまったんだよ」

「ごまかすんじゃありません、ジム！」ノーマは言った。「本当のことを教えたら、私の神経が持たないなんて考えなくていいのよ。私だって、若い頃には嫌というほど危険な目に――」

「神経！」ケイン夫人が猛烈な勢いで口を挟んだ。「わたくしの若い頃は誰も神経の話などしませんでしたよ！」

「すばらしいことですわ！」ノーマは言った。「神経って正体がわかりませんもの。わかったためしがありません」

「あなたは自分がどんなに幸せかわからないのね」ローズマリーはノーマを哀れむようにほほえんだ。

「どういたしまして、わかってるわ。ほらジム、どうしても答えてちょうだい！」

「実はね、母さん、片方のボールジョイントを締めてるナットが緩んでて、外れたんだ」

「それで」サー・エイドリアンはサラダを取り分けながら言った。「すべて説明がつく。車の知識にうとい我々に教えを垂れてくれよ」

「ナットやボールジョイントのことなど聞きたくもありません」ケイン夫人が言い切った。「誰かがあなたの車に手を加えたのなら、そうおっしゃい！」

ジムが見上げると、パトリシアが探るような目で彼の顔を見据えていた。

「車に手を加えられたの、ジム？」パトリシアが訊いた。

「裏切り者！」

「あれは事故だと説明しようとがんばったけど、誰にも信じてもらえなかった。もし事故じゃないなら、ちゃんとみんなに話してちょうだい」

「事故のわけないよ！」ティモシーは人を小ばかにしたような口調で言った。「こうなればジムだって信じるよね。僕はシーミュー号を暗礁にぶつけてないって！」

「思うに」サー・エイドリアンが物静かな口調で言った。「いろいろな噂が飛び交っているからね、ありのままの事実を話したほうがいいだろう、ジム」

「まあ、車に細工された点は明らかだと思えます」

「それは心穏やかでいられないね」サー・エイドリアンは言った。「まだ警察に知らせていないなら、知らせるべきだ」

「知らせました。だから昼食に遅れたんです。あの警視が調べてくれるそうですよ」

「そんなことだと思いました！」ケイン夫人が鋭い声で言った。「いったい世の中はどうなるのやら！」

「そりゃあ、私としては」ローズマリーは言った。「誰かがトレヴァーの話題に触れるのを待つだけよ。私の話題でもいいし」

この発言にはケイン夫人しか注意を払わず、夫人はダーモットの話はよしましょうと言っただけなので、ローズマリーはいつまでも話を続けても無駄だと悟った。

「この私が心配性とは思わなかったけど」ノーマは切り出した。「どう考えても、すぐに手を打つべきだわ。これはいたずらでは済まされない。警察は誰を疑ってるの？」

「エイドリアンを」ジムはにっこりした。

これにはさすがのケイン夫人も笑った。ノーマは言った。「エイドリアンを？　警察は正気の沙汰じゃないわ！　エイドリアンは車の前とうしろの区別もつかないのに！」

「あの警視にそれほどあくどい男だと思われたとは遺憾だな」サー・エイドリアンはサラダにタラゴ

ンの葉を上品に振り撒いた。「私に動機があるとして、どんな動機でジムを殺そうとしたのかね?」

「継父コンプレックスですよ! 嫉妬に苦しんで継息子を手にかける」

「なるほど、それしかない!」サー・エイドリアンは納得した。「しかし、いささか奇妙なことになるな。私は君に何年も我慢に我慢を重ねてきたのに、よりによって、いよいよ巣立ちが迫った時期に殺そうとするだろうか?」

「そりゃあね」興味津々で聞いていたローズマリーが口を出した。「抑制に苦しんでる人は捨て鉢な態度を取ることが多いのよ」

ケイン夫人はローズマリーに激しい嫌悪の目を向けた。「人に聞かせるほどの話がないなら、いっそ黙ってらっしゃい」夫人は痛烈な皮肉を放った。

「言われてみれば、おかしな話だわね。でも、夫を容疑者呼ばわりされて、黙っていられないわ!」ノーマはきっぱりと言った。「本当に頭にくる。誰もエイドリアンよりジムのいい父親にはなれなかったでしょうに!」

「その意見にはまったく賛成できないね」ジムが言った。「彼に父親役を務めてもらったことはないよ」

「ありがとう、ジム」サー・エイドリアンはほろりとした。

「なんとかしなくては!」ノーマが言った。夫婦だけで話すときの声音だった。「私のリボルバーが手元にあれば――とにかく、これで決まりね! 今後、あなたは拳銃を持ち歩くのよ、ジム」

「銃なんか持ってないよ」ジムは言った。「第一、状況からして、僕は事故で消されるはずだ」

「殺人者は二度までも失敗した」ティモシーが言った。「こうなると、どんな事態も覚悟しておかなくちゃ。ねえ、すっごくワクワクするよね、ジム？」

「最高だよ」ジムは言った。

「驚くべきことにね、私は最初から直感でマンセル父子の仕業だとわかってたのよ」ローズマリーは言った。「そりゃあ、さんざん笑われたけど、私が悪い予感に襲われるときは——」

「犯人はマンセル父子のどちらかに違いないのね？」ノーマは息子を見ながら話に割って入った。

ケイン夫人が意外にも異議を唱えた。「ジョー・マンセルはばかです。昔からばかでしたけど、悪気だけはない人でした。わたくしは五十年以上のつきあいですよ」

「まあね。でも、ポールはどうです？」ローズマリーが尋ねた。「実は、私はずっと前から彼にある感じを抱いてたの。うまく言えないけど——」

ケイン夫人はせせら笑った。「ポール・マンセルがうちの息子とクレメントを殺したと言いたいなら、そんなもの信じやしませんよ。あんな青二才が！」

「ポールじゃなければ、伯母様、いったい誰が？」ノーマが詰問する。

「わかるものですか。当節の人はなんでもしますからね。我慢がなりませんよ」

一同が昼食のテーブルを立った頃には、ジムを未知の敵から守る方法が次々と出されては却下されていた。私服刑事がひとり来ていて、屋敷を見張っているという知らせに喜んだのは、ティモシーだけだった。少年は刑事とお近づきになろうと、ただちに外へ駆け出した。ケイン夫人はいらいらして、警官が家じゅうを探ったり、使用人を困らせたりするのはこりごりだと言った。パトリシアはノーマの意見に賛成だった。刑事をひとりよこすだけで、かけがえのないジムを護衛させるとはふざけている。するとローズマリーが、刑事の姿を見ると〝あの記憶がよみがえる〟とこぼした。ジムは、ボディガードが内気だが仕事熱心な若者だとわかり、外出時は同行してほしいと持ちかけた。無理からぬ話だが、パトリシアが行きたいと言った修道院跡への小旅行はとりやめになったのだ。パトリシアはケイン夫人を専用の居間でカウチにゆったりと寝かせ、いつもの昼寝につかせた。それから階下に戻って庭でジムと落ち合い、事件を忘れて散歩を楽しんでいたのに、ローズマリーの言葉を思い出して沈み込んだ。そのへんの茂みや木の幹に人殺しが身を潜めているかもしれないと思ったらぞっとすると、彼女は言っていた。ティモシーはユーモアのセンスを発揮して、ジムを湖までつけていき、背後のシャクナゲの茂みから「手を挙げろ！」としゃがれ声で命令した。こうして、パトリシアは身にしみて悟った。木々が鬱蒼と生い茂った庭を歩くより、テラスにふたつ並べた椅子に座るほうが、ぼろぼろになった神経にはありがたい。

ハート少年はジムにこっぴどく叱られても平然としていた。「ぎょっとしたでしょ？」悪意たっぷりに言った。「ほんと言うとさ、僕はジムの護衛をしてるんだ」

「ご苦労さん」ジムが言った。「夕方までずっと続ける気か？」

「うん、ジムが庭にいるなら続けるよ。トロッター部長刑事――ほら、新顔の刑事さん――がね、続けるべきだって」

「トロッター部長刑事に一言言っておく」ジムが険しい顔をした。「さあ、パット、テラスでゆったりと腰を下ろそう」

ハート少年はふたりと一緒に屋敷に向かい、いつものように無頓着にしゃべり続けた。南側の芝生の中ほどで、興奮のあまり青い目を輝かせて立ち止まった。「あのさ、聞いてよ！」少年は言った。「いいこと思いついた！　でも、現ナマを手に入れなくっちゃ！」ジムの前に立ち、真剣な、懇願するような顔で見上げている。「お金持ってる、ジム？　持ってたら、少しもらえるかな？　どうしてもポートローで買ってきたい物があるんだ。十シリングくらい――出せるなら一ポンドでも――くれたら、自転車をかっ飛ばしてくる」

「おいおい、悪ふざけの道具を仕入れる気か？」ジムが疑わしげに尋ねた。

「違うってば、本当に違う！　何を隠そう、ジムのためになる物でね。絶、対、に喜んでもらえる！」

「勘弁してくれ！」ジムは不安に襲われた。

ティモシーはいらいらして地団太を踏んだ。「ジムってば、意地悪しないでよ！」

「そうだな、ろくでもない物じゃないと誓うなら、それと、お茶の時間までに戻れるなら」ジムは財布を取り出した。

「わあ、さすが！」ティモシーは話の続きを聞かずに声をあげた。くどくどとお礼を言いつつ一ポンド紙幣をポケットに突っ込み、急いで出かけようとして、ふと思いつき、足を止めた。「ねえ、おつりはもらっていい？」心配そうな口ぶりだ。

ジムは頷いた。

「ねえ、君っていかしてるね！」ハート少年は感謝の気持ちを口走り、姿を消した。

ジムとパトリシアはテラスでくつろいだ。一時間ほど静かなひとときを過ごした、その終わり頃に屋敷から物々しい行列が動き出した。ケイン夫人が昼寝を切り上げて、みんなに合流することにしたのだ。そこで、夫人を車椅子ごと階下に運び下ろす従者と運転手が呼ばれ、執事は夫人のお気に入りの椅子をテラスに出し、オグルは夫人の膝掛けとショールと眼鏡を抱えてしんがりを務めていた。

ケイン夫人が椅子に落ち着いた頃、すぐそばにテーブルが用意され、手の届く場所に黒檀の杖が立てかけられ、愛用の日傘も届けられた。そしてオスカー・ロバーツの到着で、お茶会の人数はますます増えていた。ロバーツはプリチャードの案内でテラスに通され、ケイン夫人とパトリシアに会釈してから、ジムに近づいて握手した。「町でティモシーに会ったよ」彼は言った。「あの子の話を聞いて、すぐ君に会いたくなってね。やはり私は頭がおかしいと言うのかい？」

「そんなこと言いましたっけ？」ジムは椅子を引き出した。「座って下さい。煙草はいかがです？」

ロバーツは差し出された箱から煙草を一本取り、火を点けた。「けさ君の車に何があったのか、教えてくれないかな、ケイン？　ティモシーの話ではよくわからなかったんだ。ひどく不気味に聞こえたが」

「ああ、不気味でもなんでもありませんよ！」ジムはさらりと言ってのけた。「なぜかハンドルが効かなくなって。大事には至りませんでした」

ロバーツはにやりとした。「時間稼ぎはやめたまえ、ケイン！」

「いやあ、本当によくわからないんです。ナットがひとつ緩んでいて、走行中に外れました。僕たちは斜面に激突しても不思議はなかったのに、激突しなかった」

「僕たち？」

「ミス・アリソンも乗っていました」

「やあ、ミス・アリソン、この男と車であちこち回るのはやめたほうが身のためだぞ。危険そうだからな！」ロバーツはおどけて言った。「私の忠告を聞くなら、お若いの、この事件が解決するまで車は修理工場に預けておくんだな」

「車体がちょっと曲がったので、預けるしかなさそうです」ジムは言った。「同じ手口は二度も使われないでしょうが」

「手口とは？」

「前輪連結棒のボールジョイントを締めているナットがひとつ緩めてありました。調べてみると、ナットを押さえていた割ピンがなかったんです」

ロバーツが口を挟んだ。「ケイン、申し訳ないが、その説明じゃちんぷんかんぷんだ。それより、どんなステアリング装置がついているんだ？」

「いわゆる標準タイプです。一定のメーカーの車には装備されています。見せたほうが早いでしょうね」ジムはポケットから鉛筆と封筒を取り出して、略図を描きながら説明した。

ロバーツは眉を寄せ、図が描き上がるのを眺めていくつか質問をした。彼はジムから封筒を受け取り、しげしげと見た。「こんな図を描けるんだから、君は車を知り尽くしているんだな」彼は言った。「さて、そのナット、とやらが外れたのか。車に詳しい人物なら、そのピンを外して、ナットを緩めるのも難しくないのかな？」

「ええ。スパナ一本とペンチ二本があれば、朝飯前ですよ」

「ものの数分で終えただろうと？」

「でしょうね」

ロバーツは封筒をジムに返し、「なるほど、これはなかなか面白い」と言った。「君は厄介な問題を抱えているらしいな、ケイン。今回の件では、どうしても責任を感じるよ。あのビルの裏庭に車を停めておくのは、細工してくれといわんばかりだ。そう考えるべきだった」

ロバーツの話を聞いていたケイン夫人はいらだちを隠し切れず、気色ばんで言った。「いったいどういうことです。あなたは刑事ではないのでしょう？」ロバーツはうやうやしく夫人のほうを向いた。「ケイン夫人、目と鼻の先で殺人がはびこったら、人はそれに関心を払うものです」

「ロンドン警視庁が捜査にかかっていますよ」ケイン夫人はひどくこわばった声で言った。

ロバーツはかすかにほほえんだ。「ごもっとも。彼らは事件を解決することにかけては優秀ですね。ところが、犯罪を防止するのはそれほど得意ではないのでしょう」

そのとき、サー・エイドリアンがハナサイド警視とともにテラスに出てきた。ジムはとっさに言った。

「とうとうこうなってしまいましたか？」

「いやいや、今のところは」サー・エイドリアンが穏やかに答えた。「まだ自由の身だよ。警視がケイン夫人とお話ししたいそうだ」

ケイン夫人は初対面のときにハナサイド警視から絶妙な手際であしらわれたものの、ことさら敵意を抱いていなかった。しかし、何かを聞き出そうとする相手には喧嘩腰になる癖がある。夫人は警視をじろじろと見て言った。「わたくしに何を話せるというのやら」

パトリシアは立ち上がった。「警視さん、大奥様と内々にお話ししたいでしょうから」

「お座り！」ケイン夫人がきつい口調で言った。「隠すことなど何もありません。お話しすることがあれば、最初にお話ししていました。それで、何が知りたいのです？」

ハナサイドは先ほどジムが押し出した椅子に腰掛けた。「ケイン夫人、又甥御さんの車に事故が起こったことをお聞き及びだと存じますが」

「ええ、聞きましたよ」夫人は答えた。「そんな事故は二度とないようにしてもらえたらありがたいですね！　警察はなんのためにあるのかわかっているんでしょうか」

「全力を尽くします」ハナサイドは約束した。「手を貸していただけるのではないかと思いまして」

警視は一同をちらっと見た。「ざっくばらんに話しましょうか。それとも、一対一でお話ししましょうか」

「いいえ、やめておきます」

「では、思い切りざっくばらんに」ハナサイドが言った。「私はラム修理工場で修理工に会い、ケイン氏の車を見てきました。事故の原因は部品の経年劣化などではなかったので、満足しています。あとは車に細工をした犯人を見つけるだけです。サー・エイドリアンに、願わくは、お許し願いたいのですが、けさガレージにおられた事実から、容疑者である可能性を考慮しないわけに参りません」

「たわごとを！」ケイン夫人が鼻先で笑いながら割り込んだ。

「ふと思いついたんですがね」サー・エイドリアンがデッキチェアにどっかと腰を下ろした。「私にはクレメント・ケインを殺す動機がありますか?」

ハナサイドの目が参ったというようにきらめいた。「それはまだつかんでおりません」

「殺人は殺人を呼ぶ」ジムは言った。「あなたはクレメントを殺してませんよ、エイドリアン。あの事件があったから、僕を殺そうとひらめいただけです」

サー・エイドリアンは眉をひそめた。「私は受け売りのアイデアを採用したりしないぞ」彼はこぼした。

「当分はあなたに対する公務を執行しません」ハナサイドが口を挟んだ。「あとはふたりの容疑者を残すのみです」

「ジョー・マンセルなら、誰も殺したりしませんよ」ケイン夫人が言った。「息子のほうはまったく知りませんし、知りたくもありません」

「ポールさんも逮捕しません」ハナサイドは言った。「もうひとり、ケイン氏が死ねば利益を得る人物は、氏の相続人です」

ケイン夫人はぽかんと警視を見つめた。「モードが？　ばかおっしゃい。あの子はオーストラリアにいるんですよ！」

「それは確かですか、ケイン夫人？」

「手紙が届きました。消印はシドニーです。これだけ揃えば十分でしょう」

「拝見してもよろしいですか？」

一瞬、ケイン夫人は申し出を断りそうな気配だった。やがてパトリシアのほうを向き、居間にある机から手紙を取ってくるよう言いつけた。

パトリシアは立ち上がり、室内に入った。ハナサイドが言った。「又姪御さんに最後に会われたのはいつですか、ケイン夫人？」

「あれが小さい頃です」ケイン夫人は答えた。「正確には覚えていませんね。オーストラリアの分家には関心がないので」

「では、その女性の現在の顔がわからないと考えてよろしいでしょうか」

「見当もつきません。器量が悪い子でした。親が似合わない服を着せていましたね。いかにも分家のやることです！　手元にちょっとお金があったら、それで高い服を買ってイギリスまで大旅行に来てしまうんです。あの人たちはわたくしから刺激を受けなかったんですよ」

「又姪御さんの結婚相手について、何かご存じですか？」

「会ったこともありません。あの子はうちの息子にお金を無心する手紙を送ってきました。もちろん、夫の差し金に決まっています。役立たずな男ですからね」

「写真をご覧になったこともありませんか？」

「ありません。あったとしても、興味を持たなかったはずです。その男のことを知りたければ、ロバーツさんにお訊きなさい。オーストラリアの人ですから」

オスカー・ロバーツは冷たい知的な目に困惑の色を浮かべ、このやりとりを聞いていた。彼はおもむろに切り出した。「私は確かにオーストラリア人ですが、シドニーのことはよく知りません。その男性の名前はなんというのでしょう、ケイン夫人？」

「レイトンです」夫人が答えた。「とにかく、又姪はそう署名していますよ」

「レイトンですか？」ロバーツの困惑が深まった。「私が知っているレイトンは、メルボルンのバーで知り合った男だけですね。確か、既婚者ではなかったと」

ケイン夫人は記憶の底に埋もれていた意外な事実を明らかにした。「それはささいなことです。その男は何年も前にモードと別れましたから。あの子の母親が――とんまな女で、なんやかやで泣き言を並べてばかりいて――うちの息子に手紙で知らせたんです。息子にはどうすることもできないでしょうに。もちろん、何もしませんでしたよ。ばかなモードは男とよりを戻しましたが、長続きしませんでした。その男がメルボルンで、どこかあなたと会った場所で独り者を装ったと聞いても驚きません。多少のお金を持っていたら、モードのことなど歯牙にもかけなかったはずです」

「すると、ふたりは離婚していないのですか？」ハナサイドが尋ねた。

「離婚したとしても、わたくしは聞いていませんよ。モードには誇りというものがありません。母親にそっくりです」

ハナサイドはロバーツのほうを向いた。「メルボルンで知り合った男性をよくご存じですか？」

「よく知りません。彼が本命のレイトンなら、私と知り合ったときはまっとうじゃありませんでした。どこの会社でも雑用をこなして食いつないでいたんですよ。はした金でね！　酒に目がないのがレイトンの泣き所でした。それで、彼がこの悪事の黒幕だと睨んでいるんですか、警視？」

「彼か彼の妻が。両方かもしれません」

「それは巧妙だ」ロバーツは言った。「なるほど巧妙だぞ。しかし、私にはなじみの浮浪者を探す暇はありません」

「また会ったら、問題の男だとわかりますか？」

「わかりますとも。かつらを着けていたりしなければ。ねえ、警視、おかげで頭を絞りましたよ。ただ、いくつか問題がありそうです」

「そうですか、ロバーツさん」

「ええ、一点目は、知り合いのレイトンは警視が追っているレイトンだとして、彼がこんな大事業に取り組めるほどしらふでいられるのかどうか。同一人物じゃないかもしれません。まあいいでしょう。二点目は、被害者の数です。法外ですよ、警視。妻が財産を相続できるように三件もの殺人に着手するとは、その男は大した知恵者ですね！　保証しますが、こちらのレイトンにそんな図太い神経はありません。それに、先ほどのケイン夫人の話によれば、又姪御さんと結婚した男は、やはりこちらのレイトンに当てはまりません。まあ、こうも大胆不敵な計画を練り上げることができるなら、自力で一財産築く才覚があるでしょうに！」

「利口な男がまっとうに財産を築くとは限りませんよ、ロバーツさん。確かに、その男が三件もの殺人を計画するのはありそうもない話ですし、事件の黒幕だとしても、三件とも計画したとは思えません。それより、こう考えるほうがずっと筋が通っています。彼は、ジム・ケイン氏と同様に、妻がクレメント・ケイン氏の次の相続人だと思い込んだのだと」

ロバーツはうっすら笑みを浮かべて警視を見た。「サイラス・ケイン氏とクレメント・ケイン氏は同一人物に殺されたと確信していますね、警視？　手口に妙な違いがあると感じますか？」

「職業柄、我々は固定観念にとらわれないよう気をつけます、ロバーツさん。私はサイラス・ケイン氏が殺されたという証拠をまだつかんでいません」

「やはりサイラス氏は殺されたと思いますよ。ただ、はたして下手人を突き止められるかどうかは、また別問題ですが。私の勘では、彼を崖から突き落とした犯人もすでに死んでいます」ロバーツはジムに目を向けた。「ケイン、さっき君は無意識に的を射たことを言っていたね。〝殺人は殺人を呼ぶ〟だよ。この事件では、まさに殺人の連鎖反応が起こったんだ」

「この事件に並々ならぬ興味をお持ちですね、ロバーツさん」ハナサイドが言った。

「ええ、警視。これはなかなかゴキゲンな謎ですよ」

「犯罪にかかわった経験が豊富におありで？」

ロバーツはわずかに首を傾げてハナサイドを見た。「なぜそんなことを訊くのです？」

「あなたはプロに近い立場で事件を見ておられるようです」

「私をおだてようとしていますね、警視。私はずっと――何年も前から犯罪に興味を持っていますが、プロにはとうてい及びません。ただ、経験から言うと、殺人犯には持ちネタがひとつしかありません。今回の事件では、ひとり目は手際よく殺されて殺人とは証明できず、ふたり目はあからさまに殺されて、殺人だったとしか考えようがない。私の目に狂いがなければ、ふたつの手口からふたつの百八十度違う考え方が見えてきます。ひとつは狡猾であり、もうひとつは狡猾ではありません」

「ジム・ケイン氏の命が狙われた行為は勘定に入れないのですか？　あれはサイラス・ケイン氏殺人事件と同じ範疇に入るのでは？」

「いいえ、そうは思いませんね、警視。シーミュー号に起こった事件と車に起こった事件は、失敗しやすい企みであり、現に失敗しました。月並みな人間が切れ者を演じたように見えますね。いっぽうサイラス・ケイン氏を殺した犯人は、失敗が許されない計画を立てました。あなたは犯人を褒めてやらなくては」

「よかったら、そろそろこの話題はおしまいにしませんか」ジムが割り込んだ。「大伯母にとっては愉快ではありませんから」

ロバーツがさっと振り向き、すぐさま謝ったが、ケイン夫人は猛烈な勢いで言った。「わたくしは最初から息子が殺されたと思っていましたよ。警察には証明できそうにないだけで。マンセル父子ですって！　あのふたりじゃありません！　サイラスが死ねば利益を得る立場にあったのは誰です？」

夫人はフフッと笑い、膝の上で指を組み合わせた。パトリシアは客間の窓からテラスに出てきたとき、雇い主の形相が怖いとさえ思った。小太りの老婦人は背筋をしゃんと伸ばし、目を青い氷のように光らせている。

テラスには気まずい沈黙が流れていた。「証明できやしませんよ、大伯母様。それに——何しろ、クレメントは死んだのだから」ジムは言いにくそうだった。

ケイン夫人のこわばった口元がほんの少し緩んだ。「ええ。死にましたね」

夫人の様子を見ていたハナサイドはずばりと訊いた。「クレメントさんが息子さんを殺したと、本気で考えておられますか、ケイン夫人？」

ケイン夫人の視線が警視を射抜いた。夫人は味も素っ気もない、感情に乏しい言い方で答えた。「わたくしが何を考えようと、他人《ひと》様の知ったことではありません。あなたの役にも立ちません。あなたは何も証明できないでしょう」

第十四章

パトリシアは客間の窓のすぐ外にじっとたたずんでいたが、ふと緊張がやわらいで、進み出た。

「これがご所望のお手紙でしょう、大奥様」

ケイン夫人は手紙を一瞥した。「わたくしはいりません。警視さんにお渡ししなさい」

ハナサイドは礼を言って手紙を受け取り、封筒に押された消印をためつすがめつした。彼は折り畳まれた便箋を取り出すと、それをパトリシアに返した。「封筒をお預かりできましたら、それでけっこうです、ケイン夫人」

「なんでも持ってお行きなさい」ケイン夫人は言った。「かまいませんよ」

「助かります」ハナサイドは封筒を手帳に挟み、立ち上がった。「とりあえず、これで失礼します」

ジムは警視に付き添って邸内を通り抜け、玄関ドアまで行った。「僕のボディガードのお役目、ご苦労様でした、警視。継父と異父弟に挟まれても、僕はピンピンしていますよ」

「だといいですが」

「あの父子《おやこ》はちょっとうっとうしくても」ジムは愉快そうに言った。「おたくのトロッター部長刑事がいてくれると、僕の言い分がある程度は信憑性が高くなります」

「私が君の言い分を信じなかったと思わせたなら、申し訳ない」

「実に気前がいいお言葉ですね、警視。もしかして……？」

「あなたの言い分を信じているか？　信じていますとも、ケインさん」

ジムは笑った。「事故のあとで帰宅して、やっとわかってきたんです。僕が疑惑を晴らそうとして何もかも仕組んだと、疑っているのでしょう。うちの社員に訊いてもらえれば、僕の無実は証明できます。僕がビルの裏口から入ってきたとき、両手が汚れていたかどうか」

「あいにく、それでは証明になりませんよ」ハナサイドはゆっくりと笑みをたたえた。「犯行時はゴム手袋をはめていたかもしれません」

「そうか！　それは思いつかなかった！」ジムは言った。「僕は容疑者のままですね。よき仲間に囲まれていると思えば、励みになります」

ハナサイドは気さくに返事をして、屋敷を退去し、次のバスでポートローに戻った。

警察署でカールトン警部に満足げに出迎えられ、いささか得意げに報告があると言われた。「ポール・マンセル氏のアリバイの件です」警部が言う。「実は、崩しましたよ、警視。わずかに犯行の可能性が生じました。若い男がマンセル氏のラゴンダを見たと証言してもいいそうです。クレメント氏が射殺された日の午後三時三十分、〈断崖荘〉の通用門の外に停まっていたとか」

「それは面白い」ハナサイドは帽子を掛けた。「信頼できる目撃者か？」

「と思います。修理工ですよ。私のオフィスで待たせてます」

「よし、すぐに会おう」

その目撃者は、茶色の髪がツンツンはねた長身の若者で、証言内容は明快だった。彼はハナサイドにこう話した――。ポートローにあるジョーンズ修理工場から土曜の午後に休みをもらい、ガールフレンドをバイクに乗せて湾岸道路をひとっ走りしていて、三時半頃に〈断崖荘〉に差しかかった。時間を覚えているのは、そのガールフレンドにせがまれてポートローでブラブラしたので、海岸のずっと先にあるブランサムにお茶の時間に間に合うかどうか怪しくなったからだ。

「そうか、よくわかった」ハナサイドは言った。「マンセル氏の車を〈断崖荘〉の外で見たんだね？」

「そうです。四・五リッターのラゴンダを」

「ナンバーは目に入ったかね？」

目撃者のバート・ウィルソン氏は思案するように頭を掻いた。「ええと、実際に目に入ったかどうかわかりません。言ってみればまあ。俺はその車を知ってるんです。ね？　そうなると、ナンバーも知ってるって具合になります。つまり――」

「いや、そういう意味じゃない」ハナサイドが口を挟んだ。「路上にはラゴンダが何台も停まっている。君はその一台がポール・マンセル氏の車だと言い切れるのかね？」

ウィルソン氏の信念は揺るがない。あれはマンセル氏の車だと断言して、さらに続けた。「俺はジョーンズ修理工場で働いてんです。ね？　ほんと言うと、〈断崖荘〉の外にあの車が停まってんのを見て、ガールフレンドに聞かせたんです。あれもウチの車だぜ、って。ま、要するに、つい二日前にうちでオイル入れてグリース塗ったんです。ポール・マンセルさんの車の整備はがっちり引き受けてます。だもんで、言ってみりゃ、あのラゴンダは隅から隅まで知ってんです」

「君が通りかかったとき、車のそばに誰かいたかい？」

「いいえ。後輪が道路からはみ出して停まってました。通用門のすぐ外です。俺のガールフレンドもそうだって言いますよ」

ハナサイドはお得意の鋭い目つきでじっと若者を見た。「八月十日の土曜日に、〈断崖荘〉で何があったか知っているかね？」

「ああ、クレメント・ケインさんがバラされてたんでしょ。ええ、そりゃ知ってます。町じゅうがその噂で持ちきりでしたから。えっと、要するに――」

「なぜ今までこの情報を提供しなかったのかね？」

ウィルソン氏はもじもじと体を動かし、困ったような顔をした。「こんな具合でした。俺はなんとも思わなかったんです。最初はね。きれいに忘れてたって感じで。で、情報提供を求める張り紙を見て、ガールフレンドにも教えたら、あいつがすぐ言ったんです。〝バート、どういうことかわかる？〟って。〝いいや〟って俺は言いました。〝どういうことだ？〟〝ポール・マンセルさんの車のことを警察に話さなきゃだめよ〟って、あいつが言うんです。〝そういうこと〟〝ああ、わかったよ、ドリス〟って――それがあいつの名前なんで――俺は言いました。俺はよけいなお節介焼く人間じゃないもんで。お節介はよしとしないし、したことないんです。だから、社長に話しました。ね？　そしたら、すぐ警察署に行けと言われて、ここにいるんです」

「はてさて、お次は気取り屋ポールが話し疲れないかな！」ヘミングウェイ部長刑事はこのやりとりを聞いてつぶやいた。

「君はポール・マンセルに偏見を抱いている。こんなに人を毛嫌いするところは初めて見たよ」

「偏見じゃありません」部長刑事がきっぱりと言った。「偏見は抱かないようにしてます。ただ、あの男はいけすかない、陰険な、裏表のある奴で、はした金のために実の婆さんも手にかけると言ってるだけで」

「実に控え目な言い方だ」ハナサイドは笑みを浮かべた。「一目瞭然でしょ？

「ふふん」ヘミングウェイはいらいらした。「一目瞭然でしょ？」　さてと、警視があたしの上司じゃなかったら――」

ハナサイドはため息をついた。「そのくだりは省略しよう。とっくに暗記してしまったよ。私が上司ではなかったら、なんと言う？」

「こう言います」部長刑事が即答した。「ポール・マンセルみたいな根っからのゲス野郎が君の鼻先で悪臭をプンプン振りまいているのに、ジム・ケインみたいな立派な青年を怪しむとは、君も焼きが回ったらしい。今のはもちろん」彼は付け足した。「警視があたしの上司じゃない場合のせりふですよ。ところが実際は――」

「まずはおかしな思い込みを捨ててくれ。私はほかの関係者よりジム・ケインを疑っているわけではない。本当だ。一部の人物に比べれば容疑の度合いも軽いが、公平な態度を取ろうとしている。君もそうしてみたまえ」

ヘミングウェイは警視に恨みがましい目を向けたが、こう言っただけだった。「気取り屋ポールには警視じきじきに当たります？」

「ああ。警視庁から何か連絡はあったかね？」

「そういえば、何かあったような」部長刑事は確認しに行った。

二、三分してヘミングウェイは細長い封筒を持って戻ってくると、それをハナサイドに手渡した。警視が開封して、中に入っていた数枚の紙を広げ、ざっと目を通すあいだ、部長刑事は鳥のように好奇心をあらわにして眺めていた。「面白いことがありましたか、ボス？」彼はやがて訊いてみた。

「特になし。シドニー警察は目当てのレイトンについては何も知らない。レイトン夫人はやはりシドニーに住んでいる。一年あまりになるようだ。メルボルン警察からの電報では、一九三三年の末からエドウィン・レイトンの消息がわからないらしい。彼が金をだまし取った罪で短期間服役して、刑務所を出所した時期だ。行方をくらましたと見える」

「とにかく」部長刑事が顔をパッと輝かせた。「奴が刑務所にいたなら、向こうに指紋と写真が揃ってますね。取り寄せましたか？」

「ああ。警察にもあればな。写しが航空便で送られてくる」

「人相の特徴は？」

「あまり役に立たない。年齢四十二歳、身長五フィート十一インチ、髪は茶色、目は灰色」

「それは珍しい！」部長刑事は皮肉たっぷりに言った。「女房は亭主の行方を知りませんかね？」

「知らないらしい」ハナサイドは紙を折り畳んで、ポケットにしまった。「写真が手に入るまで、取り立ててすることもない。私はポール・マンセルに会ってくる」

ハナサイドは警察署から徒歩で〈ケイン&マンセル〉のビルまで行き、受付で名刺を出すと、二階の奥の部屋に案内された。そこがポールのオフィスだ。階段を上って、広い廊下を歩く途中、警視はすばやく周囲に目を向け、何事も見逃さなかった。踊り場にあるドアは換気のためにあけはなたれていて、そこから通じている非常階段で裏庭に下りられるのだ。

ハナサイドがオフィスに通されたとき、ポール・マンセルは秘書と話していて、分厚いファイルを抱えて忙しそうだった。ポールはすぐに顔を上げなかったが、ハナサイドが机のそばの椅子に近寄ると、目を上げた。「ああ、こんにちは！　ちょっとお待ち下さい。ジェンキンズさん、これを書き取って！」

ポールは手紙を一通口述したが、ハナサイドには取るに足りない内容に思えた。やがてポールは秘書を追い出した。「お待たせして申し訳ありません。ご用件は？」

ハナサイドはやけに愛想のよい口調にごまかされなかった。警視は穏やかに言った。「教えていただけませんか、マンセルさん。あなたの車は八月十日の午後三時三十分に〈断崖荘〉の外で何をしていたのでしょう」

ポール・マンセルはいくらか血の気を失った。彼はさっそく問い返した。「その日の午後に僕の車が〈断崖荘〉の外にあったと、誰が言いました？」

「通用門近くの路肩に寄せてあったという目撃証言を得ています、マンセルさん。この点を釈明なさいますか？」

ポールは煙草に火を点け、煙を吸ってから答えた。「その話の出所をぜひとも知りたいですね」

「申し訳ありません。情報源を明かせる立場ではないのです」ハナサイドは平然として言った。

「うん、いやその——」ポールは言葉を切った。なんと言おうか決めかねている。「このとんでもない質問に答える気になれませんよ。情報源がわからない——」彼は警視の冷たい目を見て、また黙り込んだ。

「十日の午後にあなたの車が〈断崖荘〉の敷地の外に停まっていたことは否定されますか、マンセルさん？」

ポールは目を伏せたまま警視をちらっと見た。「否定する？　いいえ、否定するとは言っていません。しかし、事件とは無関係です。はっきり言って、あの場に存在した理由《レーゾンデートル》はごく単純で——」

「どんなレーゾンデートルがあるのか、説明していただきたいですね」ハナサイドが話を遮った。

「いいですとも！　かまいませんよ」ポールは言った。「前にも言いましたが、その土曜日は〈ブラザートン屋敷〉でテニスパーティの約束がありました。その前にトレント夫人のお宅でつい話し込んでしまいまして。〈断崖荘〉にはラケットを取りに寄らねばならなかったんですよ。以上です」

「なぜです？」

「なぜって？　もちろん、そこにラケットを置き忘れたからです。信じられないなら、妹に、ペンブル夫人かその夫に確認して下さい。ふたりともそこにいましたから」

「ふたりともどこに？」

「〈断崖荘〉に、サイラス・ケインが死んだ前日に。あの日、少人数のテニスパーティがあって——いや、お世辞にもパーティとは言えないな。僕と妹夫婦と、パトリシア・アリソンです。うちの家族は誰もテニスコートを持っていないので、サイラス・ケインが〈断崖荘〉のコートをいつでも使わせてくれたんです。あのときはお茶の時間近くに雨が降り出して、じきに晴れるだろうと、みんなで東屋に——ほら、大げさなサンルームみたいなものです——駆け込みました。くだらないゲームをしましたよ。暇潰しにコインゲーム、ジンラミーなんかをね。結局、雨は降り続け、お茶を飲もうと屋敷に戻りました。そのときラケットを東屋に忘れてきたんです。けろっと忘れていました。その日は雨がやまず、僕たち——妹とペンブルと僕——は東屋に戻らず帰宅してしまいました。僕はポートローに戻ってラケットを思い出しましたが、置き場所は覚えていましたから、安全で雨に濡れてもいないとわかりました。締め枠にも入れてありましたし、それが肝心なんです。ですから、〈断崖荘〉に取って返しませんでした。その後サイラス・ケインが死んだ騒ぎが持ち上がり、次はクレメントが殺され、あれやこれやで、十日に〈ブラザートン屋敷〉でテニスをすることになるまでラケットを忘れていたんですよ。もちろん、すぐに置き場所を思い出して、行きがけに取ってきました。これだけです。別に面白くもない話でしょう?」

「というと、マンセルさん、あなたは誰にも見られずに〈断崖荘〉の敷地を東屋まで歩き、ラケットを取り出して、また立ち去ったというわけですか?」

「そのとおり。どうすればよかったというんです? 車を正面玄関に乗りつけて、執事にラケットを取って来させろと?」

「一般に踏むべき手順としては、まず屋敷に電話をかけて、ラケットを取りに行く許可を求めるべきだったでしょうね」

ポールは独特の軟弱なしぐさでハナサイドの言葉をはねつけた。「よけいな手間ですよ。僕はケイン一家と親しくて――つまり、あそこは昔から勝手知ったる他人の家だったわけで。そうですね、二十分ゆとりがあっても礼儀を守らなかったとは言いませんが、すでに遅刻気味だったんです。警視もそろそろ〈断崖荘〉に詳しくなったでしょう。テニスコートの位置はわかりますか? 屋敷から相当離れていますが――ろくでもない場所に造ったもんだと前々から思っていました――それはどうでもいいことです。要は、通用門を入って、最初に行き当たった小道を左手に急角度に曲がると、東屋に出ます。屋敷から歩き始めたら、この倍以上は時間がかかるんですよ。まだ何かありますか?」

「あります」ハナサイドは言った。「なぜこの、なんらやましいところのない用事を隠したのです?」

「勘弁して下さいよ、警視。隠したつもりはありません!」

「失敬。しかし、八月十日の午後の詳細な行動をお訊きした際、あなたはこの出来事をお話しにならなかった

なかったばかりか、昼食後にトレント夫人宅を出た時間を偽ったに違いありません。〈断崖荘〉の通用門とテニスコートがどれほど近くても、トレント夫人宅を三時二十五分に退去したのなら、寄り道をしてラケットを回収したうえで、三時四十五分に〈ブラザートン屋敷〉に駆けつけることはできなかったでしょう」

ポールはしばらく黙って煙草を吸っていた。やがて口をひらいた。「まあ、どうしてもと言うなら白状しますが、ちょっと怖くなったんです。我ながら呆れますよ。クレメントが撃たれたと聞いて、僕はちょうどその時間に現場にいたと気づき、自分にはごく当たり前の行動が第三者には奇妙に思われるかもしれないと考えました。断っておきますが、何か見聞きしていたら、ただちに届け出ていました。言うまでもありません。でも、僕がそこにいたのは事件と無関係でしたから、今まで伏せておいたんです。賢明ではなかったと——」

「賢明の正反対ですよ、マンセルさん。これであなたは、控え目に言っても、ひどく不愉快な立場に置かれます。あなたがテニスパーティの日に東屋にラケットを置き忘れた事実を、妹さん以外に裏付ける人を挙げられますか?」

「はいはい、できます!」ポールは努めてさりげなく言った。「トレント夫人は僕がラケットを取りに〈断崖荘〉に立ち寄ることを知っていました。自分で話しましたから」

「マンセルさん、ご自分の胸に聞いてみてはいかがでしょう。トレント夫人はあなたの当初の供述を即座に裏付けたのですよ。その供述の一部を今ではご自身で偽りだと認めた以上、この先は私が夫人の証言を重要視するでしょうか」ハナサイドは辛辣に言った。

「やれやれ、警視は誰を差し向けてほしいのやら」ポールが言った。「ミス・アリソンはラケットの件を覚えているかもしれませんが、まったく知らないとも考えられます。僕は東屋に置き忘れたと大騒ぎしたわけじゃないですし。僕が持って出なかったことを彼女は気づかなかったはずです。眉唾物の話に聞こえるでしょうが、しかたありません。では、ほかに質問が――」

「あります」ハナサイドが言った。「教えていただけませんか？　けさ、午前十一時から十二時まではどこにいらっしゃいました？」

「あのですね、僕の居所があなたとどういう関係があるんです？」ポールは神経が擦り切れ、きつい口調で訊いた。

「居所を明かすことに異存がありますか、マンセルさん？」

「異存があるわけではないんですが――」

「それでは、私の質問に答えることをお勧めします」

ポールは一瞬、怒りをあらわにした。「うるさい、答える義務はない！」

「確かにありません」ハナサイドは言った。「あなたが返答を拒否したと記録に残してもよろしいですか？」

「まったく、なんて騒ぎだ――答えるのはかまいませんが、明らかな理由もなく尋問されたくないですよ！」

「けっこうです、マンセルさん。ある出来事が起これば、その時間帯の関係者の行動を調べる必要が生じます。あなたはどこにいらっしゃいましたか？」

「さあ。ここ、じゃないかと。どこに行くっていうんです？」

「もっと詳しく教えて下さい、マンセルさん。けさの行動は思い出せますね？」

「座って時計を眺めてるわけじゃありませんよ！　もっとまともな仕事があります。いつもの仕事をしました――まず郵便物に目を通して、秘書に手紙を何通か口述して――」

ハナサイドはあたりを見回した。「秘書もこの部屋で仕事をするのですか？」

「まさか。秘書の部屋はあちらです」ポールは続き部屋に通じるドアのほうを顎でしゃくった。

「けさ、秘書が手紙をタイプするためにここを出たのは何時ですか？」

「ええと、十時半頃ですね！　はっきりしません」

「十一時から十二時までのあいだ、秘書は戻ってきましたか？」

「いや、それはどうでしょう。つまり、戻ってこなかったと思います」

「あなたは何をしていましたか？」

「もちろん、仕事を続けていました」

「この部屋で？」

「ほとんどここで。一度梱包室に下りて、経理部にも寄りました。それだけですよ」

ハナサイドは立ち上がり、窓に歩み寄った。眼下の裏庭が一望できる。ビルの壁と直角をなす差し掛け屋根から、ポール・マンセルの車の後部が突き出ていた。車体は低い屋根で隠れている。

ポール・マンセルはやや不安そうな顔で警視を見つめた。「どうしました？　何が言いたいんです？」

ハナサイドは振り向いた。「この部屋は裏庭に面していますね」彼は言った。「けさジェイムズ・ケイン氏があちらに駐車したのを見ましたか？」

「いや、見ていません。裏庭に車が入ってくるたび、窓から身を乗り出して見とれたりしないんで。

ところで、どういうことですか？」

ハナサイドは机に戻ってきた。「ケイン氏は父上との面談を終えて〈断崖荘〉に戻る道中、事故に遭いました」

ポール・マンセルは腰を浮かせた。「そんな、死んだわけじゃないですよね？」

「ええ」ハナサイドは答えた。「ケイン氏は負傷を免れました。しかし、捜査の結果、事故の原因は車の前輪連結棒だと判明しましてね。左側のボールジョイントを締めるナットが緩んでいたのです」

ポールは眉を寄せ、警視をまじまじと見た。「僕がその車に細工した、と推理したんですか？」

「そうとは限りません」ハナサイドはいつもの静かな声で言った。

「そんな推理は願い下げです！」ポールは息巻いた。「僕がジム・ケインを殺そうとする理由がどこにあるんです？　それを言うなら、ジムの又従兄のクレメントを殺す理由だってない！　警察は厚かましくも僕を疑うのはいい加減にして下さい！　僕がくだらない取引を交わすために、ふたりの——ああ、三人でしたっけ——人間を殺すほどのばかだと言うんですか？」

「興奮しなくてもいいでしょう、マンセルさん」

「いいえ、そうはいきません！　少しは疑惑が晴れた頃でしょう。あなたがここに来てから何を言おうとしていたか、ちゃんとわかっていましたよ！　誰の入れ知恵だったのかも！　あのわざとらしいロバーツが、そこらじゅうで軽薄な探偵ごっこをしてるんだ！」

ドアがひらき、ジョゼフ・マンセルが部屋に入ってきた。心配そうな、怯えた顔をしている。「これは何の騒ぎだ？　何の騒ぎだ？」彼は言った。「ポール、どうした！　こちらのオフィスでも声が聞こえたぞ！　何もわめくことはない——わめくことはないじゃないか。おお、これはいらっしゃい、警視。今回はどんな事件で?」

「なんでもないよ!」ポールは椅子にぐったりと座った。「ハナサイド警視は、僕がジム・ケインを殺そうとしたと非難しているだけで!」

「ジムを殺す? なんとまあ、どういうことですか、警視?」

「息子さんは誤解しておられます、マンセルさん。私はいかなる理由でも息子さんを非難しておりません。お願いしたのは一点だけ。けさ、ケイン氏があなたのオフィスにいらした時間帯の行動を説明することです」

「ふむ、ふむ、説明してもかまわんでしょうな。義務は果たすべきですから。それにしても、ジム・ケインがどうしました?」

ハナサイドはかいつまんで説明した。ジョーはすっかりショックを受けて、過失による事故だろうとかぼそい声で言い、息子がかかわっていると警視が本気で考えているはずがないと付け加えた。

「そこが父さんの早とちりですよ」ポールは茶化すように言った。「警視の読みでは、僕がクレメントを殺し、サイラスも殺したんです。今度はジムを片付けて連続殺人の幕を下ろそうとしたわけで。要するに、警視の頭にこんな非常識な考えが浮かんだのは、あのロバーツのお節介野郎に吹き込まれたせいでしょうよ!」

「ポール、落ち着け、ポール! 静かに! 警視はそんなことを考えていないし、ロバーツだって考えてやしない。おまえはあれこれ気に病んではいらいらしているんだ!」

「じゃあ、仮にそうだとして、驚くようなことですか?」ポールが言い返す。「僕は刑事連中に嗅ぎ回られて、もう顔を見るのも嫌なんです。そのうえロバーツにつきまとわれ、クレメントを殺したとがなり立てるような真似をされたんですよ！」彼は椅子に座ったままくるりと回り、ハナサイドに向き合うと毒づいた。「無駄骨を折りたいなら、たまにはロバーツを追ったらどうだ！　僕はうんざりした！　あいつにもクレメントを殺す動機があるんだ！」

「ポール！」彼の父親が警告するように言った。「さあ、そのくらいにしなさい！　そんなにむきになるな。おまえもよく知ってのとおり、ロバーツがクレメントを殺したはずがないじゃないか。たとえ動機があったとしてもだ。まあ、その動機もない。落ち着きなさい！　警視は職務を遂行しているだけだよ」

ポールは我に返って落ち着いたようだ。顔を赤らめて、先ほどは申し訳なかったが、この事件は神経に障ると小声で言った。ハナサイドはポールからはもう情報を引き出せないとわかり、挨拶をして、ジョー・マンセルと一緒に部屋を出た。ジョーは階段のてっぺんまで並んで歩き、息子が怒りを爆発させたことをくどくどと弁解していた。

ハナサイドは〈ケイン&マンセル社〉のビルから〈杉の木荘〉に向かった。ジョー・マンセルの住み心地のよさそうなヴィクトリア朝様式の家は、散歩道に続く広い通りに立っていた。警視が見たところ、この家の人々は〝子供たちはお茶を飲んでから寝かせる〟という自虐的な楽しみを強いられていた。これはベティひとりが好んでいる習わしだ。だが彼女は、母親も、夫も、彼女の滞在中に〈杉の木荘〉を訪ねてくる愚かな午後の訪問客も、みんな子供たちに会いたくてたまらないと思い込んだ。アガサ・マンセルほどの歯に衣を着せない物言いをする女性でさえ、毎日客間に押しかけられても文句を言えないのだ。子供たちに文句を言ったらベティの心をひどく傷つけてしまう。そこで子供たちは手を洗い、髪を梳かして、上等の服を着て、毎日午後五時に客間に駆け込んでは、甘い菓子ともてなしを大声でしつこくせがむのだ。

ハナサイドは名刺を出して、ペンブル夫人と少し話したいと申し出た。ジェニファーとピーターはおだてられてふたりの訪問者と握手して、子供が初対面の大人に否応なく訊かれるつまらない質問にいくつも答えてやると、単純だが面白い遊びを始めた。ソファに飛び乗り、クッションを押し潰して、また飛び下り、最初から繰り返す。ベティはそれを一目見て悲鳴をあげた。「まあ、これではお話しできないわ！」だが、よく考えて、子供たちと離れてもいいと言った。「一分だけよ、いい子にしてて！」

この時間制限は、きちんと守られたら、むしろハナサイドに都合がよかっただろう。警視は面談の時間をせいぜい五分と見積もっていたが、ペンブル夫人と知り合って三十秒後、相手は当たり障りのない質問に当たり障りのない答えをするタイプではないとわかった。案の定、警視が肝心の質問をする機会はしばらく訪れなかった。まず、夫人のわけのわからないおしゃべりを聞いて、彼女は子供たちと遊んでいたのだと察しをつけるしかなかった。お茶のあとは必ず子供たちと遊ぶんです。もちろん、ほかのときでも。警視さんがどうして私に会いたいのか、さっぱりわからなくて。私、なんにも知らないのに、ほんと。一分しか時間をさけません。事件そのものがめちゃくちゃ恐ろしくって。なんとか忘れようとしてたんです、ほんと。あげく、自分のことは決して話さないようにしてるのに、ほんと神経がぴりぴりして……。

ハナサイド警視はお茶に手をつけないまま、ベティがまくしたてる打ち明け話にめまいがしたが、なんとかそこに割って入り、質問を投げかけた。ペンブル夫人、前回お兄さんと〈断崖荘〉でテニスをした際、お兄さんがラケットをどうしたか覚えておられますか？　サイラス・ケイン氏が亡くなった前日のことですが。

ベティがやっとのことで問題のテニスパーティを――〝ジェニファーが吐き気を催した日〟や〝ピーターが階段から落ちた日〟のような目印をつけて――思い出した頃、彼女の夫も部屋に来ていて、警視の質問にすかさず答えた。「覚えていますとも！」ペンブルは言った。「東屋に忘れていきました。帰り道、本人からそう聞いたんです」

夫の力強い言葉を聞いたベティはしゃきっとした。「ええ、そうそう！　すっかり思い出したわ！　あのときはラケットを取りに戻れなかったんです。子供たちを寝かしつける時間に戻ると約束してたので。そうよね、クライヴ？」

「助かりました」ハナサイドは言った。「知りたかったのはそれだけです」

「ほかにも、私がお話しできることがあったら、いつでもどうぞ」ベティは力を込めた。「だって、おぞましい事件だから――心配で心配で。そうでしょ、クライヴ？」

「そうだとも！」ベティの律儀な伴侶が言った。

ハナサイドはベティに礼を言い、わかったことを教えに来るようにという誘いはやんわりと断り、退去した。ペンブル夫妻は客間に戻り、ペンブル夫人は子供たちと遊ぶ合間に、警視の奇妙な質問の謎解きをしようとあれこれ一生懸命に語っていた。子供たちがぐずぐず言いながらも、子守に連れて行かれると、ベティはローズマリー・ケインに電話をかけ、夕食後に車で〈杉の木荘〉に来て、楽しくおしゃべりしましょうと招待した。

ローズマリーは、ジョゼフ・マンセルかポール・マンセルに夫を殺されたとさんざん公言しているにもかかわらず、ベティの誘いを二つ返事で受けた。そこで、〈断崖荘〉に残った人たちはいくぶん平穏に夜を過ごすことができた。ノーマはコンゴで撮ったスナップ写真をケイン夫人に見せ、サー・エイドリアンは本を読み、ジムとパトリシアはビリヤードをして、ティモシーは内緒の仕事があるからと姿を消した。

ローズマリーが帰宅すると、ケイン夫人はすでに寝室に運ばれたあとで、ほかの家族も自室に引き取ろうとしていた。ローズマリーは楽しかったかと訊かれ、〈断崖荘〉の雰囲気を逃れてほっとしたと答えたが、ベティ・ペンブルとは話が嚙み合わないとも言った。

午前一時の少し前、いつも夜ふけまで読書するサー・エイドリアンは本を置き、ベッドで体を起こして、じっと耳を澄ませた。やがて彼は立ち上がり、風変わりなガウンをはおると、懐中電灯を持って、静かに廊下へ出た。屋敷は闇に包まれているようだ。廊下を歩いて継息子《まま》の部屋に向かい、そっとドアをあけた。一歩足を踏み入れたとたん、甲高い音が静寂を切り裂いた。無数のベルらしき物がけたたましく鳴っている。

「やれやれ！」サー・エイドリアンは腹を立て、声をあげた。

ジムはがばっと起き上がり、枕元の明かりを点けた。「いったい――？　やあ、エイドリアン！こりゃなんの騒ぎです？」

「見当もつかない」サー・エイドリアンが答えた。「誰かが階下《した》を歩き回っているようだと教えに来たが、誰であろうがとっくに逃げおおせた頃だろう。それより、そのベルは鳴り止まないのかね？」

「あのクソいまいましい小僧め！」ジムは罵り、ベッドから出た。「あいつの仕業に決まってます！」

その頃には、ティモシーを除いた屋敷じゅうの人間が騒音で目を覚ましていた。ノーマ、パトリシア、ローズマリーと、眠そうで怯えた使用人の一団が廊下で肩を寄せ合い、何があったのか知りたがり、ケイン夫人の部屋からはパトリシアを呼ぶ夫人の声がした。パトリシアが老婦人をなだめる間に、ジムは騒音の原因を突き止めた。寝室のドアのマットの下に置かれていた、精巧な盗難警報機だ。ジムがすぐに音を切ると、ローズマリーは耳から両手を放して、誰がこんなにやかましい音を立てたのかと訊くことができた。

「誰って、ティモシーしかいないよ」ジムが答える。「しかも、僕がむざむざ金を払ったとはね！」

「ねえ、あの子はいずれ大物になるような気がしてきたわ！」ノーマは母親のプライドをくすぐられていた。「すばらしく頭がいいじゃないの——警察が打った手よりよっぽどいい！　ところで、これはどうして鳴ったの？」

「私が鳴らした」サー・エイドリアンが言った。「部屋の真下で足音が聞こえるような気がしてね、ジムを起こしに来たのさ。そんなつもりはなかったのに、家じゅうを叩き起こしてしまった」

　そのときオグルが正面階段を上ってきた。髪を二本の三つ編みにして、赤いフランネルのガウンの紐を締め、湯気が出ているカップを持っている。「突拍子もない音を立ててたのは誰です？」オグルがぷりぷりして言った。「大奥様は心臓が止まりそうになりましたよ、ぜったいに！」

「あなた、階下をほっつき歩いてたの？」ノーマが咎めるように訊いた。

「いいえ、奥様、違います！　ほっつき歩くなんて人聞きが悪い。大奥様が飲むオヴァルティン（ココア味の麦芽入り栄養飲料）を作ってました。眠れないんですよ。それも当然って言うしかありません。こんなことが次から次へと起こるんじゃねえ！」オグルは廊下に立っている一団の脇を颯爽と通り過ぎ、ケイン夫人の部屋にすたすたと入っていった。

「ありがとう、エイドリアン！」ジムは途切れがちな声で言った。「どう考えても、あなたは命の恩人だ」

第十五章

ハート少年は朝食の席で昨夜の出来事を知り、発明が成功した誇らしさと騒ぎに気づかず寝ていた自己嫌悪の板挟みになっていた。父親が警報を鳴らすとはケッサクだと思った。恩知らずの異父兄からブービートラップを部屋のドアの前に仕掛けるなと叱られ、ぷんとして答えた。あれはブービートラップではないし、父親が夜中に家の中を歩き回ったのは想定外だったと。母親はかたくなに彼をかばい、毎晩警報器をセットするべきだと訴えた。ジェイムズ・ケイン氏は、このままではおちおち家にいられない、警察に早く事件を解決してほしいと言った。

「まったく、そろそろ解決していい頃だわ」ノーマは言った。「そもそも何か手を打ってるのかと、ふと考えてしまうの。納得いかないわね！」

ヘミングウェイ部長刑事も似たようなことを言っていたと知ったら、ノーマは気が晴れていたかもしれなかった。

「てんで進展がありません」ヘミングウェイはぼやいた。「クレメント・ケイン殺しには九人もの容疑者がいて、今回のケイン青年の殺害未遂で多少は絞れたように見えますが、よく調べてみると、ますます事態がこんがらがってきました。たとえば気取り屋ポールです。クレメントが射殺された時刻に奴が現場にいたとわかって、いよいよ追い詰めたかと思ったら、大外れだった！　奴は説得力ゼロの言い訳を並べ立て、あのペンブル夫婦がよせばいいのに裏付けをするんですからねえ。ガッカリしましたよ、ボス。我々が追ってる殺人犯はひとりか、ふたりか。そいつを知りたいもんです」

「私だって知りたいさ」ハナサイドが言った。

「そう、あたしの考えだと、何もかもひとりの人間の仕業で、犯人はポール・マンセルだと睨んでます。ジム・ケインだとは思えません。彼が手がかりひとつ残さず身内をふたり始末するほど冴えてるなら、どういう狙いで自分の殺害未遂を二度もでっちあげたんでしょう？　こっちはつかんでないが、裏に何かあるはずだ。おまけに、自分で車のナットを緩めたら、相当な危険を負うことになります。町の真ん中でナットが外れてたら、バスに突っ込んだりしたかも。どえらいヘマをやらかしましたよ！　ナットが外れた瞬間にほかの車が向かってきたら？　ケインは最初の二件の犯人像には合う――それは認めますが、この大詰め《デーヌマン》の犯人像には合いません。我々は二件の殺人と、二件の殺人未遂に当てはまる犯人を追ってるなら、候補はマンセル父子《おやこ》――もちろん、あたしはポールに賭けます――とこのレイトン、まだお目にかかってない御仁だけですよ。どうしてもわかりませんね、警視。なんで気取り屋ポールが犯人だと思えないのか」

「動機が気に入らない」ハナサイドは答えた。「人を殺すほどの見返りがないからね」

「ふうむ、そいつはどうだか」部長刑事は言った。「あたしは、たかだか数百ポンドの保険金目当てに実の母親を殺した男を知ってます」

「今は貧しい犯罪者を相手にしているわけではないし、私は数百ポンド欲しさに三人を殺した話は聞いたこともない」

「ポールの場合、数千ポンド手に入ると予想したでしょう」

「たぶんな。しかし、予想と確信にはへだたりがある。それに、君が見逃している要素がもうひとつあるぞ。クレメント・ケインが撃たれたとき、ジェイムズ・ケインはガーデンホールに立っていたのに、何も目撃していない。茂みがガサガサ揺れるところもだ。なんなら、こう主張してもいい。殺人犯は書斎の窓越しにクレメントを撃ち、数秒後に植え込みに飛び込むこともできたのではないか。ところで、そのガーデンホールを見てきたよ。ジェイムズ・ケインの証言では、庭に続くドアはあいていた。万一ドアが閉まっていても、上部がガラス張りなので、やはり外は見えていたはずだ。至近距離から銃声がして、ジェイムズ・ケインはとっさに振り向いたに違いない。無意識の反応だな。彼はあたりを見回し、ただちにあいているドアから庭に出たそうだ。私はそのガーデンホールに立ってみて、植え込みを一望できるとわかったよ、ヘミングウェイ。ジェイムズ・ケインが庭の不審な動きを見落としたのはなぜなのか、どうも解せないな。殺人犯が逃走する際、植え込みにもぐらず、屋敷の脇に沿って私車道に抜ける小道を通った場合、ケインが外を見たら犯人の姿が一瞬でも目に入らなかったはずがない。ところが、銃声の前にもあとにも、小石を踏む足音さえ聞いていない。こうも考えられる。ケインがガーデンホールに入った直後に発砲があったとすれば、何者かが書斎に近づく物音を聞いたとは限らない。だが、その場合は慌てて逃げる足音が聞こえたはずでは？　ジェイムズ・ケイン自身の容疑を晴らそうとして、はるかに奇っ怪な可能性を突きつけられたようだな。つまり、ケイン夫人がクレメントを殺し、ジェイムズ・ケインはそれを知っていると」

「復讐ですか？」

「それと、クレメントと妻が〈断崖荘〉に住み着いた嫌悪感さ。ケイン夫人はクレメントが息子を殺したと思い込んでいる。そこは確実だろう。疑問のひとつは、夫人が三八口径のような重い拳銃を使えたかどうかだ」

「そうですね。ただ、あの人が手を下して、ジム・ケインがそれを知ってるなら、ケインの命を狙った企てはどうなります？」ヘミングウェイは口を尖らせた。「サー・エイドリアンの仕業ってことにする気ですか？」

「そうとも考えられる。とはいえ、二件ともケインの狂言だったのかもしれない。ケイン夫人を捜査の目からそらすため、また保身のためでもあったか。ひねくれているがね、人の頭はひねくれているんだよ」

　部長刑事はため息をついた。「ますますややこしくしてくれますねえ、ボス。どこまで捜査が進んだかわかりゃしません」

「そもそも方向が間違っているんだ」警視がすかさず答えた。「クレメント・ケインが撃たれた拳銃を探さなくては」

「無理難題ってやつですな」ヘミングウェイがぽつりと言った。「下手人がジェイムズ・ケインなら、どう考えたって、拳銃はあのボートで海に持ってって捨ててきたでしょうよ。やっぱりダーモットが犯人なら、拳銃は湖の底でしょうけど、それより、ここからうんと離れた場所でしょうかね。マンセルの息子が犯人なら、どこに捨てたか見当がつきません。いやもちろん、植え込みの中は探しましたが、地面が掘られた形跡はありませんでした。当てにしてたと言えば嘘になりますが。犯行現場のそばに凶器を残していくのは、人間の本性に反してますよね？」

「それは体のいい口実で、捜査では通用しないぞ」ハナサイドは言った。「なるほど十中八九、凶器は犯行現場の付近では発見されない。例外は、犯人が自殺を偽装した場合だけだ。しかし、この事件を調べれば調べるほど、敵は頭の切れる奴だとわかってきた。さらに、忘れてはならない点がある。殺人犯がポール・マンセルかトレヴァー・ダーモットではない限り、カールトン警部に会う前に凶器を始末する暇がほとんどなかったことだ。まあ、カールトンは誰の身体検査もしなかったが、犯人は凶器を所持している現場を押さえられたくあるまい。本能の赴くまま、即座に処分するものだ」

「ええ、そりゃ申し分ない心理学です、警視殿」部長刑事が舌を巻いた。「これからどうします？湖をさらいますか？」

「いざとなったらな。だが、ジェイムズ・ケインもケイン夫人も、そこまで屋敷から離れた場所に拳銃を捨てられなかったはずだ」

「あのシャクナゲの茂みは？　天災ティモシーがそこを探して、あたしも探しましたが」

「違う。私も考えたが、あの茂みではなさそうだ。犯人があそこに拳銃を隠したならば、埋めるしかない。こちらは根元の盛り土の中を探さないわけにいかないからね。私は犯人が埋めたとは思わない。時間がかかるし、屋敷の中にいる人に見つかるかもしれないし、今にも庭師のひとりが通りかかるかもしれない。敷地内で拳銃を処分するなら、さっさと片付けるしかなかった。さてと、書斎の窓から十フィート足らずの場所に雨水升はないかね？」

ヘミングウェイ部長刑事は目をぱちくりさせた。「そりゃ、ありますけど、何者かがそこにハジキを捨てたっていうんですか、警視殿。いつなんどき見つかるかわからない場所に？　いやいや、犯人はどうかしてます！　雨水升は書斎の目と鼻の先ですよ。いくらなんでも、あそこに捨てようとは思わないでしょうに！」

「我々の盲点を突いたのさ」ハナサイドはうっすらと笑みを浮かべた。

部長刑事は顎を掻いた。「言っときますが、そこを探そうとは思いもしません。正直なとこ、そもそも見つかるとは思ってなかったんで」

「私もそうさ。我々はそこが間違っていたんだろうな。問題の雨水升を調べに行こう」

ところがヘミングウェイ部長刑事は、屋敷の外壁を背にそびえている緑色の大型雨水升を目にすると、首を振った。「ここに捨てる度胸はなかったでしょう」

「この犯人は大した度胸の持ち主だよ」ハナサイドが厳しい口調で言った。「そのへんに長い枝はないかな？」

「お安いご用で」ヘミングウェイは言い、植え込みが途切れた先にあるバラの円形花壇に向かい、立木作りの幹を支える支柱を一本、何食わぬ顔で引き抜いて、ハナサイドに渡した。警視は雨水升が立つレンガの台に乗り、木の蓋をあけると、黒っぽい水に支柱を下ろして、かき混ぜたりつつき回したりした。部長刑事は、興味津々ながら期待はせずに眺めていた。

「底に何か落ちているぞ！」ハナサイドが声をあげた。「動かしてみた」彼は支柱を引き上げ、脇へ放り、レンガの台から下りた。「蛇口をあけろ、部長刑事！　この升を空《から》にしたい」

「やれやれ、さぞ庭師頭に喜ばれるでしょうなあ」ヘミングウェイはぼやいたが、蛇口をひねり、数歩下がった。すると、雨水升の水がしぶきを上げて砂利道に流れ、まず池を作り、やがて川になった。

勢いを増す洪水の様子を見に来たのは、庭師頭ではなくオグルだった。老メイドはガーデンホールを飛び出して、刑事たちの元に駆けつけた。「すぐに蛇口を締めなさい！」彼女は声を荒らげた。「こともあろうに、すっかり荒らしてくれて！　花壇を台無しにして、庭を歩けなくするなんてとんでもない！　その雨水升になんの用が？　誰にいじっていいと言われました？」

ハナサイドはその言葉に取り合わず、オグルを追い払う役目を部下に任せると、彼はあっという間にやってのけた。オグルはお庭が被害を受けていることをジェイムズ様に伝えてくると言い、一目散に屋敷へ駆け戻るや、しばらくしてジムを連れて戻ってきた。「あそこです！」彼女は言った。「すぐにやめろとおっしゃって下さい！　大奥様はお許しになりません。ほんのちょっとでもだめ！　なんて厚かましい！」

「わかったよ、オグル！　もう下がっていい」ジムは言った。そして足元にできた湖と警視とを見比べ、オグルがしぶしぶ室内に引き上げてから口をひらいた。「ところで、これは必要なんですか？　庭のこの一画を改良しているわけではなさそうですし。どういうことです？」

「必要だと考えなければやりませんよ、ケインさん」ハナサイドはぞんざいに答えた。「庭に深刻な被害を与えないはずです。雨水升には水が半分しか入っていませんでした」

「それはどうも」ジムの顎がややこわばった。「では、升を空けた目的を教えてもらえるでしょうね？」

「もちろん」ハナサイドは眉の奥に引っ込んだ目でジムを見た。「私は捜査をしています。異議がありますか？」

「あります」ジムは言った。「あなたはまず僕の許可を取らずに僕の財産の一部に損害を与えた。大いに異議があります」

「申し訳ありません」ハナサイドはすぐさま謝った。「この雨水升を空ける許可をいただけますか？」

ジムのにこやかな目にはしばしほほえみの影もなく、厳しい表情が浮かんでいた。やがて、彼はさっぱりした性分を取り戻し、笑い声をあげた。「いいですよ！」

「恐れ入ります」ハナサイドは言い、蛇口から流れる水が細くなるのを見守った。

ジムは煙草に火を点け、ガーデンホールに体を半分入れ、もう半分は出して、たくましい肩をドアの枠に預けていた。「信念を貫くお手本として、この仕事ぶりは他の追随を許しませんね」

ハナサイドが顔を上げた。「はい？　おや、ケインさんでしたか」

「ふざけないで下さい」ジムは言った。「あなたがたのもくろみがわからないとでも？　凶器を探しているのは見え見えですよ。もちろん、犯罪現場の目と鼻の先にある雨水升に隠されているんですよねえ」

「今にわかります」ハナサイドは言った。「手を貸してくれ、部長刑事」

ヘミングウェイは、ジェイムズ・ケイン氏のいかにも疑り深い態度にひそかに共感しつつ、洪水に足を踏み入れ、上司を手伝って重い雨水升を台から地面に下ろし、横向きに傾けた。泥水が伝い落ち、さらに傾けると、中で何かが滑る音がして、板でギシギシこすれた。

「出せ！」ハナサイドが命じた。

ヘミングウェイは雨水升の底に両手を入れ、何かを持ち上げた。三八口径のコルトが雨水升の側面をガチャガチャと音を立てて滑り、しぶきをあげて水たまりに落ちた。

「やあ、これは参ったな！」ジムは目を見開いた。

「失せ物はすぐ目につく場所で見つかることもありますよ、ケインさん」ハナサイドは穏やかに言い、かがみこんで拳銃を拾った。

折悪しく、そこへハート少年が屋敷の角を曲がって現れた。退屈で、暇を持て余していると全身で訴えている。ふたりの刑事を見つけると、晴れやかな顔になり、熱意と好奇心に満ち満ちて、跳ねるように近づいた。「こんにちは、刑事《デカ》さん！　何やってんの？」ティモシーは訊いた。「うへえ、すっごいグチャグチャ！　ねえねえ、何が見つかった？」

ヘミングウェイ部長刑事は、きょとんとしてハナサイドの手の中の拳銃を見つめていたが、はっと我に返った。「いいかい、坊や、帰って小話は自分に言って聞かせな！　こっちは忙しいんだ」

「ハジキを見つけたんだね！」ティモシーは大声をあげた。「うへえ！　ねえ、あの銃身の先についてる変なものは何？」

ハナサイドはリボルバーから視線を上げ、ハート少年の真剣な顔つきをしげしげと眺めた。ヘミングウェイが遠ざけようとしていたが、少年にはその場を立ち去る気はなさそうだ。「もういい、ヘミングウェイ」警視は声をかけた。「別にかまわないだろう」

部長刑事はけげんそうな目でちらっと警視を見たが、ハート少年を追い出そうとする手を止めた。

ジムは拳銃を睨んでいた。「どういうことです。それはサイレンサーじゃありませんか？」

「そのとおり」ハナサイドが答えた。

「すると、その拳銃が凶器であるはずはありません」ジムは反論した。「あのとき、とんでもない音がしましたから！　そこのガーデンホールでも聞こえたんです」

「妙な話ですな」ハナサイドは動じる様子もなかった。彼は拳銃をポケットにしまい、屋敷のほうを向いた。雨水升のために造られたレンガの台を探るように見つめると、そこに近づいて、かがんで、つぶさに調べた。そして何かをそっとつまみ上げた。「やっとわかってきたぞ」

ほかの三人は首を伸ばして、警視の手のひらに載せられた物を見た。「焦げた導火線の切れっ端だ！」ジムが叫んだ。

「なんてこった」ヘミングウェイがつぶやき、レンガの台のそばに膝をついた。「こっちにも切れっ端がありますよ、ボス。これで全部みたいです」

「十八インチくらいか」ハナサイドは断片の長さを目分量で測った。「燃焼時間は三分だな」警視は雨水升に通じる配水管を見上げた。「これはどこから落ちて――」彼は言葉を切り、配水管を建物の外壁に留めている金具に手を伸ばし、丹念に感触を確かめた。「ここの金具からだ」そう断定すると、もうひとつの焦げた導火線の切れ端を握った手を下ろした。「起爆装置があるはずだ」彼はハート少年を見下ろして、かすかにほほえんだ。「役に立ちたかったら、探してきてくれないか」

「任せといて！」ハート少年は勢いよく言うなり、屋敷の外壁沿いに金魚草がびっしりと植えられた花壇をさんざんに荒らし回った。

ヘミングウェイは呆然と問いかけるようにハナサイドの顔を見つめていたが、何か言おうとして警視の冷静な表情に出くわし、思い直した。部長刑事はティモシーと一緒に起爆装置を探し始めた。やがて、ティモシーが勝利の雄叫びをあげ、土のついた親指と人差し指で何かをつまみ上げた。薬莢に似た真鍮の品で、開口部が狭くなっている。「見て見て、これなの？」

「まさしくそれだ」ヘミングウェイはティモシーから起爆装置を受け取った。

ジムは相変わらず途方に暮れている様子だ。「それはどんな仕掛けなんです？」

「ごく単純ですよ」ハナサイドが答えた。「導火線の一端をこちらの端に差し込みます。すると、雷管の側面がきっちりと締めつけられ、導火線を挟みます。わかりますか？　次はここの金具に掛け、導火線の反対側の端を裂いて点火します。お決まりの導火線ですよ。そういうことにしておけば無難でしょう。白くて、一分につき六インチ燃える。見つかったのは、そのうち十八インチといったところですね。あなたやみなさんが聞いた音は、ケインさん、又従兄さんを殺した銃声ではなく、この起爆装置が作動した音だったのです」

「やれやれ。だから庭を見ても人影がなかったのか！」ジムは言った。「クレメントは数分前に撃たれていたんですか？」ハナサイドが頷いた。「なるほど。でも、まだ納得できません。おかげで僕の容疑は晴れそうですが――」

「導火線をつけた理由はなんだと思いますか、ケインさん？」

「アリバイ作り！」ハート少年が息を切らし、小さく戦勝の踊りを踊っている。「わあーいっと！」

「アリバイ作りか」ジムは繰り返した。「ええ、そりゃそうです。鈍感で申し訳ない。ただ――」

「ジムったら、ばっかだなあ！」ティモシーが言った。「ジムがこんなことするわけないじゃん。自分でアリバイを用意しなかったんだからさ！　うーん、これは面白いや！」

「僕のアリバイのことはよくわかった」ジムが言った。「しかし、どうもぴんとこないのは、こんな仕掛けをして、誰が得をするんでしょう。マンセル父子のどちらにも、ダーモットにも――それどころか、ミス・アリソンを除いた全員にアリバイが成立していないので、警察も疑わずには――」

ティモシーは震える息を吸い込み、ぎらぎら光る非難の目をヘミングウェイに向けた。「だから言ったじゃない！」少年は言った。「あいつを見張っててよ、って！」

「いったい誰を見張ってろと？」部長刑事が訊いた。

「プリチャードに決まってる！　バレバレだよ！」

「プリチャードだって？」ジムは言った。「ちょっと待てよ、あの執事にどんな関係があるっていうんだ？　つい去年バーカーじいさんが死んでから雇われた、勤めが浅い執事だから、遺産を分けてもらえるわけでなし。それに――」

ティモシーはじれったくて地団駄を踏んだ。「〝姿なき殺人者〟だよ！　あいつはあの夜サイラスが出かけるのを知ってたし、こっそりあとをつけたんだ！　それから又従兄のクレメントを始末したアリバイを偽装しようと、こんな仕掛けをセットした。あいつが玄関ベルに応える前はどこにいたのか、誰も突き止めようとしなかった。まさか犯人には見えなかったからさ！」

「しかし、どうして？」ジムが訊いた。

「あいつの正体はモードの旦那だよ」ハート少年がささやいた。

「あっちに行け！」ジムは呆れたように言った。

「僕は間違ってない！　ジムは認めてくれなくても、ロバーツさんなら一理あると言ってくれる。だってさ、プリチャードが疑われなかった理由はただひとつ、銃声がしたとき玄関ホールにいたからだ。そんな顔したってだめだよ！　これは百パーセント事実なんだから！　最初にレイトンって奴の話が持ち上がったとき、ロバーツさんに話してみたら、レイトンが執事になりすました可能性を早いうちから思いついたんだって。でも、プリチャードには鉄壁のアリバイがあるから、考えても埒が明かなかったみたい」

ハナサイドは眉ひとつ動かさずに少年の話を聞いていたが、やがてこう言った。「それをプリチャードに言ってはいけないよ。ほかのどの使用人にもだ」

「言わないよ！　一言だって漏らさない！　でも、ロバーツさんにはいいでしょ？」

「ああ、話したいなら話してもいいさ」ハナサイドは答えた。「部長刑事、雨水升を元に戻すから手を貸してくれないか？」

ジムは眉間に皺を寄せた。「こいつが誰かに何か言ったほうがいいと思いますか、警視？　そりゃあ、僕には関係ありませんが――」

「ロバーツさんには何を話してもかまいません」ハナサイドは言った。「執事の耳に入っては困りますが。ただ、ティモシー君はわきまえています。よし、ヘミングウェイ。それでいい」

「これからポートロードに戻るの？」ティモシーはふたりの刑事が立ち去ろうとしているのを見て、尋ねた。「戻るんなら、僕もヴィクトリア・プレイスまで行くよ」

「わかった」ヘミングウェイは腕時計に目をやった。「でも、十時四十五分のバスをつかまえるなら、急がなきゃだめだぞ」

「あの、ちょっと待った！」ジムが言った。「この不始末をどうしてくれるんです？　つまり、そうやって軽やかに退場するのはけっこうですが、この事件に僕の生死がかかってるんです！」

「忘れてはいませんよ」ハナサイドは言った。「これから署に戻り、ロンドン警視庁に緊急の問い合わせを何件もします。今晩か、明日のどこかで結果を報告できるでしょう。それまではひたすら耐えていただくしかありませんね」

「じゃあ、僕のかけがえのない命はどうなります？」

「それはトロッター部長刑事が責任を持ちます」ハナサイドはにやりとした。「差し迫った危険はないはずですよ」

ハナサイドとヘミングウェイ部長刑事はティモシーを挟んで、きびきびした足取りで私車道を歩き、ポートロー行きのバスにぎりぎり間に合う時間にロッジの門に着いた。車内にほかの乗客がいなかったので、ティモシーは事件に思いを巡らせ、ふたりの連れから情報を探ろうとして道中のつれづれを慰めることができた。ポートローのヴィクトリア・プレイスに着くと、少年は慎重に振る舞うと約束して、先にバスを降りた。

ティモシーがバスを降りたとたん、ヘミングウェイは深々と息を吸い込んだ。「いやあ、まさかこの日が来るのを見届けられるとは！」

「君にとっては嬉しい驚きだな」ハナサイドは言った。

「警視殿、どうしちゃったんです？　もしもあたしが誰かに、警視はふたりの民間人が見学する前で捜査を続け、ご丁寧に説明までしてやると言われたら、そいつの面前で爆笑してましたよ！」

「そうかね？」ハナサイドはヘミングウェイの言葉をよく聞いていなかった。

「そうですとも」部長刑事は力を込めて言った。「警視が天災ティモシーを追い払うなと言うから、やめました。だけど、何を企んでるんです？」

「よく考えろ」

部長刑事は鼻を鳴らすような音を立てた。「これからどうします？」

「まず警視庁に電話をかけて、コルトに関する質問をアメリカに問い合わせてもらう。あの拳銃の購入先を突き止めなくてはならん」

「ふむ、ジェイムズ・ケイン青年が警視は何をもくろんでいるのかと首をひねるのも無理もありませんね」

ところがジェイムズ・ケインは、ハナサイド警視はその道のプロだと判断し、やくたいもない憶測をして時間を無駄にしなかった。庭で拳銃が見つかったことは、婚約者にも身内にも教えないと決めたが、この決意をじきに覆すはめになった。オグルが庭をめちゃくちゃにされたと女主人にご注進に及び、ケイン夫人は朝のドライブ用の服を着て階下に下りるなり、どういうことなのかすぐに説明しなさいと命令した。夫人はあえてノーマとパトリシアのいる前でジムに迫ったので、ふたりともたちまち夫人に同調して、本当のところを知りたがった。そこでジムは、ハナサイド警視が庭の雨水升から凶器の拳銃を発見したという、ありのままの事実を明かしたほうがいいと考えた。

一時間後にティモシーが帰宅すると、初めに出くわしたのは母親だった。彼はさっそく一部始終を話して聞かせた。昼食の頃には、使用人を除く全員が事実関係を把握していた。パトリシアはケイン夫人とオグルの強い絆を知っているので、このニュースがそのうち使用人部屋にも広がると確信していた。

「ロバーツさんは僕の話を聞いてくれるって言ったじゃん！」ティモシーは得意げに言った。

「まあ、あんなイカレた計画は聞いたこともないね」ジムは言った。「ロバーツが真に受けたのは想像がつくさ。彼はもともとイカレた考えを頭に詰め込んでたからだが、警視まで夢中になるとは思わなかった。次は何をする気だろう？　知ってるか？」

「ううん。でも、ロバーツさんが警視に会いに警察署に行ったのは知ってる。サイレンサーと導火線のことを教えたとたん、これで事件の様相ががらりと変わってくる、ってさ。すぐ警視に会わなくちゃいけないんだって。だから、僕は帰ってきたんだ。あーあ、今頃どうなってんだろうなあ。警視たちが来て、プリチャードを逮捕すると思う？」

「いいや、思わない。頼むから、めったなことを言わないでくれよ！　こんな話をしているのをプリチャードに聞かれたら、名誉毀損か何かで訴えられるぞ」

その日はハナサイドからの知らせが届かずにじりじりと過ぎていき、ティモシーは不安とともに忍び寄る静けさがますます耐えがたくなってきた。そこで屋敷の中と庭を歩き回り、出くわした誰彼に推理を披露した。とうとう、ジムがしかたがないからと、異父弟を最寄りのゴルフコースへ連れ出し、一時間アプローチショットを教えてやった。帰宅すると、夕食のために着替える時間だった。食事中はプリチャードが控えているので、事件の話題ははばかられたが、食後のコーヒーを飲もうと客間に集まると、際限もなく話したがるのはティモシーだけではなかった。意見やら憶測やらが絶え間なく飛び交った。サー・エイドリアンは夕刊をひらいて、議論に加わろうとしなかったが、やがて新聞を下ろして、うんざりした声で言った。この問題には家族みんなが熱狂しているようだから、ハナサイド警視が事件を解決してくれたら心から感謝すると。

サー・エイドリアンがこう言ったか言わないかのうちにプリチャードが客間に入ってきて、ジムに耳打ちした。ハナサイド警視がいらして、旦那様にお目にかかりたいそうです。

ジムは立ち上がったが、母親と異父弟と婚約者から非難の大合唱を浴びた。ケイン夫人は、暖炉のそばで高い背もたれの付いた椅子にどっしりと座っている。「警視があなたに会いたいのなら、ここにお呼びなさい。こそこそした真似は我慢なりませんよ」夫人はプリチャードに頷いた。「通しなさい！」

数分後、プリチャードがハナサイドを客間に案内した。ティモシーがガッカリしたことに、警視は執事を引き止めようともしなかった。ドアが静かに閉まると、ティモシーはもう黙っていられず、しゃべり出した。「ねえ、結局あいつを逮捕しないの？」

一家はハナサイド警視とかかわるようになって初めて、彼の笑い声を聞いた。「ああ、しないよ」彼は答えた。「その点はがっかりさせて申し訳ない」

「あいつが犯人じゃなかったの？」ティモシーはしょげかえっている。

ハナサイドは首を振った。ジムが言った。「お掛けになりませんか。すると、事件はまだ解決していないのか、それとも解決したんですか？」

「まだ仕事が残っていますが、解決のめどが立ちましたので、あなたを安心させるために来ました、ケインさん。もう殺される危険はありません」

「危険だったことがありましたの？」ノーマはトランプの一人遊びのカードを並べ、鼻にかかった鼈甲《べっこう》縁の眼鏡を外した。

「ええ、十中八九あったと考えます」

「あのときはそう考えなかったのに」

「なにとぞご容赦下さい、レディ・ハート。私が――考えを口にしなかったことを。ですから、息子さんに護衛をつけたのです」我が子を守る雌虎の気配を感じ取り、ハナサイドは慌てて言った。

ケイン夫人が黒檀の杖で床を打った。「回りくどい言い回しはおやめなさい！」夫人がきつい声で言った。「誰がうちの息子を殺したのか、わかりましたか？」

「息子さんが殺されたという証拠はありません、ケイン夫人。しかし、又甥御さんのクレメント・ケインさんを殺した犯人はわかっています」

「誰？」ティモシーが声を張り上げた。「ロバーツさんから教えてもらったの？」

ハナサイドは厳めしい顔でティモシーを見た。「君の言うのとはちょっと違うやり方でね」

サー・エイドリアンは立ち上がり、ぶらぶらと歩いてテーブルに載った箱から煙草を一本取り出した。「ほほう。すると、犯人はロバーツその人、というわけですね？」彼は軽く興味を示した。

ハナサイドは頷いた。あっけにとられたような沈黙が三十秒あまり続いた。ティモシーは真っ青になり、唇を引き結んでハナサイドを見つめている。サー・エイドリアンが葉巻の箱を警視に差し出した。「彼はエドウィン・レイトンですか？」

「ええ」ハナサイドは答えた。「疑問の余地はなさそうです。メルボルンから指紋が届くまで身元を確認できませんが、もうすぐ入手できます」

「ロバーツが？」ジムは声をあげた。「しかし、それは荒唐無稽な話ですよ！　シーミュー号の底に穴をあけたり、僕の車のナットを緩めたりしたのも彼だって言うんですか？」

「ええ、そうでしょうね」

「いやいや、警視、僕の命が危ないと、最初に警告したのはロバーツですよ！」

「巧妙な手じゃありませんか？」

ノーマがカードテーブルから立ち上がり、ハナサイドの向かいの椅子に腰を下ろした。「何もかも、包み隠さず話して下さいな！」彼女は言った。「正直に言いますと、まさかあの男が犯人とは思いもしませんでした。いつからご存じでしたの？」

「初めてレイトン夫婦をこの事件の関係者として考慮したときから、ロバーツが怪しいとは思っていました、レディ・ハート。けさになって、サイレンサー付きの拳銃と導火線を発見して、ようやく確信が持てました。今回の発見は決め手となりそうです。朝から今まで、その拳銃がロバーツのものだという証拠集めにかかりきりでした」

「難しい注文ですこと」ノーマがいかにも事情通という口ぶりで言った。「コルトの三八口径、でしたわね？　購入者を突き止められまして？」

「ええ。次々とトラブルに見舞われた末に。ロンドン警視庁は午後五時にアメリカから回答を得ました。あちらの警察から届いた電報によれば、製造メーカーは問題の拳銃をメルボルンの代理店に卸したそうです。そこで警視庁はオーストラリアに無線電報を打ちました。こちらの回答は、私も聞いたばかりですよ。拳銃はメルボルンの小売店に送られ、六カ月前オスカー・ロバーツと名乗る男に買われたそうです」

「まあ、それはお見事！」ノーマが言った。「もう夜の十時半ですわ。警視さんはけさの十時半から、アメリカばかりかオーストラリアとも連絡をつけていたんですのね。時差を考えたら、途方もない離れ業ですわ」

「実はですね、こちらの電報が未明にメルボルン警察に届き、必要な情報をかなり早く入手できたようです。要するに、営業時間になったとたんにです。拳銃の購入者を追跡するのは造作もありませんでした。ロンドン警視庁は午前十時きっかりに無線電報で回答を得ましたからね。そして即座に電話をよこしました。私は十時十五分のバスでここに来た次第です」

「なるほど、それは上首尾ですが」ジムが口を挟んだ。「オーストラリア警察の動きはどうでもいいじゃないですか！　拳銃がロバーツのものだという証拠を固めたなら、それで決まりです。ロバーツがクレメントを撃ったに違いありません。彼の正体はエドウィン・レイトンだったわけですね。そうは言っても、なんだか信じられません。僕たちの不安をことごとく煽ったのは彼でしたから。みんな、サイラスは霧の中で崖を踏み外したと思っていたのに、ロバーツがあれは殺人だと匂わせたんです。僕にも注意するようにと――」

「警告しましたね」ハナサイドが言った。「ただ、振り返ってみると、ほかの人も殺人を疑い出すまでは、ロバーツは何かを知っているそぶりをしなかったはずです。家族の一部であれ、サイラス・ケイン氏の事件が十分に捜査されていないと感じた。ロバーツはそれに気づいて、自分はずっと殺人を疑っていたという印象を与えたんです。シーミュー号が沈んだ際、あなたは、ほかのみなさん同様、異父弟《おとうと》さんが暗礁に衝突させたせいだと思い込みましたね。そのときロバーツはボートが細工されていただろうと言いましたか？」

「ううん、ぜんぜん言わなかった！」ティモシーがぶすっとして答えた。

「いいえ、そのときは言いませんでした」ジムも言った。「ただ、ティモシーとミス・アリソンが怯えていると話したら――」

「細工されたと最初から疑っていた、と言ったのですね」ハナサイドが口を挟んだ。

「ええ、まあ」ジムは認めた。「そう言いました」

「当然です。あなたの頭に殺人というイメージが焼き付いてしまえば、一安心ですからね。ロバーツはあなた――とついでに私――にポール・マンセルが悪者だと思わせようとしていました。自分の役を器用に演じていましたが、きのうへマをしでかしたのです。そのときまでは面倒な素人探偵だとばかり思っていました――そういう輩にしょっちゅうお目にかかるのでね。しかし、そのへマのおかげで私ははっとして、一定の注意を払うようになりました。ケイン夫人、私はこちらを訪問して、レイトン夫婦のことをお訊きしましたね？」

「ええ」ケイン夫人は言った。「あいにく、何も知りませんが」

「あの場にロバーツもいました」ハナサイドは話を続けた。「レイトン夫婦の名前が出たので、あの男は激しく動揺したのでしょう。珍しくしくじったのですから。なんと彼は、クレメント・ケイン氏がサイラス・ケイン氏を殺したとおおっぴらに指摘して、この二件の異なる殺人が同一人物によって実行されたとは考えにくいと、わざわざ説明してみせました。そのときまでは、どちらもポール・マンセルの犯行だと匂わせていましたが」

「いかにも」サー・エイドリアンは納得した。「すると、彼には想定外の事態が訪れたわけですね。まさか警視がマンセル父子——か、私、でしょうか——以外の人物を疑うとは思わずに」

　ハナサイドはこの皮肉にきらめく目で応えたが、ノーマは厳しい口調で言った。「こんなばかな話はもうこりごりよ、エイドリアン！　この殺人事件には呆れかえった！　私は腰抜けじゃない。これまであちこち見て歩いたから、そう簡単にうろたえたりしないわ。でもね、妻に遺産を相続させるために、ひとりで三人を始末しようとするなんてゾッとする！」

　唖然として言葉を失っていたローズマリーが、ようやく会話に戻った。「あの人ならなんだってやりかねないわ！」彼女はまくしたてた。「あの人に目を向けたときから、おかしな感じがしてたのよ。何も言いたくなかったけど、私の勘はめったに外れないのよね」

「そんなことを言っていましたね」ケイン夫人が言った。「話に横槍を入れるんじゃありません！」夫人はハナサイドを見た。「あの男は、モードがクレメントの次の相続人だと思ったのでしょう？」

「そのはずです」ハナサイドが頷く。「かくいう私も、彼が三人の殺害をもくろんだのが、当初は信じがたい思いでした。二件でやめておけば逃げ切れたかもしれません。三件目で、まず二件を実行したからにはやるしかなかったのですが、彼は窮地に立たされました。一発逆転を試みるようになります。ここまで踏み込んだ以上、もうあとには引けません。そこで、犯罪現場から退場して、次はシドニーのエドウィン・レイトンとして再登場することができなくなり、ジェイムズ・ケイン氏の殺害に成功するまでここにとどまるはめになったのです」

「極めて危険だ」サー・エイドリアンが言った。「おそらく、妻が実際にクレメント・ケインの次の相続人だったら、その男は彼女が無事に財産を相続するまでは放蕩夫のままでいたのでしょうな」

「同感です。まあ、妻が夫の企みを知っていたかどうかわかりませんが。どうも知っていたとは思えません。しかし、ケイン夫人のお話を伺ったところ、彼が妻の元に戻れば、妻は言いなりになりそうですね」

「でしょうね」ケイン夫人は鼻で笑った。

ジムはサイドテーブルに歩み寄り、プリチャードが用意しておいたトレイから飲み物を作り始めた。

「いやはや、この企みには気が滅入りました!」彼は正直に言った。「極悪非道にもほどがある――!あいつは書斎の窓から玄関ドアに着くまでの時間を秒単位で計算していたんでしょうね。あの日の午後、三時半にクレメントに会う約束までして。ひとつには訪問の口実として、ひとつにはクレメントを確実に書斎に呼び込むためでしょう。クレメントが書斎にいなかったら、計画はひとまず延期したはずですよ。とんでもない悪党だ」

「いいえ、そうは言い切れない」ノーマは言った。「あの人はティモシーの命を助けてくれた。それをなかったことにはできないわ」

「ひどいよ!」ティモシーが叫んだ。「あの人――あの人はジムを守ってるふりをしながら、ずっと殺すチャンスをうかがってたなんて! もう――もう我慢できない! あいつが僕を助けたって関係ない! あんな奴に助けられたくなかったし、警視さんが逮捕してくれたらせいせいするよ!」

「ああ、君の望みは叶えたよ」ハナサイドが言った。「君には大いに助けてもらったしね」

「ほんと？」ハート少年は言った。「ねえ、担いでやしないよね？」

「いやいや、本当に助けてもらったよ。けさ、拳銃を発見したとき、私はロバーツが犯人だと確信したが、拳銃の購入者を突き止められるかどうかわからなかった。君はロバーツにけさの出来事を話したね。拳銃と導火線が発見され、みんなが聞いた音はクレメント・ケイン氏を殺した銃声ではなかったことが判明したと。導火線が見つかった時点で万事休すだった。それは本人もわかったのさ。君は私がプリチャードを疑っているとロバーツに思わせ、彼は逃げ出す最後のチャンスだと見て、それをつかんだ。君を厄介払いすると、口髭も顎髭も剃り落として、十一時三十分の列車でロンドンに出た。ヘミングウェイ部長刑事が彼を尾行していたが、今日の午後三時に身柄を拘束して――尋問のために拘留している」

ハート少年は半信半疑の顔をしている。「うーん、僕はそれほどの働きはしてないね」彼はずけずけと言った。「だって、警察に力を貸してるつもりじゃなかったし」

「気にしなくていいさ」ハナサイドが言った。「君はロバーツを逃亡させた。まさに私の狙いどおりだったよ」警視はジムが差し出したグラスを受け取った。「いただきます」

ノーマは立ち上がり、ハナサイドの手を握ってちぎれんばかりに振った。「あらあら、私たちは恩義を被りましたわ、警視さん！」彼女は言った。「万事めでたく解決して下さいまして。私個人としては感謝に堪えません」

感謝の言葉がジムとパトリシアからも繰り返された。サー・エイドリアンはウィスキーを飲みながら言った。「おめでとうございます、警視。驚くほど難解な事件でしたね」

ハナサイドはちょっと気まずい顔をして、自分は取り立てて優秀ではないと慌てて言い繕った。

「何をばかな！」ノーマが勢いよく言った。「めざましい働きでしたよ。ねえ、エミリー伯母様？」

ケイン夫人はだんだん疲れてきた。「ええ、あの男は実に抜け目なく立ち回りましたが、あれが犯人でも驚いたりしません。あのロバーツはどうも虫が好かなかったのでね」夫人はショールをぐいと引っ張った。続けた言葉には、いくらか毒気を含んだ満足感がにじみ出ていた。「だから、あのオーストラリアの分家は強盗も同然だと言ったのです」

訳者あとがき

八月の霧の夜、裕福な実業家サイラス・ケインが屋敷付近の崖から落ちて死亡する。続いて、サイラスの莫大な遺産を相続したクレメントが屋敷で射殺され、ロンドン警視庁のハナサイド警視が捜査に乗り出す。だが、次の相続人ジムは二度までも命を狙われる。関係者はくせ者揃いで、事情聴取もままならないのに、次々と騒動が起こり、さすがのハナサイド警視も頭を抱える。おまけに、犯罪映画が大好きな少年、ティモシーが捜査をかきまわして、ヘミングウェイ部長刑事を悩ませる。謎の影には、遺産相続と事業をめぐる複雑な人間関係があった……。

大変長らくお待たせいたしました。ジョージェット・ヘイヤーの〈ハナサイド警視〉シリーズ中、未訳のまま残っていた三作目『やかましい遺産争族』（原題 They Found Him Dead）をお届けします。ヘイヤーのミステリの愛読者は、「登場人物がやかましい」ことも、「遺産相続をめぐって家族が争族と化す」こともよくご存じでしょう。今回も楽しいロマンスの進行があり、素人探偵も登場しますが、少々様相が異なります。邦訳の前三作品では、はたして誰と誰が「真のカップル」になるのか、誰が探偵役を務めるのか、まずはそれを推理しなければなりませんでした。しかし、今回はどちらもあっさりわかってしまいます。おお、一味違うな、と思わせる展開です。『グレイストーンズ屋敷殺人事件』（二〇一五年、論創海外ミステリ）では、前二作で脇役のように控え目だった刑事たちが冒頭から前面に出てきて、驚かせてくれました。作者が自身の個性を生かしつつ、作品ごとに少しずつ工夫を凝らしているのがよくわかります。

ケイン家の人々に波紋を呼んだ相続は「限嗣相続《げんし》」といい、ジェイン・オースティンの小説の愛読者にはおなじみですね。かつてイギリスでは、広大な土地が分割されないよう、財産をすべて長男に相続させせました。世代が変わっても、有力貴族が国王を支える力を保てる仕組みです。女子に財産が与えられないのは、独身のまま死亡すれば家系が断絶し、結婚すれば他家に財産が渡ってしまうからです。大ヒットしたTVドラマ「ダウントン・アビー」でも、初回で伯爵の長女メアリーと結婚するはずだった相続人が事故死して、一家の運命が暗転します。「ダウントン」のシリーズでは、時代の波にさらされる貴族と使用人の姿がドラマチックに描かれていましたが、ヘイヤーのミステリでも時代と人間模様が魅力のひとつだと言えるでしょう。

作者ヘイヤーは一九〇二年にロンドン郊外のウィンブルドンで生まれました。アガサ・クリスティやドロシー・L・セイヤーズより一回り下の世代で、マージェリー・アリンガムやクリスチアナ・ブランド、グラディス・ミッチェルらと同世代です。ふたつの大戦のはざまの一九二一年に歴史冒険小説でデビューし、七四年に死去するまで五十作あまりの長編小説を発表しました。前述のオースティンに強く影響を受けたとされ、英国摂政期《リージェンシー》ロマンスの第一人者となり、自身が現在のロマンス小説家たちのアイドルとなりました。そればかりか、十二作のミステリ作品も高く評価されました。その証拠に本書は、「プロットも謎解きもずば抜けている（デイリー・メイル紙）」、「ミステリとユーモアがしっくりと溶け合った希有な作品（ニューヨーク・タイムズ紙）」と、英米両国で好評を博したのです。さらに、セイヤーズも「キャラクター造形がすばらしくて会話が面白い」と称賛しています。〈ハナサイド警視〉シリーズの邦訳はこれで完結しましたが、まだへミングウェイ部長刑事（のち警部に昇進）が主役のシリーズが四作、ノンシリーズが四作あります。ちなみに、〈へミングウェイ警部〉シリーズの三作目『Duplicate Death』（一九五一年）には、二十七歳になったティモシーが登場します。本作で宣言したとおりに法廷弁護士になっていますが、独身主義は返上しているところが愉快です。これからもできるだけ多くの作品をご紹介できれば幸いです。

本作の翻訳につきまして、へミングウェイ部長刑事の一人称や口調が『グレイストーンズ屋敷殺人事件』とは異なるため、違和感を覚える読者もいらっしゃるでしょうが、陽気な町っ子というキャラクターに合わせ、創元推理文庫版を参考にしました。何卒ご了承下さい。

最後になりましたが、本書の訳出に当たっては、探偵小説研究家の浜田知明氏、論創社編集部の黒田明氏に大変お世話になりました。この場をお借りしてお礼を申し上げます。また、〈ハナサイド警視〉シリーズの邦訳を参考にさせていただき、翻訳者の猪俣美江子氏と中島なすか氏にも厚くお礼申し上げます。

二〇二三年六月　木村浩美

〔著者〕

ジョージェット・ヘイヤー

1902年、英国ウィンブルドン生まれ。1921年に“The Black Moth”で作家デビュー。歴史小説やスリラー、ミステリと幅広い執筆活動を展開し、日本でも『悪魔公爵の子』（1932）や『紳士と月夜の晒し台』（35）、『グレイストーンズ屋敷殺人事件』（38）、『令嬢ヴェネシア』（58）などが訳されている。1974年死去。

〔訳者〕

木村浩美（きむら・ひろみ）

神奈川県生まれ。英米文学翻訳家。主な訳書に『霧の島のかがり火』、『踊る白馬の秘密』、『クレタ島の夜は更けて』（いずれも論創社）、『シャイニング・ガール』（早川書房）、『悪魔と悪魔学の事典』（原書房、共訳）など。

やかましい遺産争族《いさんそうぞく》

――論創海外ミステリ　304

2023年10月 1日　初版第1刷印刷
2023年10月15日　初版第1刷発行

著　者　ジョージェット・ヘイヤー
訳　者　木村浩美
装　丁　奥定泰之
発行人　森下紀夫
発行所　論　創　社

〒101-0051　東京都千代田区神田神保町2-23　北井ビル
TEL:03-3264-5254　FAX:03-3264-5232　振替口座　00160-1-155266
WEB:https://www.ronso.co.jp

組版　フレックスアート
印刷・製本　中央精版印刷

ISBN978-4-8460-2291-4

論　創　社

ネロ・ウルフの災難　外出編◉レックス・スタウト

論創海外ミステリ 268　快適な生活と愛する蘭を守るため決死の覚悟で出掛ける巨漢の安楽椅子探偵を外出先で待ち受ける災難の数々……。日本独自編纂の短編集「ネロ・ウルフの災難」第二弾！　本体 3000 円

消える魔術師の冒険　聴取者への挑戦Ⅳ◉エラリー・クイーン

論創海外ミステリ 269　〈シナリオ・コレクション〉エラリー・クイーン原作のラジオドラマ7編を収めた傑作脚本集。巻末には「舞台版　13ボックス殺人事件」(2019年上演）の脚本を収録。　本体 2800 円

フェンシング・マエストロ◉アルトゥーロ・ペレス＝レベルテ

論創海外ミステリ 270　〈日本ハードボイルド御三家〉の一人として知られる高城高が、スペインの人気作家アルトゥーロ・ペレス＝レベルテの傑作長編を翻訳！　著者のデジタル・サイン入り。　本体 3600 円

黒き瞳の肖像画◉ドリス・マイルズ・ディズニー

論創海外ミステリ 271　莫大な富を持ちながら孤独のうちに死んだ老女の秘められた過去。遺された14冊の日記を読んだ姪が錯綜した恋愛模様の謎に挑む。D・M・ディズニーの長編邦訳第二弾。　本体 2800 円

ボニーとアボリジニの伝説◉アーサー・アップフィールド

論創海外ミステリ 272　巨大な隕石跡で発見された白人男性の撲殺死体。その周辺には足跡がなかった……。オーストラリアを舞台にした〈ナポレオン・ボナパルト警部〉シリーズ、38年ぶりの邦訳。　本体 2800 円

赤いランプ◉M・R・ラインハート

論創海外ミステリ 273　楽しい筈の夏期休暇を恐怖に塗り変える怪事は赤いランプに封じられた悪霊の仕業なのか？　サスペンスとホラー、謎解きの面白さを融合させたラインハートの傑作長編。　本体 3200 円

ダーク・デイズ◉ヒュー・コンウェイ

論創海外ミステリ 274　愛する者を守るために孤軍奮闘する男の心情が溢れる物語。明治時代に黒岩涙香が「法廷の死美人」と題して翻案した長編小説、137年の時を経て遂に完訳！　本体 2200 円

好評発売中